Irene Fritsch

Kalter Krieg am Lietzensee

text • verlag
edition Berlin
Gitschiner Straße 61
D-10969 Berlin

Telefon (030) 69504845
Fax (030) 69504846
e-mail info@textpunktverlag.de
Internet www.textpunktverlag.de

Irene Fritsch
Kalter Krieg am Lietzensee
Roman
Berlin: text.verlag, 2009
ISBN 978-3-938414-56-9

Titelfoto
Archiv des Verlages

Satz & Gestaltung
text.verlagsservice
Sybille Zerling, Berlin

Irene Fritsch

Kalter Krieg am Lietzensee

Roman

text • verlag

FÜR KONSTANZE UND LUISE

BERLIN 2009

Erster Teil

Es war das Jahr 1952, Ende Mai in Birkenwalde, einer Kleinstadt nordöstlich von Berlin in der Sowjetischen Besatzungszone.

Als letzte kam Monika zum Treffpunkt am See. Sie war außer Atem, weil sie fast den ganzen Weg durch den Wald gerannt war. Hagen und Günter saßen vor ihr im Gras und verschlangen sie mit den Blicken, als sie so erhitzt vor ihnen stand. Mit einer flüchtigen Geste strich Monika ihre braunen Locken zurück, die ihr vom Laufen ins Gesicht gefallen waren. Anders als die meisten Mädchen ihres Alters, trug sie ihre Haare offen, mit Seitenscheitel, halblang bis auf die Schultern. Monika war sechzehn Jahre alt, drei Jahre jünger als ihre Freunde.

»Hoffentlich setzt sie sich neben mich«, dachten beide.

Hagen, schon braungebrannt trotz der frühen Jahreszeit, groß und kräftig, mit dichten Brauen über dunklen Augen, sprang sofort auf. Auch Günter wollte aufstehen, unterließ es aber. Obwohl er unbeteiligt wirkte, überkam ihn wie so oft eine Welle von Wut und Resignation. Neben dem gutaussehenden und selbstsicheren Hagen hatte er einfach keine Chance.

Der hielt Monika jetzt seine Bierflasche hin und sah sie aufmunternd an: »Willst du einen Schluck?«

»Danke.« Monika nahm zwei tiefe Züge und gab die Flasche Hagen mit einem strahlenden Lächeln zurück: »Ah, das tut gut.«

Das gleiche Lächeln schenkte sie auch Günter, wie dieser mit Genugtuung bemerkte, als er ihr schnell seine KARO hinhielt: »Willst du einen Zug machen?«

Aber sie schüttelte den Kopf: »Ich rauche nicht. Ist schlecht für den Teint.«

Jäh errötete Günter, unsicher, ob sie eine Anspielung auf seine in der letzten Nacht neu erblühenden Pickel im Gesicht machte. Niemand wusste, wie sehr er unter seinem Äußeren litt, seiner unsportlichen Erscheinung, den rotblonden Haaren und der blassen Haut. Aber Monika schien ohne Hintergedanken. Dennoch senkte Günter den Blick, weil Hagen ihn, seine Gedanken erratend, angrinste.

Monika bewahrte wie immer zu beiden Freunden die gleiche freundschaftliche Distanz. Sie strich ihren bunten Rock glatt und setzte sich auf einen Baumstamm. Während sie ihre Umhängetasche fallen ließ, fing sie schon an zu sprechen: »Habt ihr gehört? Sie haben die Zonengrenze dichtgemacht. Herr Weinrich hat es mir vorhin erzählt.«

Hagen und Günter schauten sie überrascht an, vergessen war aller Konkurrenzkampf.

»Dichtgemacht? Was heißt das?«

»Sie fangen an Zäune zu ziehen, eine breite Sperrzone anzulegen, Wachposten aufzustellen. Die Grenze um Berlin darf nach West-Berlin nicht mehr überquert werden, nur noch mit einem Passierschein.«

Hagen nickte: »Man hat ja schon lange so etwas munkeln hören.«

»Jetzt ist es soweit. Auch den Telefonverkehr zwischen Ost und West haben sie unterbrochen.«

»Wisst ihr eigentlich, dass Kothe abgehauen ist?« fragte Günter plötzlich.

»Kothe ist weg?« Hagen kippte vor Überraschung die Bierflasche um, aus der nun der letzte Schluck im Gras versickerte. »Schade! War der beste Deutschlehrer der ganzen Schule. Ich wundere mich ohnehin, dass er es so lange ausgehalten hat. Wie haben sie ihm die Hölle heiß gemacht, bloß weil er im Unterricht eine eigene Meinung äußerte und auch die Schüler dazu ermunterte. Dauernd Vorladungen und Verhöre, da konnte er sich ausrechnen, wann es hieß, ab nach Sachsenhausen.«

Günter widersprach: »Klar, ich kann Kothe verstehen. Aber das geht doch nicht, dass hier alle guten Leute weggehen. Er ist der vierte Lehrer von unserer Schule, der in diesem Schuljahr geflüchtet ist.«

»Warum hauen die denn alle ab?«, fragte Hagen aufgebracht. »Die Partei müsste dafür sorgen, dass die Leute hier bleiben. Aus dem Westen flieht kein Mensch in den Osten. Und das liegt bestimmt nicht nur an der schlechten Versorgung bei uns.«

Monika zog die Stirne kraus. »Mein Onkel will auch weg«, sagte sie langsam.

»Dein Onkel? Der mit dem großen Bauernhof?« Hagen lachte ironisch auf. »Der gehört doch zu der Elite des Landes. Schließlich sind wir der ›erste Arbeiter- und Bauernstaat auf deutschem Boden‹.«

»Er hat gehört, dass die Zwangskollektivierung der Landwirtschaft beschlossen wird, schon auf der nächsten Parteikonferenz der SED im Juli. Aber mein Onkel würde nie sein Land an die LPG abgeben, er will ein freier Bauer bleiben, sagt er.«

»Und du und deine Mutter? Geht ihr mit?«

Monika und ihre Mutter waren vor sieben Jahren als Flüchtlinge aus Westpreußen nach Birkenwalde gekommen und in einem Zimmer im Haus der Familie Kohner in der Nähe des Bahnhofs einquartiert worden. Der Vater war bei Stalingrad gefallen.

»Könnte ich jedenfalls verstehen«, gab er sich selbst die Antwort, »nachdem, was sie mit dir gemacht haben.« Wütend riss er ein Büschel Gras aus.

Zu genau kannte Hagen Monikas Schicksal. Während ihrer Schulzeit war sie eine gute Schülerin gewesen und obwohl sie nicht der Arbeiterklasse angehörte und auch kein Mitglied der »Pioniere« war, rechneten ihre Lehrer und auch sie damit, dass sie die Oberschule besuchen und das Abitur machen durfte. Allerdings wurde von ihr der Eintritt in die Freie Deutsche Jugend verlangt, die Jugendorganisation der SED. Aber Monika weigerte sich beharrlich und machte keinen Hehl daraus, dass sie der kommunistischen Ideologie fernstand. Sie war Mitglied der evangelischen Kirche und der Jungen Gemeinde in Birkenwalde und ertrug deswegen in der Schule viele Ungerechtigkeiten und Demütigungen linientreuer Lehrer.

Für ihre Weigerung gab es einen zweiten Grund. Einem Lehrer, der neu an die Schule gekommen war und selbst das blaue Hemd der FDJ im Unterricht trug, erklärte sie, dass sie nach der Zeit der Braunhemden und ihrer Verbrechen überhaupt kein farbiges Hemd mehr tragen wollte. Es war natürlich ein Fehler gewesen, sich so deutlich zu äußern, besonders gegenüber diesem Lehrer, der nach einer pädagogischen Kurzausbildung aus politischen Gründen schnell zum Direktor der Schule avancierte. Er unterrichtete nur ein Fach, Gegenwartskunde, und sprach nur über ein einziges Thema, die Geschichte der Sowjetunion. Monika hörte mit einem Gesichtsausdruck zu, dass er sie einmal gereizt fragte, ob sie sich langweile. Als sie das bestätigte, hatte sie ihn sich endgültig zum Feind gemacht.

Dennoch versuchte ihr Klassenlehrer, sie bei einem Hausbesuch zu überzeugen, wie wichtig die Zugehörigkeit zur FDJ für ihr weiteres Leben sei, machte ihrer Mutter Vorwürfe, dass sie die Tochter nicht zum Eintritt zwinge. Es half alles nicht. Selbst Hagen und Günter, die wie die meisten Mitschüler den Treueeid der FDJ geschworen hatten, konnten sie nicht umstimmen.

Wie befürchtet, erhielt Monikas Mutter auf ihren »Antrag für die Aufnahme in die Oberschule« einen abschlägigen Bescheid vom Rat des Kreises:

»Werte Frau Beyer!

Die Kreiskommission hat Ihren Antrag auf Aufnahme Ihrer Tochter in die Oberschule abgelehnt, da ihre Tochter keine aktive gesellschaftliche Arbeit geleistet hat. Als allgemeine Bedingungen für die bevorzugte Aufnahme in die Oberschule werden guter Leistungsdurchschnitt, aktive Pionierarbeit und einwandfreies Verhalten gefordert ... «

Nach dem Einspruch ihrer Mutter, in dem sie die überdurchschnittlichen Leistungen und das einwandfreie Betragen ihrer Tochter hervorhob, kam die endgültige Absage mit einer zusätzlicher Begründung:

»Die Aufnahme in die Oberschule konnte nicht erfolgen, weil in diesem Jahr die Zahl der Oberschulaufnahmen bedeutend geringer ist als in den vergangenen Jahren und entsprechend der Struktur der Bevölkerung 60 bis 70 % der Arbeiter- und Bauernkinder auf die Oberschule kommen und somit für die Kinder der übrigen Schichten ein strenger Maßstab angelegt werden muß.«

Monika musste die Schule verlassen. —

»Sag mal«, fragte Hagen sie wieder, »haut ihr dann auch ab?«

Monika zuckte mit den Schultern: »Ich glaube nicht.«

Einen Moment schwiegen alle, dann bemerkte Günter nebenbei: »Übrigens, meine Kusine aus Rostock ist endlich drüben.«

Monika schaute ihn neugierig an: »Wie denn?« Sie kannte Günters Kusine von einigen Besuchen. Waltraud war fünf Jahre älter als Günter und hatte bereits einen festen Freund, den sie heiraten wollte. Er wurde im vorigen Jahr bei den Weltjugendfestspielen beauftragt, in Ost-Berlin Plakate anzukleben. Stattdessen nutzte er die günstige Gelegenheit und setzte sich nach West-Berlin ab. In Hamburg fand er später eine Stelle in einer Druckerei. Deshalb wollte Waltraud zu ihm über die »Grüne Grenze« dorthin fliehen. Ihre Familie dachte, sie hätte die Flucht geschafft, aber nach drei Tagen stand sie wieder vor der Tür. Sie war an der Grenze gefasst und in ein Gefängnis gebracht worden, das von aufgegriffenen Flüchtlingen überfüllt war. Daher wurden die meisten Gefangenen aus Platzgründen nach kurzer Zeit wieder entlassen. Waltrauds Mitgefangene zeigten ihr einen Trick, wie sie ihr Geld verstecken konnte, das sie auf die Flucht mitgenommen hatte: sie wickelte sich kleine Geldröllchen in ihre dicken Haare und tatsächlich gelang es ihr auf diese Weise, die Vopos zu überlisten, die sie durchsuchten und verhörten.

»Ganz einfach«, antwortete Günter, »über West-Berlin, vorige Woche. Sie ist schon in Hamburg bei Reiner.«

Hagen wandte sich wieder an Monika: »Jetzt sag uns, warum du uns unbedingt treffen wolltest. Ich habe nicht mehr so viel Zeit.«

Monika lächelte geheimnisvoll und holte aus ihrer Tasche eine braune Papiertüte heraus.

»Deswegen!« Sie drehte die Tüte um und heraus fielen bedruckte Zettel.

»Flugblätter«, Günter wurde blass. »Bist du verrückt? Pack die sofort wieder ein! Wenn das jemand sieht.« Mit hastigen Bewegungen begann er sie wieder in die Tüte zu stopfen.

»Reg dich nicht auf! Wer soll uns hier sehen?« Hagen behielt die Ruhe. »Was steht da überhaupt drauf?«

Laut las er die großen ungelenken Buchstaben vor: »FREIHEIT FÜR POLITISCHE GEFANGENE! FÜR DIE EINHEIT DEUTSCHLANDS!«

»Woher hast du die? Macht die Junge Gemeinde neuerdings auch Flugblätter?«

Monika reckte sich auf ihrem Baumstamm hoch und erklärte voll Eifer: »Nein, die nicht! Aber Erwin aus Bergdorf baut in Berlin mit Studenten aus der Humboldt-Uni eine Gruppe auf, die für Freiheit und Selbstbestimmung kämpft. Da mache ich mit.«

»Und was genau?«, fragte Günter, unbeeindruckt von ihrem Tatendrang.

Sie wies auf die Zettel: »Flugblätter verteilen, die Menschen aufklären, Parolen an Wände schreiben, sich der SED-Herrschaft entgegenstellen! Wir wollen keinen kommunistischen Staat nach sowjetischem Muster. Wir wollen nicht einfach alles hinnehmen, die Überwachung, die Bespitzelung, die Verhaftungen von Leuten, die Kritik üben. Wir fordern Meinungs- und Pressefreiheit. Ihr seid doch auch dafür, oder nicht?«

Monika, die sich in Begeisterung geredet hatte, wurde ungeduldig angesichts ihrer unbeweglich dasitzenden Freunde.

Hagen schwieg, Günter schüttelte entschieden den Kopf: »Also, ich für meine Person beteilige mich nicht daran. Ich will mir nicht meine Berufschancen verbauen. Wenn ich Glück habe, bekomme ich nach dem Abitur einen Studienplatz, vielleicht sogar in Berlin. Ich denke auch, die Probleme hier bei uns, die du aufgezählt hast, sind nur vorübergehend.« Dann fiel ihm etwas ein: »Ihr müsst aber vorsichtig sein. Ich bin vorhin dem Schmittke begegnet. Der fragte, warum ich dauernd im Wald verschwinde, ob ich mich mit subversiven Elementen treffe. Dabei grinste er blöde.«

»Schmittke? Der mit seinen Schiebergeschäften soll lieber aufpassen, dass er selbst nicht erwischt wird«, meinte Hagen unbekümmert.

Monika reagierte nicht auf Günters Warnung.

»Und wie steht's mit dir?«, fragte sie Hagen.

Aber auch er verhielt sich ablehnend: »Tut mir leid. Das ist nichts für mich. Und du überleg dir das auch gut!«

»Schade, aber dann eben nicht«, antwortete Monika, sichtlich verstimmt über die deutliche Abfuhr der Freunde. Sie griff nach der Umhängetasche, sprang auf und mit einem kühlen »Das wär's. Wiedersehen«, ging sie.

Günter folgte ihr. Auch Hagen hob sein Fahrrad auf, das er in das Gras geworfen hatte, und rannte ihr hinterher.

»Jetzt sei nicht eingeschnappt«, versuchte er sie zu beschwichtigen. »Willst du dich aufs Rad setzen und ich fahre dich?« Schon oft hatte er sie auf seinem Rad mitgenommen und war mit ihr über die holprigen Waldwege balanciert, während sie sich erfreulich nah an ihn lehnte.

Aber Monika drehte sich nicht einmal um. »Danke, ich laufe lieber. Auf deinem Rad ist es mir zu unbequem.«

Das war zuviel. Was bildet die sich ein, dachte Hagen wütend und fuhr los. Dieses Fahrrad, alt und verrostet, aber immer fahrtüchtig, war sein ganzer Stolz. Kurz nach Kriegsende hatte er auf der Landstraße einen russischen Soldaten beobachtet, der auf einem geklauten Fahrrad zu fahren versuchte. Aber es gelang ihm nicht. Die meisten Russen kannten keine Fahrräder, erst recht konnten sie nicht darauf fahren. Unter dem johlenden Gelächter zweier Kameraden, kippte der Russe immer wieder um und fiel auf die Straße. Schließlich warf er wütend das inzwischen verbogene Rad in den Graben. Als die drei Soldaten weg waren, holte es sich Hagen heraus, trug es nach Hause und reparierte es. Seit dieser Zeit gehörte er zu der kleinen von vielen beneideten Schar der Fahrradbesitzer.

Monika ließ zwar auf dem Heimweg Günter an ihrer Seite gehen, aber sie sprach kein Wort mit ihm.

An ihrem Wohnhaus verabschiedeten sie sich. Monika schloss die Tür auf und betrat den engen Flur mit der vergilbten Blumentapete. In ihrem Zimmer im ersten Stock schob sie die Umhängetasche mit den Flugblättern unter ihr Bett. Sie war allein zu Hause, die Mutter arbeitete als Krankenschwester in der Poliklinik.

Den Ärger über die Freunde hatte sie schnell vergessen. Sie freute sich auf die Aktionen mit Erwin und den andern. Endlich etwas Wichtiges tun. Dieses Gefühl vermisste sie, seit sie die Schule verlassen musste und als Verkäuferin im HO-Warenhaus arbeitete. Eine Tätigkeit, die weder ihren Wünschen noch ihren Fähigkeiten entsprach und die allein der Bestrafung für ihr unangepasstes Verhalten diente.

»Ich kann dich verstehen, aber vielleicht hättest du doch einlenken sollen«, antwortete ihre Mutter regelmäßig, wenn sich Monika über ihre Situation beklagte.

Beruflich gab man ihr keine Chance. Sie stand in dem HO-Warenhaus herum, wo es kaum Waren gab, und sagte täglich wahrheitsgemäß, aber zum Ärger ihrer jeweiligen Vorgesetzten allzu deutlich zu den Kunden: »Haben wir nicht, kriegen wir nicht, fragen Sie nochmal nach«, gleichgültig in welcher Abteilung sie eingesetzt war. Es traf immer zu. Wenn doch einmal Ware zum Verkauf vorhanden war, z. B. Waschpulver, und die Hausfrauen sich gleich einen Vorrat zulegen wollten, zeigte sie nur auf ein Pappschild mit der Aufschrift: »Bitte nur ein Paket mitnehmen«.

Während Monika jetzt das Fenster öffnete und mit dem Aufräumen des Zimmers begann, wozu am Morgen keine Zeit mehr gewesen war, warf sie einen überraschten Blick auf die Uhr. Es war kurz vor halb sechs. Laut Dienstplan dieser Woche hätte ihre Mutter eigentlich um vier zu Hause sein müssen.

»Verdammter Mist!«, klang es plötzlich aus dem Garten, der hinter dem Haus lag. Monika beugte sich aus dem Fenster: »Warte, ich helfe dir«, rief sie und rannte die Treppe hinunter.

Dem alten Herrn Kohner, der Wäsche aufhängen wollte, war der schwere Korb aus den Händen geglitten. Erschrocken gackernd flatterten die Hühner weg und die sauberen Wäschestücke lagen nun verstreut auf dem dreckigen Boden.

»Ist nicht so schlimm.« Monika hob einzelne Teile auf und schüttelte sie aus.

»Guck dir mal die an! Die muss aber nochmal in den Waschtopf.« Lachend zeigte Kohner auf eine Unterhose, an der Hühnerdreck klebte.

Seine gute Laune hielt an. Während er zusammen mit Monika die Wäsche aufhängte, summte er vergnügt vor sich hin, bis sie ihn verwundert fragte: »Gibt es einen besonderen Grund, dass du so gutgelaunt bist, Opa Kohner?«

»Bin ich doch immer.«

Aber nach Beendigung ihrer Arbeit hielt er Monikas Arm fest: »Komm, setz dich zu mir. Ich erzähl dir, warum ich so fröhlich bin.«

Einen Moment saßen sie schweigend auf der Bank am Haus. Kohner steckte sich seine Pfeife an und beide schauten in den Hof, in dem die Hühner wieder emsig pickten, schauten in den Garten mit den blühenden Blumen, Obstbäumen und -sträuchern, den Gemüsebeeten und der kleinen Wiese.

Dann brach der alte Kohner das Schweigen: »Mein Freund Otto kommt zurück.«

»Zurück?« Monika konnte es kaum glauben.

Jetzt verstand sie seinen Übermut und seine Freude.

Sie kannte die Geschichte der Freundschaft zwischen ihm und Otto. Beide stammten aus Arbeiterfamilien, traten als Jugendliche in die KPD ein, wo sie sich kennenlernten, und kämpften gemeinsam während der Zeit des Nationalsozialismus für ihre antifaschistischen Ideale, oft unter Einsatz ihres Lebens. Vor drohender Verhaftung gelang es ihnen unterzutauchen und schließlich in die Sowjetunion zu emigrieren.

Nach dem Krieg kehrten die Freunde nach Birkenwalde zurück, um mitzuhelfen beim Aufbau des ersten Arbeiter- und Bauernstaates auf deutschem Boden, von dem sie solange geträumt hatten. Aber dann geschah das Unbegreifliche. Vor zwei Jahren verabschiedete sich Otto von seinem Freund, um in den Westen zu gehen.

»Ich verstehe dich nicht, Otto«, hatte damals der alte Kohner ihn verstört bedrängt. »Die Sowjetische Zone, die DDR, ist das bessere Deutschland. Das weiß du doch! Hier werden die kommunistischen Ideen verwirklicht, gleiches Eigentum für alle, gleiche Bildung für alle. Nur durch ein sozialistisches Gesamtdeutschland werden Frieden, Freiheit und Demokratie gesichert. Im Westen geht alles weiter wie bisher. Die Nazis sitzen wieder in den höchsten Positionen und der Kapitalismus unterdrückt die Arbeiterklasse. Was willst du dort?«

Aber Otto war gegangen.

Heute hatte Kohner einen kurzen Brief von ihm bekommen mit der Ankündigung seiner Rückkehr, der ihn in einen Freudenrausch versetzte. Nicht nur wegen der wiederhergestellten Freundschaft, sondern weil Otto offensichtlich die Zustände im Westen so gründlich kennengelernt hatte, dass er reumütig zurückkehren wollte.

»Ich nehme ihn mit offenen Armen wieder auf«, meinte er schmunzelnd, »aber ich werde ihn nicht schonen, sondern mit Hohn und Spott übergießen wegen seines mangelhaften Klassenbewusstseins, das er vor zwei Jahren bewiesen hat.«

Monika schwieg. Der tiefe Glaube Kohners an das kommunistische System war ihr immer fremd geblieben.

»Wer hat mangelhaftes Klassenbewusstsein, Opa?«, erklang plötzlich Helga Kohners frische Stimme.

Die Neunzehnjährige, die in einem Frisiersalon arbeitete, wartete keine Antwort ab, sondern setzte sich mit einem Seufzer ebenfalls auf die Bank: »Puh, ganz schön anstrengend, den ganzen Tag zu stehen.«

Kohner legte den Arm um seine Enkelin: »Stell dir vor! Onkel Otto kommt zurück.«

Helga guckte ihn ungläubig an: »Wirklich? Im Westen soll doch alles viel besser sein. Aber wahrscheinlich hatte er Heimweh. Kann ich gut verstehen. Ich würde nie von hier weggehen.«

»Nie?«, hakte Monika nach.

»Nie«, wiederholte Helga bestimmt. »Warum sollte ich? Ich habe hier alles, um gut zu leben. Eine Familie«, sie lächelte ihren Großvater an, »ein schönes Zuhause, eine Arbeitsstelle und Detlev, den ich bald heirate und mit dem ich Kinder haben will. Mehr braucht man nicht zum Leben, egal ob man im Westen oder im Osten wohnt, meinst du nicht? Ich würde mich nie woanders wohlfühlen.«

Das Flüchtlingsmädchen Monika nickte. Beneidenswert, dachte sie, wenn man so verwurzelt ist wie Helga und genau weiß, wo man hingehört.

Trotzdem widersprach sie: »Aber – entschuldige, Opa Kohner, wenn ich das jetzt sage – , die Politik hier in diesem Staat wird aus guten Gründen von zahlreichen Bürgern abgelehnt. Nicht umsonst fliehen so viele Menschen in den Westen.«

Kohner wollte etwas erwidern, aber Helga ließ ihn nicht zu Worte kommen:

»Das stimmt. Ich habe auch einiges auszusetzen. Aber letzten Endes interessiert mich die Politik nicht, ich kann ohne sie sehr gut leben. Die überlasse ich lieber anderen, wie dem Opa«, sie lachte.

Aber Monika gab sich noch nicht zufrieden: »Trotzdem sollte jeder Bürger sich eine eigene Meinung bilden und entsprechend handeln.«

Helga war an einer weiteren Diskussion nicht mehr interessiert, sie stand auf und gähnte: »Ich glaube, ich muss jetzt etwas essen.« Sie lächelte ihrem Großvater und Monika zu und ging ins Haus.

Monika blickte durch das offene Fenster auf die Küchenuhr, die sieben Uhr zeigte.

»Ich wundere mich, dass meine Mutter noch nicht zu Hause ist.« Fragend blickte sie Opa Kohner an, aber der zuckte nur mit den Schultern: »Sie wird sicher bald kommen.«

Monika musste bis halb zehn warten, bis sie endlich die Schritte der Mutter auf der Treppe hörte. Neugierig öffnete sie die Zimmertür. Aber beim Anblick ihrer Mutter hielt sie erschrocken inne: »Mutti, wie siehst du denn aus? Was ist passiert?«

Helene Beyer, ohnehin klein und schmal, jetzt auch noch blass wie ein Gespenst, sah Monika nur stumm an und langsam füllten sich ihre Augen mit Tränen. Dann ließ sie sich in die Arme der Tochter fallen.

»Komm, Mutti, jetzt setz dich erst mal hin«, versuchte Monika sie zu beruhigen. Sie zog sie in das Zimmer und setzte sie auf einen Stuhl. Sie zitterte am ganzen Körper. Aber allmählich beruhigte sie sich und wischte sich die Tränen ab:

»Sie haben mich verhört. Ich hatte solche Angst«, wieder begann Helene zu schluchzen. »Aber ich habe nicht geweint, obwohl mir danach zu Mute war. Diese Genugtuung hab' ich ihnen nicht gegönnt«, schloss sie trotzig.

Monika lachte erleichtert: »Gott sei Dank, du kannst wieder schimpfen. Nun erzähl endlich.«

»Du weißt, wie schlecht die Versorgung in der Klinik ist. Dauernd fehlt irgendetwas, gibt es nicht oder ist kein Geld da. Gestern wurden aus der Wäscherei die frischen Handtücher geliefert, wieder diese uralten harten Frotteelappen mit Löchern, mit denen man keinen Kranken abtrocknen kann, ohne ihm die Haut zu zerfetzen. Da habe ich den ganzen Packen auf den Boden geschmissen und gesagt: Damit sollen sich die Herren von der Partei mal den Hintern abwischen. Alle lachten. Hilde, vorsichtig wie immer, bremste mich. Trotzdem hat mich irgendjemand denunziert. Heute kurz vor Dienstschluss kam einer mit einer Vorladung und nahm mich mit zum Verhör.«

»O Gott!« Monika riss erschrocken die Augen auf. »Wo denn? Im Rathaus?«

»Nein, in der großen Villa von Bauers, die im vorigen Jahr in den Westen gegangen sind. Vor kurzem ist der Bürgermeister dort eingezogen, aber diverse Räume musste er an die Partei abtreten. Die beiden Männer, die mich verhört haben, waren keine Polizisten, sondern Mitarbeiter vom SSD, vom Staatssicherheitsdienst.«

»Und was haben sie mit dir gemacht?«

»Mich beschimpft und bedroht! Ich würde mit solchen Hetzreden das Ansehen der Partei untergraben, den sozialistischen Aufbau unseres Staates verhindern, ich wäre ein Saboteur, ein Handlanger der Imperialisten usw. usw. Jedes Wort, mit dem ich mich verteidigen wollte, drehten sie mir im Mund um. Da habe ich gar nichts mehr gesagt. Aber so schnell ließen sie mich nicht gehen. Zum Schluss haben sie mich gewarnt. Wenn ich noch einmal solche staatsfeindlichen Reden halte, käme ich ins Gefängnis.«

»Du musst dich zusammennehmen, Mutti, nicht immer gleich sagen, was du denkst. Sonst passiert dir wirklich etwas«, beschwor Monika sie.

»So viele Leute gehen in den Westen«, meinte Helene nachdenklich nach einer Weile und putzte sich die Nase, »vielleicht sollten wir das auch tun.« Fragend sah sie ihre Tochter an. »Was meinst du?«

Die Antwort kam schnell und heftig: »Nein, wir haben uns hier eingelebt. Ich will nicht schon wieder mein Zuhause verlassen. Wahrscheinlich können wir sogar bald in eine eigene Wohnung umziehen. Ich will nicht weg. Hier muss sich etwas verändern, dafür will ich kämpfen!« Monika kamen ihre eigenen Worte ziemlich pathetisch vor, aber genau so fühlte sie.

Helene hörte nur das Wort »kämpfen« heraus und fragte beunruhigt: »Was hast du vor, Kind? Du machst doch keine Dummheiten?«

Harmlos lächelnd erwiderte Monika ihren Blick: »Nein, überhaupt nicht.« Aber sie hatte ein schlechtes Gewissen dabei.

»Du hast recht«, seufzte Helene. »Ich hänge auch an unserm Leben in Birkenwalde. Ich will auch nicht weg. Aber es muss wirklich vieles anders werden.« —

Die Nacht war hereingebrochen, am dunklen Himmel leuchtete der Mond und beschien das Land. Elise Hilpert fuhr mit dem Auto über die einsamen Brandenburger Landstraßen. Sie liebte die schmalen märkischen Alleen mit ihren hohen Bäumen, die sich schnurgerade durch das

Land zogen und den Eindruck vermittelten, als führe man durch einen grünen Tunnel. Sie kurbelte das Fenster herunter. Der Fahrtwind lockerte ihre blonden Haare, die sie in der Mitte gescheitelt und im Nacken zu einer Rolle festgesteckt hatte. Tief atmete sie die kühle Nachtluft ein, die besonders erfrischte nach diesem Tag, an dem das Thermometer bis auf 28 Grad geklettert war. Neben ihr auf dem Beifahrersitz bewegte sich Gustav Schmittke im Schlaf, rülpste und schlief laut schnarchend weiter. Die braune Aktentasche hielt er umklammert auf seinem Schoß.

Elise fuhr gern Auto. Das gleichmäßige leise Surren des Motors, das sanfte Schaukeln in dem weichen Autositz – es bedeutete für sie ein fast sinnliches Vergnügen. Entspannt legte sie ihren Arm in das offene Fenster und ging mit der Geschwindigkeit ein wenig herunter. Sie hatte keine Eile.

Dieses Auto hier liebte sie besonders. Als Schmittke es ihr eines Tages übergeben hatte,… Was heißt übergeben! Elise lachte auf, als sie an die Szene dachte.

Er hatte ihr die Augen zugehalten, bis sie direkt vor dem neuen Auto stand. Elise war sprachlos, sie hatte nicht einmal gewusst, dass er seinen uralten DKW verkaufen wollte. Als dieser dunkelgrüne Moskwitsch 400 vor ihr stand, noch kein halbes Jahr alt – wer weiß, welche Beziehungen und Geldsummen er ihn gekostet hatte – da hatte sie ihm tatsächlich zum erstenmal einen Kuss auf die Wange gegeben.

Elise kannte den Wagentyp. Er war identisch mit dem Opel Kadett, den sie in der Zeit vor dem Krieg gefahren hatte. Schmittke erklärte ihr die Zusammenhänge: 1945 hatten die Sowjets die gesamten Fertigungsanlagen des Kadett, ein Modell von 1938, als Reparation in den Opel-Werken abgebaut und sie nach Moskau gebracht, nachdem man vor dem Krieg vergeblich versucht hatte, den deutschen Kadett zu kopieren. Nun lief er seit 1948 als russischer Moskwitsch vom Band.

Als Elise sich zu ihrer ersten Probefahrt ans Steuer setzte, – allein, ohne Schmittke, hatte sie sich ausbedungen – , erwachten die Erinnerungen an eine längst vergessen geglaubte Zeit so sehr, dass ihr fast die Tränen gekommen wären. Aber sie erlaubte sich keine Sentimentalitäten und fuhr los. Den Opel Kadett hatte sie sechs Jahre lang gefahren, als Chauffeur von Kitty Fabricius, dem berühmten und vergötterten Star der UFA, der eigentlich Käte Faber hieß.

Elises Kindheit und Jugend war geprägt von Not und Armut. Ihre Mutter, ein Dienstmädchen auf einem Gut in der Uckermarck, war unverheiratet schwanger geworden. Um das Kind Elise, geboren kurz vor dem Ende des Ersten Weltkrieges, konnte die Mutter sich wenig kümmern, und war froh, als es mit 14 Jahren nach Abschluss der kurzen Schulausbildung nach Berlin ging, um dort seinen Lebensunterhalt selbst zu verdienen.

Elise hatte sich zu einem aufgeweckten, anpassungsfähigen jungen Mädchen entwickelt, das lernte, sich durch höfliches und hilfsbereites Auftreten Sympathien und Vorteile zu verschaffen. Außerdem sah sie passabel aus, wenn auch ein wenig bäurisch mit ihren dicken blonden Zöpfen und roten Backen, aber sie war gesund und immer ordentlich gekleidet.

Langsam und zäh arbeitete sie sich in der Hauptstadt hoch.

Ein glücklicher Zufall bestimmte ihren weiteren Lebensweg. Sie fand eine Beschäftigung als Küchenhilfe in Berlins berühmtestem Krankenhaus, der Charité. Vorwiegend mit Spülen riesiger Geschirrberge und Scheuern verklebter Töpfe beschäftigt, durfte sie bisweilen auch der Köchin zur Hand gehen, die für sie eine mütterliche Zuneigung entwickelte. Elise bemerkte zu ihrer eigenen Überraschung, dass sie Talent und Freude an der Zubereitung von Speisen hatte. Rasch veränderte sich ihre Stellung in der Krankenhausküche. Sie stieg von der Küchenhilfe zur Köchin auf, ohne auch nur einen einzigen Kochkurs, geschweige denn eine Lehre absolviert zu haben. Und ihr Spezialgebiet wurden schmackhafte Soßen.

Eines Tages herrschte große Aufregung unter dem Krankenhauspersonal, denn die neueste Patientin war die bekannte Filmschauspielerin Kitty Fabricius, die sich bei Dreharbeiten den Knöchel gebrochen hatte. Prominente Besucher aus der Filmbranche gingen in dem Zimmer der Diva ein und aus, mit Bergen von Blumensträußen in den Armen, neugierig beobachtet von den Krankenschwestern.

Am dritten Tag bat Fräulein Fabricius die Köchin Elise zu sich. Als diese vor ihr stand, mittlerweile knapp zwanzig Jahre alt, schlanker geworden und hübsch anzusehen mit ihrem gutgeschnittenen Bubikopf, musterte die Schauspielerin sie aufmerksam und machte dann ihr Angebot:

»Ihr Essen schmeckt mir sehr gut. Meine Köchin hat mich gerade verlassen, familiäre Gründe«, sie lächelte liebenswürdig, »haben Sie Lust, ihre Stelle einzunehmen?«

Elise blickte in das sympathische Gesicht, umrahmt von wirren dunklen Locken und antwortete: »Ja, gern.«

Kitty besaß eine komfortable Villa in der Eichenallee in Westend, in die Elise nun einzog. Bald war sie mehr als eine Köchin. Obwohl sie zehn Jahre jünger war als ihre Arbeitgeberin, nahm sie bald die wichtigste Stelle in dem Künstlerhaushalt ein, sie wurde Mädchen für alles, Managerin, Vertraute, Freundin, Beraterin. Kitty traf keine Entscheidung mehr, ohne sie vorher zu konsultieren. Und schließlich wurde Elise auch ihr Chauffeur.

Gleich zu Beginn ihres Zusammenlebens hatte Kitty sie gefragt: »Hätten Sie Lust, Auto fahren zu lernen? Ich habe mir einen süßen Kadett gekauft, er steht unten in der Garage. Ich dachte, ich lerne das Fahren schnell, habe aber gemerkt, dass ich dafür viel zu nervös bin. Es wäre wunderbar, wenn Sie es lernen und mich dann überall hinfahren.«

So hatte Elise Auto fahren gelernt und dabei, neben dem Kochen, ihre zweite Leidenschaft entdeckt.

Die Jahre bei der bezaubernden, so chaotischen Kitty waren die schönsten ihres Lebens gewesen. Bei ihr hatte sie nicht nur eine Anstellung, sondern auch eine Heimat gefunden. Als an einem Tag im Februar 1944 ein Bombenangriff das Haus in der Eichenallee zerstörte und Kitty tötete, empfand es Elise so, als ob damit auch ihr eigenes Leben beendet wäre.

Abgestumpft ertrug sie das Inferno des Krieges und das Elend der Nachkriegszeit. Aufgrund ihrer Gleichgültigkeit gegen sich selbst und der inneren Kälte, die sich in ihr ausgebreitet hatte, überlebte sie die Vergewaltigungen durch russische Soldaten. Überstand die Abtreibung, die ein übermüdeter Kleinstadtarzt an ihr vornahm, nachdem sie stundenlang in einem von Frauen überfüllten Wartezimmer gesessen hatte. Damals wusste sie, dass sie nie mehr einen Mann würde lieben können. –

Wieder rülpste Schmittke im Schlaf. Elise schaute angeekelt zu ihm hinüber. Im Grunde war er ein netter Kerl, aber diese Sauferei war einfach widerlich. Immer war er betrunken und stank nach Bier und Schnaps, wenn sie ihn nach dem Abschluss eines erfolgreichen Geschäfts aus Berlin abholte. »Mit Krause läßt sich gut Geschäfte machen und gut feiern«, lallte er zufrieden, wenn er aus der Kneipe in der Wollankstraße torkelte und sich von ihr zum Auto führen ließ. Kaum hatte sie ihn auf seinen Sitz gewuchtet, die Tür verriegelt, um sein Herauskippen zu verhindern, war er eingeschlafen. Die nächtliche Autofahrt von Ost-Berlin nach Birkenwalde entging ihm regelmäßig.

Lange würde sie diesen Job ohnehin nicht mehr machen, überlegte Elise, vielleicht noch ein Jahr. Dann hatte sie genug Geld gespart, um ein neues Leben anzufangen und endlich ihren Traum zu verwirklichen: ein kleines, aber nobles Restaurant am Tegernsee zu eröffnen, wo sie nach Herzenslust die Gäste mit ihren Kochkünsten bezaubern konnte.

Ein einzigesmal nur in ihrem Leben war sie am Tegernsee gewesen, als Kitty dort einen Heimatfilm drehte. Es war bereits Krieg, in Berlin wurden durch die Bomben der Allierten täglich ganze Stadtteile zerstört. Der Regisseur des Films hatte Bayern als Drehort ausgewählt, eine der wenigen, noch friedensmäßig aussehenden Kulissen in Deutschland, geeignet, den Kinobesuchern eine heile Welt vorzugaukeln.

Elise hatte während der Dreharbeiten wenig zu tun. Also ging sie spazieren, trank bayrisches Bier und verliebte sich in die Landschaft. Es muss nicht Berlin sein, dachte sie damals zum erstenmal, und allmählich nahm der Gedanke an ein eigenes Restaurant am Tegernsee in ihrem Kopf Gestalt an.

Für Schmittke würde es einen schweren Schlag bedeuten, wenn sie ihn verließ. Seit drei Jahren arbeitete sie für ihn. Sie hatte ihn in einer Kneipe am Alexanderplatz kennengelernt, in der sie bediente. Elise kam mit ihm ins Gespräch, als sie hörte, dass er einen Chauffeur suchte. Schmittke gefiel ihr nicht, hatte eine laute proletenhafte Art und war aufgedunsen vom Alkohol. Aber Elise erkannte sofort die Vorteile einer Anstellung bei ihm. Was sie am liebsten tat, Kochen und Auto fahren, könnte wieder ihr Beruf werden. Nur eine Bedingung stellte sie hinsichtlich ihres Gehaltes: sie verlangte Westgeld. Zuerst weigerte sich Schmittke, sie würden im Osten leben, argumentierte er. Aber sie ging nicht darauf ein, weil sie – wie sich später herausstellte, zu Recht – vermutete, dass er dunkle Geschäfte größeren Stils abwickelte, bei denen sich kein Geschäftspartner mit wertloser Ostmark abspeisen ließ. Schließlich stimmte Schmittke widerwillig zu.

Das Zusammenleben mit ihm entwickelte sich besser als erwartet. Sie bewohnte ein Zimmer in seiner Wohung in Birkenwalde und spielte in seinem Haushalt fast dieselbe Rolle wie vor Jahren bei Kitty, kochte und kümmerte sich um alles. Schmittke war ihr dankbar dafür, das spürte Elise fast täglich. Wahrscheinlich hatte er noch nie ein so geordnetes und angenehmes Leben geführt. Er bemühte sich, ihre Wünsche zu erfüllen – bis zu diesem neuen Auto –, damit sie sich bei ihm wohlfühlte und blieb.

Obwohl sie ihn häufig zu den verschiedendsten Orten in der Ostzone fahren musste, in den Harz, nach Sachsen und Thüringen, und immer Umgebung und Menschen beobachtete, hatte sie nur eine unklare Vorstellung von der Art seiner Geschäfte. Offensichtlich verschob er im großen Stil Schrott, der, von dunklen Gestalten aus Westdeutschland beschafft und in altersschwachen Lastwagen über die Grenze gebracht, von ihm begutachtet, entgegengenommen und zu Aufkäufern in der Sowjetischen Besatzungszone umgeleitet wurde. Wer diese Aufkäufer waren, wusste sie nicht, schloss aber aus Schmittkes Andeutungen, dass der Schrott direkt vom ostzonalen Wirtschaftsministerium gekauft wurde, um das aufgestellte Plansoll zu erfüllen. Sein Partner namens Krause, ein West-Berliner, kümmerte sich wohl um die finanzielle Seite des Geschäftes. Elise fuhr immer Anfang des Monats Schmittke nach Berlin und brachte ihn zu Krauses Wohnung im Wedding. Am Abend feierten die beiden dann den Geschäftsabschluss in einer naheliegenden Kneipe in der Wollankstraße, wo Elise ihren Arbeitgeber wieder abholte. Zu seinen Berlinfahrten nahm Schmittke eine braune Aktentasche aus Leder mit, die dünn und leer war, auf der Rückfahrt aber prall gefüllt.

Einen Tag später fuhren sie wieder nach Berlin. Dann hielt Elise in der Brunnenstraße, die etwas weiter bereits zum Westsektor gehörte. Schmittke stieg aus und wechselte, misstrauisch um sich blickend, auf der Brunnenstraße vom Ostsektor in den Westsektor, während Elise im Auto wartete. Nach einer halben Stunde kam er gutgelaunt wieder, weil er sein Geld auf einer West-Berliner Bank sicher deponiert hatte, wie sie annahm.

Natürlich inspizierte Elise anfangs den Inhalt der Ledertasche, wenn er betrunken im Bett lag. Wie vermutet war sie prall gefüllt mit Geld, Westgeld, gebündelt in großen Scheinen. Sie zählte das Geld durch, es war immer eine Summe um 10 000 DM. Elise packte wieder alles genauso ein, damit er nichts merkte. Nie war sie in die Versuchung gekommen, von dem Geld etwas wegzunehmen. Aus eigenem Interesse würde sie sein Vertrauen nicht missbrauchen. Noch wollte sie bei ihm bleiben. Er zahlte gut und sie hatte kaum Ausgaben, keine Miete, keinen Unterhalt.

Plötzlich schreckte Elise aus ihren Gedanken auf und und trat mit aller Kraft auf die Bremse. Der Wagen geriet ins Schleudern, aber sie hatte ihn sofort wieder im Griff. Schmittke, der bei dem Bremsmanöver nicht nur aufgewacht, sondern auch gegen die Windschutzscheibe geschleudert worden war, schrie auf und hielt sich mit einer Hand die Stirn, mit der anderen umklammerte er seine Aktentasche:

»Sind Sie verrückt geworden? Sie wollen mich wohl umbringen?«, empörte er sich.

»Ist Ihnen etwas passiert? Soll ich anhalten?«, fragte Elise besorgt.

»Nein, ist nicht so schlimm. Aber das wird eine saftige Beule geben. Was war denn los?«

»Ein Reh. Ich kann es doch nicht totfahren.«

»Aber anscheinend mich«, brummte Schmittke. Als wenig später das Ortsschild im Scheinwerferlicht auftauchte, grunzte er erleichtert: »Da ist schon Birkenwalde. Jetzt sind wir gleich zu Hause.«

Plötzlich beugte er sich vor: »Halten Sie mal!«

Elise bremste. Die Straße machte gerade einen Kurve nach links, so dass direkt vor ihnen ein Haus zu sehen war. Es war eine alte, halb zusammengebrochene Scheune. Aber sie hatte an der Straßenseite eine stabile Wand. An dieser Wand stand eine Gestalt, schlank, dunkel gekleidet, wahrscheinlich ein Mädchen, das mit großen Buchstaben in weißer Farbe »RUSSEN RAU« geschrieben hatte und jetzt mit dem S beschäftigt war.

Elise wollte vorbeifahren, aber Schmittke rief aufgebracht: »Haben Sie nicht gehört? Halten Sie! Das ist doch Willis Scheune.«

»Mischen Sie sich da nicht ein«, riet Elise und nachdem Schmittke mit ungeschickten Fingern die Tür geöffnet hatte: »Lassen Sie wenigstens die Aktentasche hier.«

Aber Schmittke hatte schon das Auto verlassen und schwankte auf das Mädchen zu.

»Was schmieren Sie da die Wand voll? Das ist verboten. Das Haus gehört Ihnen nicht. Das gehört meinem Freund,« lallte er und hielt sie fest.

Elise überlegte gerade, ob sie aussteigen und Schmittke zurück ins Auto zerren sollte, als plötzlich zwei junge Männer dastanden, von denen der eine ein Fahrrad schob. Sie wirkten für sie wie aus dem Boden gezaubert, aber sie waren nur aus der unbeleuchteten Straße schräg hinter der Scheune gekommen und hatten die Szene beobachtet.

Der eine warf das Fahrrad hin und drängte den Betrunkenen von dem Mädchen weg. Dabei fiel die Aktentasche zu Boden.

»Los, hau ab! So schnell du kannst!«, schrie der Junge dem Mädchen zu, während er mit Hilfe seines Freundes den sich wehrenden Schmittke festhielt. Sofort rannte das Mädchen davon.

Schmittke schimpfte laut und versuchte sich loszureißen, aber er kam gegen die jungen Männer nicht an.

»Halt endlich deine Fresse!«, brüllte der Größere schließlich und gab ihm einen Kinnhaken, so dass Schmittke gegen die Scheunenwand geschleudert wurde und zusammenbrach. Elise unterdrückte ihren ersten Impuls, einfach wegzufahren. Sie stellte den Motor ab und kam auf die Gruppe zugelaufen.

»Hören Sie sofort auf! Wollen Sie ihn umbringen?«, schrie Elise die beiden an, die sie überrascht anstarrten. Offensichtlich hatten sie nicht damit gerechnet, dass noch jemand im Auto saß. Den Kleineren, der Schmittkes Tasche aufgehoben hatte und gerade dabei war, sie zu öffnen, herrschte sie an: »Geben Sie die Tasche her! Sie gehört Ihnen nicht!«, und streckte ihre Hand aus. Aber es war zu spät. Er hatte die Tasche bereits geöffnet.

»Mensch, Hagen! Da ist Geld drin! Dicke Pakete!«, staunte er und schien das ganze nicht zu begreifen.

Noch einmal rief Elise: »Geben Sie her! Das gehört mir!«, und versuchte, ihm die Tasche zu entreißen. Aber da war der Größere schon bei ihr und versetzte ihr ebenfalls einen Kinnhaken.

Elise spürte einen stechenden Schmerz, sie taumelte, dann fühlte sie nichts mehr. —

Als Günter die Frau am Boden liegen sah, begann er zu zittern und fast weinend schrie er seinen Freund an: »Was hast du getan? Die beiden sind tot!«

»Quatsch! Nicht so laut! Nimm dich zusammen!«, fuhr Hagen ihn an, dann ruhiger: »Die sind nur ohnmächtig. Die kommen gleich wieder zu sich. Los wir hauen ab!«

Er hob sein Rad hoch und schnell verließen sie den Ort des Geschehens. Mittlerweile war es Mitternacht geworden, kein Mensch befand sich mehr auf der Straße. Gewöhnlich lagen auch die beiden Freunde um diese Zeit im Bett. Nur heute waren sie so spät unterwegs gewesen, weil sie sich mit einigen Klassenkameraden bei Emil Laube getroffen hatten, um zum letztenmal gemeinsam das wichtigste Fach des mündlichen Abiturs zu büffeln, Marxismus-Leninismus. Günter würde seinen Eltern morgen sein spätes Heimkommen damit erklären, dass das Lernen länger als erwartet gedauert hatte.

In einer unbeleuchteten Nebenstraße in der Nähe von Günters Wohnung blieb Hagen schließlich stehen: »Gib mal die Tasche her, Günter. Da ist Geld drin?« Er nahm dem noch immer zitternden Günter die Aktentasche aus der Hand.

»Tatsächlich«, staunte er, »und alles Westgeld! Das hat sich gelohnt! Das behalten wir!« Hagen schlug dem Freund vor Begeisterung auf den Rücken. Aber dieser schluchzte unaufhörlich: »Das geht nicht. Die beiden zeigen uns an. Wir kommen ins Gefängnis.«

»Du hast ja keine Ahnung«, sagte Hagen grob. Aber dann beherrschte er sich. Das Wichtigste war jetzt, den Freund zu beruhigen.

Daher legte er den Arm um seine Schulter: »Günter, hör zu! Uns kann nichts passieren. Wer in diesem Land mit einer dicken Tasche voll Westgeld herumläuft, hat etwas zu verbergen. Das ist kein sauberes Geld. Der rennt nicht zur nächsten Polizeistelle und meldet den Diebstahl. Wir behalten das Geld und teilen es. Wir brauchen es nicht gleich auszugeben, oder nur kleine Summen, um nicht aufzufallen.«

Als Günter sich nicht rührte, klopfte Hagen ihn noch einmal aufmunternd auf den Rücken: »Mensch, Günter, freu dich! Ist doch prima, so viel Westgeld, was man dafür alles bekommen kann!«

Endlich entspannte sich auch Günter: »Ein Radio würde ich mir gern kaufen, aber ich weiß nicht, wie ich das Geld meinen Eltern erklären soll. Ich weiß nicht mal, wo ich es verstecken könnte. Meine Mutter räumt dauernd meine Sachen auf und schnüffelt überall herum.«

»Ach, da fällt uns schon irgendwas ein. Ich kann die Tasche erstmal zu mir nehmen. Meine Mutter kümmert sich um nichts, wie du weißt.« Hagen wartete, bis Günter endlich nickte. Dann fuhr er lebhaft fort:

»Mensch, Günter! Das ist Klasse! Wir machen morgen unser Abitur und dann steht uns die Welt offen. Vor allem mit diesem Geld!« Er lachte: »Wir haben Chancen, die keiner sonst hat.«

Sie gingen weiter.

»Was für ein Glück«, frohlockte Hagen, »dass wir gerade in dem Moment an der Scheune vorbeigekommen sind, als Monika ihre dämliche Parole schrieb. Wer weiß, was der Besoffene oder die Frau machen würden, wenn sie Monika erkannt oder sogar festgehalten hätten.«

Als er das letzte Stück des Weges mit seinem Rad nach Hause fuhr, stand für ihn sein Plan fest. Er würde ein neues Leben beginnen, im Westen, allerdings ohne diesen Waschlappen von Günter – wohl aber mit seinem Geld! —

Monika rannte nach Hause. Sie war wütend und unglücklich zugleich, dass ihre erste Aktion missglückt war. Es schien alles so gut vorbereitet, der Ort, die Zeit, und dann musste dieser alte, nach Alkohol stinkende Kerl dazwischenkommen. Gar nicht auszudenken, was passiert wäre, wenn Hagen und Günter ihr nicht geholfen hätten.

Mit zitternden Händen schloss sie die Haustür auf und schlich die Treppe hinauf. Ihre Mutter war nicht daheim, hatte Spätdienst. Nicht umsonst hatte Monika diese Nacht gewählt, ihre Aktionen sollten auch vor der Mutter geheim bleiben. Aber nun musste sie ihr alles erzählen. Schwer atmend ließ sich Monika auf das Sofa fallen, das ihr als Bett diente. Sie wusste nicht, wie lange sie so gesessen und gegrübelt hatte, als endlich die Mutter nach Hause kam.

»Du bist noch auf?« Überrascht setzte sich Helene zu ihr und hörte mit wachsender Angst den stockenden Bericht ihrer Tochter an.

»RUSSEN RAUS hast du geschrieben? Schlimmer geht es gar nicht, Moni! Das ist übelste Staatshetze! Die ruhen nicht, bis sie dich gefunden haben. Wie konntest du dich so in Gefahr begeben, und Erwin und die anderen auch.« Fassungslos schüttelte sie den Kopf.

»Aber, Mutti, man muss doch etwas tun!« Monika ließ sich trotz ihrer Furcht nicht beirren.

»Du hast recht«, stimmte ihr Helene zu. »Ich bin heute wieder vom Parteisekretär zum sofortigen Schweigen aufgefordert worden, da er mich sonst wegen wiederholter konterrevolutionärer Äußerungen melden müsste.« Sie seufzte: »Es wird immer schlimmer.«

Nach kurzem Nachdenken blickte sie die Tochter entschlossen an: »Wir beide, Moni, du und ich, können und wollen unsern Mund nicht halten und daher auf die Dauer hier nicht mehr leben. Irgendwann würden wir im Gefängnis landen. Wir warten nicht länger, du bist in akuter Gefahr, wir gehen weg!«

Langsam nickte Monika, ihre Augen füllten sich mit Tränen.

»Sofort?«, fragte sie nur.

»Sofort«, wiederholte Helene energisch und blickte auf die Uhr: »Es ist nach Mitternacht, wir packen jetzt ein paar Sachen ein, jeder darf nur eine Tasche mitnehmen. Aber ich ziehe über mein gutes Kleid noch einen oder zwei Röcke und Blusen an. Auch mehrere Lagen Unterwäsche. Mach du das auch. So haben wir im Westen wenigstens etwas Kleidung zum Abwechseln. Dann versuchen wir noch zu schlafen und gleich morgen früh fahren wir mit der S-Bahn nach Berlin.«

Monika wusste Bescheid. Es war bitter, hier alles stehen und liegen zu lassen und im Westen wie ein Bettler anzukommen, aber auch zu gefährlich, mit großen Koffern loszuziehen. Nicht nur die Fußgänger, die über die Sektorengrenze von Ost nach West wechselten, auch die Fahrgäste in den Eisenbahnzügen und in der S-Bahn mussten damit rechnen, von Volkspolizisten kontrolliert zu werden, die sich den Inhalt der Taschen zeigen ließen und nach dem Grund für den Besuch im Westen fragten. Wer zuviel Gepäck mit sich trug, wurde sofort als potenzieller Flüchtling verdächtigt und abgeführt. —

Mit brennenden Kopfschmerzen erwachte Elise. Mühsam richtete sie sich auf. Ihr tat alles weh, aber sie war nicht ernsthaft verletzt, stellte sie fest. Nur die Nase blutete.

Sie stand auf. Während sie ihr Kleid zurechtzog, erklang hinter ihr ein heiseres Husten. Schmittke war ebenfalls erwacht.

»Elise, helfen Sie mir! Ich komme nicht allein hoch«, jammerte er.

»Moment, bitte. Mich haben sie auch zusammengeschlagen. Ich habe selbst kaum Kraft.«

Unsicher tastete sie sich zu ihm hin: »Versuchen Sie, sich auf mich zu stützen, ich ziehe Sie hoch.«

Unter größter Anstrengung stellte Elise ihn auf die Beine und führte ihn auf die Straße. Das Auto stand da, wo sie es verlassen hatte, der Zündschlüssel steckte. Während der ganzen Zeit war niemand vorbeigekommen. Elise setzte Schmittke wieder auf den Beifahrersitz. Er hatte sich schon so weit erholt, dass er die Schläger beschimpfen konnte.

Elise unterbrach ihn ungeduldig: »Seien Sie still! Wir können froh sein, dass uns nichts Schlimmeres passiert ist. Morgen zeigen Sie die drei an und überlassen alles andere der Polizei.«

Elise war noch nicht eingestiegen, sondern ging langsam hin- und her, während sie mit den Augen den Boden absuchte.

»Was machen Sie denn? Kommen Sie endlich. Ich will nach Hause«, beschwerte sich Schmittke, doch schlagartig erkannte er die Situation: »Meine Tasche! Die haben mein Geld geklaut!«

Er wollte aus dem Auto springen, brach aber mit einem Röcheln zusammen und fiel wie tot in seinen Sitz zurück. Voller Panik rannte Elise zu ihm, schüttelte ihn, klatschte ihm auf die Wangen, rief: »Herr Schmittke, wachen Sie auf!«, immer wieder. Als er sich endlich bewegte, sprang sie schnell ins Auto und fuhr los. Nur weg, nach Hause, dachte sie, im Schlaf wird er sich hoffentlich erholen. Die Tasche hatte sie nicht gefunden. Die Schläger waren auch Räuber, sie hatten das Geld gestohlen.

Als Elise am nächsten Morgen in aller Frühe nach ihrem Arbeitgeber sah, lag er vor dem Bett auf dem Boden. Der herbeigerufene Arzt, schrieb auf den Totenschein »Herzversagen« und ließ Schmittkes Leiche abtransportieren. Im Weggehen sagte er zu Elise:

»Sie wissen, dass ich verpflichtet bin, bei häuslichen Todesfällen die Kriminalpolizei zu benachrichtigen. Zur Klärung der Umstände.«

Elise schaute ihn an: »Soll das heißen, ich werde verdächtigt? Das ist absurd.«

»Reine Routine.« Der Arzt verzog keine Miene. »Heute Nachmittag wird ein Beamter kommen, um Sie zu verhören. Also halten Sie sich bereit. Wiedersehen.«

Als der Arzt gegangen war, wusste Elise, dass für sie der Zeitpunkt gekommen war, Birkenwalde zu verlassen. Ich könnte der Polizei eine Menge erzählen, dachte sie, z. B. über die sowjetfeindliche Parole an der Scheunenwand. Sie könnte auch die jungen Männer wegen Körperverletzung und Diebstahl anzeigen. Sie würde sie wiedererkennen, sogar den Namen des einen, Hagen, hatte sie verstanden. Aber bei der Untersuchung kämen unweigerlich Schmittkes Geschäfte ans Tageslicht, auch auf sie würde Verdacht fallen. Nein, hier hielt sie nichts mehr. Sollten die Polizeibeamten, die nachher vor verschlossener Tür stehen, ruhig falsche Schlüsse ziehen. Elise würde ohnehin nie wieder zurückkehren.

Ihre Papiere waren in Ordnung. Sie überlegte, wie sie ihr Westgeld, das sie monatlich von ihrem Gehalt zurückgelegt und in einer Zigarrenschachtel im Schrank aufbewahrt hatte, sicher über die Grenze bringen könnte. Eine Welle der Empörung überkam sie bei dem Gedanken an den gestrigen Überfall, mindesten 10 000 DM mehr hätten es für sie sein können. Unter den jetzigen Umständen haben die Räuber ihr das Geld gestohlen.

Sie hatte in den drei Jahren bei Schmittke über 5 000 DM gespart. Es waren vorwiegend Hundertmarkscheine, trotzdem ergaben sie ein stattliches Paket. Elise überlegte kurz, dann holte sie ihr Nähzeug hervor und nähte aus großen Taschentüchern zwei Beutel, passend für die Größe der Geldscheine. Die Beutel befestigte sie an einen alten Gürtel aus Stoff und zwar so, dass jeder Beutel über einer Hüfte hing, wenn sie sich den Gürtel unter ihrer Kleidung umband. Auf diese Weise bekam sie zwar unansehnlich breite Hüften, aber das würde niemanden interessieren.

Zufrieden griff sie jetzt nach ihrem Koffer, um ihn zu packen, legte ihn aber gleich wieder beiseite, er war zu groß und auffällig. Da Elise keinen kleineren besaß, ging sie in Schmittkes Wohnzimmer, um seine Reisetasche aus dem Schrank zu holen. Dabei fiel ihr Blick auf den Schreibtisch, sie zögerte. Aber Schmittke war tot, es gab keinen Grund, seine Sachen nicht nach etwas Brauchbarem zu durchsuchen. Elise wusste, dass Schmittke seine Wertsachen in der breiten Schreibtischschublade aufbewahrte und diese immer abschloss. Sie verlor keine Zeit mit der Suche nach dem Schlüssel, sondern holte aus der Küche einen Schraubenzieher, mit dem sie das Schloss aufbrach.

Es lagen jede Menge Papiere und Briefe ziemlich ungeordnet herum. Sie machte sich nicht die Mühe, sie näher durchzusehen. In einer Ecke hatte er Geldscheine gestapelt, nur etwas über 500 DM, aber besser als nichts, dachte sie und steckte sie ein.

Als sie mit der Hand den hinteren Teil der Schublade abtastete, zog sie zu ihrer Überraschung eine Pistole hervor und einen alten Briefumschlag. Die Pistole legte sie wieder zurück. Den Umschlag öffnete sie neugierig und nahm zwei Fotografien heraus. Erschrocken betrachtete sie die fast identischen Bilder, noch nie hatte sie so etwas Abstoßendes gesehen. Aber sie würde sie mitnehmen, vielleicht konnten sie ihr einmal von Nutzen sein. Auf der Rückseite des Fotos waren die Namen der Abgebildeten und das Datum verzeichnet.

In ihrem Zimmer schob Elise die Fotos in einen von ihren Geldbeuteln. Dann packte sie die Reisetasche mit Kleidung und allem, was man für einen einwöchigen Besuch bei einer alten Tante in West-Berlin benötigte – ihre Erklärung für etwaige neugierige Fragen der Volkspolizisten –, und verließ das Haus. —

Zur selben Zeit saßen Helene und Monika Beyer in der S-Bahn, dicht aneinandergelehnt, schweigend und mit klopfenden Herzen. Ihre Anspannung wurde umso unerträglicher, je mehr sie sich der Sektorengrenze näherten.

Sie hatten in der Nacht nicht geschlafen. Zu groß war ihre Furcht, dass ihre Flucht missglücken könnte, zu groß auch ihre Trauer darüber, ihr vertrautes Leben hinter sich zu lassen. In aller Herrgottsfrühe waren sie aus dem Haus geschlichen, voller Angst, dass ihre Flucht von Familie Kohner bemerkt würde, und waren durch den Wald vier Kilometer zur S-Bahn-Station in Zepernik gelaufen. Sie hatten nicht gewagt, in Birkenwalde, wo man sie kannte, in die S-Bahn zu steigen.

Quälend langsam näherte sich der Zug Berlin. Endlich lasen sie die Stationsschilder: Karow, Blankenburg, Pankow-Heinersdorf, Pankow-Schönhausen. Sie fuhren schon durch Ost-Berlin. Jetzt kam noch Bornholmer Straße und – endlich! – die erste Station im Westen: Gesundbrunnen. Dann hatten sie es geschafft. Einige Mitreisende schienen ebenso unter einer kaum auszuhaltenden Spannung zu stehen. Der Mann gegenüber gab sich den Anschein, gelassen das »Neue Deutschland« zu lesen, aber seine Frau musste ihm einen kleinen Schubs geben, weil er die Zeitung verkehrt herum hielt. Auf der anderen Seite des Ganges saß ein älteres Ehepaar stumm nebeneinander, sicher auch Flüchtlinge, dachte Monika. Während ihrer Fahrt waren sie zweimal von Volkspolizisten kontrolliert worden und mussten ihre Ausweise vorzeigen. Es waren bange Minuten, in denen die Gespräche der Fahrgäste leiser wurden oder ganz erstarben. Die Vopos gingen langsam durch den Gang und musterten intensiv die Fahrgäste, aber stellten keine Fragen.

Als endlich das ersehnte Schild »Gesundbrunnen« erschien, ging ein befreites Aufatmen durch den Waggon. Plötzlich unterhielten sich alle lauter, lachten, griffen nach ihren Taschen, viele stiegen aus. Die alte Frau begann zu weinen. »Nun heul mal nicht«, tröstete sie ihr Mann, »ist ja alles gut gegangen. Wir sind da.« Als die Frau immer heftiger schluchzte, kamen auch dem Mann die Tränen und er suchte nach seinem Taschentuch.

Helene und Monika verließen ihren S-Bahn-Zug, um auf die Ringbahn umzusteigen und bis zum Bahnhof Witzleben zu fahren. Von dort war es nur ein kurzer Fußweg zu der »Meldestelle für Sowjetzonen-Flüchtlinge«, bei der alle Bewohner der Ostzone die Notaufnahme beantragen mussten, wenn sie als politische Flüchtlinge anerkannt werden wollten. Die Adresse der Meldestelle kannten die meisten. Regelmäßig wurde sie auch im RIAS genannt, dem »Rundfunk im Amerikanischen Sektor«, dem bevorzugten Sender der West-Berliner, aber auch vieler Bewohner des Sowjetischen Sektors und der Zone.

Das Ziel der Flüchtlinge lag in Charlottenburg am Lietzensee: es war das Haus in der Kuno-Fischer-Straße 8. —

Ebenfalls an diesem Tag fanden die mündlichen Abiturprüfungen statt in der Oberschule von Birkenwalde. Fünf Schüler und Schülerinnen saßen im Vorbereitungsraum über ihre Papiere gebeugt, einige vor Anspannung mit hochrotem Gesicht, und bearbeiteten das Thema für ihre mündliche Prüfung: »Interpretation des Plakats: STALIN – DAS IST DER FRIEDEN.«

Träge beobachtete Genosse Erich Lehmann die Schüler, etwas erhöht an seinem Pult sitzend. Aufsichtführen beim mündlichen Abitur war angenehm, kein scharfes Aufpassen notwendig. Blass, mit ausdrucksloser Miene und leicht hängenden Schultern saß er da, die hellbraunen Haare straff nach hinten gebürstet. Mit Genugtuung dachte er daran, dass sein ödes Lehrerdasein nach diesem Schuljahr endgültig ein Ende hatte.

Lehmann gähnte, schlechte Luft hier. Er zog sein Jackett aus, hängte es über den Stuhl und lockerte seine Krawatte. Unzufrieden betrachtete er die Manschetten seines ehemals weißen Oberhemdes. Er musste unbedingt nach Berlin fahren, um sich etwas zum Anziehen zu kaufen, am besten gleich nach West-Berlin. Hier im örtlichen HO gab es seit langer Zeit keine Oberhemden mehr. Nach einer Weile nahm er die Zeitung »Neues Deutschland« aus der Tasche, die er am Bahnhof gekauft hatte, und begann die neueste Verlautbarung des ZK der SED zu lesen:

»Der Aufbau der Grundlagen des Sozialismus in der Deutschen Demokratischen Republik, der Basis im Kampf für ein einheitliches, demokratisches, friedliebendes und unabhängiges Deutschland, macht die Erhöhung des kulturellen Niveaus unseres Volkes erforderlich. Es kommt darauf an, das sozialistische Bewußtsein der Werktätigen zu entwickeln, die Bevölkerung tief mit der Idee der Verteidigung des Friedens, des Kampfes für einen Friedensvertrag mit Deutschland, der erhöhten Wachsamkeit gegen Agenten, Spione und Saboteure, der Verteidigung unserer Heimat und des Hasses gegen die imperialistischen Kriegsbrandstifter, Militaristen und Vaterlandsverräter zu erfüllen und zur Entfaltung all ihrer Fähigkeiten zum Aufbau des Sozialismus und zur erfolgreichen Durchführung unseres Fünfjahresplanes zu erziehen … «

Wieder gähnte Lehmann. Jetzt stand er auf und öffnete nacheinander alle drei Fenster des Klassenraumes. Sofort strömte frische Luft herein.

»Mir wird kalt.«

Lehmann seufzte, typisch Elisabeth Meyer, zimperlich und verwöhnt. Die glaubt, sie kann sich alles erlauben, nur weil ihr Vater Oberleutnant beim MfS ist, dem Ministerium für Staatssicherheit. Er schloss das Fenster in ihrer Nähe. »Aber die anderen bleiben offen«, sagte er streng und setzte sich wieder.

Nun geschah das Unfassbare. Hagen Dittus, ein unangenehm selbstbewusster und unberechenbarer Schüler, stand plötzlich so hastig auf, dass sein Stuhl mit einem lauten Krach umfiel, warf seinen Füllfederhalter auf den Tisch und rief: »Stalin sollte man den Kopf abschlagen!« Dann sprang er zum Fenster, schwang sich – als guttrainierter Sportler, der er war – mühelos hinaus und lief in langen Schritten über den Schulhof davon.

Genosse Lehmann saß wie vom Donner gerührt. »Der Dittus, dieser freche Kerl, immer ohne klaren Klassenstandpunkt, trinkt Bier und raucht. Und jetzt das! Und gerade bei mir!«, schoss es ihm durch den Kopf, während er zum Fenster stürzte und dem Fliehenden hinterherschrie: »Kommen Sie sofort zurück. Das ist verboten! Sie müssen Ihre Prüfung machen!«

Zunächst sprachlos vor Entsetzen über diesen verbrecherischen Akt und die Beleidigung des großen Sowjetführers, begannen die zurückgebliebenen Klassenkameraden hinter seinem Rücken zu tuscheln und zu kichern.

Lehmann drehte sich schnell um, Schweiß stand auf seiner Stirn. Die Situation durfte ihm nicht entgleiten.

»Ruhe!«, brüllte er erbittert. »Da gibt es nichts zu lachen! Arbeiten Sie weiter!« Er überlegte hastig. Unmöglich konnte er seinen Aufsichtsposten verlassen, um die Verfolgung des Straftäters zu organisieren.

»Laume, gehen Sie zum Genossen Direktor, erzählen Sie ihm, was passiert ist, und bitten Sie ihn, unverzüglich die notwendigen Maßnahmen zu ergreifen!«

Emil lehnte sich in seinem Stuhl zurück. »Kann nicht ein anderer gehen? Ich habe gerade so einen guten Gedanken, den ich gern sofort aufschreiben würde. Sonst vergesse ich ihn wieder.« Treuherzig blickte Emil den Lehrer an. Die Mitschüler feixten.

Ich bin ein Trottel, ärgerte sich Lehman, natürlich schindet der Zeit, ist ein Freund von Dittus. Aber alle Anwesenden waren seine Freunde, dachte er wütend.

»Werden Sie nicht unverschämt. Sie gehen sofort!«

»Na gut.« Langsam erhob sich der Gescholtene und verschwand. —

Hagen rannte auf dem kürzesten Weg zum S-Bahnhof Birkenwalde. Kurz davor lag ein kleines Wäldchen mit dichtem Gebüsch. Er blieb stehen und schaute sich vorsichtig um, aber niemand war zu sehen. Schnell bückte er sich bei einem besonders dicken Busch und atmete auf. Sein Rucksack lag dort genauso, wie er ihn nachts versteckt hatte.

Mit schnellen Schritten ging er zum Bahnhof. Fast hatte er ihn erreicht, als ihn plötzlich eine Stimme in Panik versetzte. Die Frau, die er gestern niedergeschlagen und deren Geld er gestohlen hatte, schrie und rannte hinter ihm her. Gott sei Dank waren keine Menschen in der Nähe und er konnte entkommen.

Wenige Minuten später saß er im Zug nach Berlin. Die S-Bahn war fast leer. Aufatmend lehnte er sich in der Holzbank zurück und blieb so mehrere Minuten unbeweglich sitzen. Dann öffnete er seinen Rucksack und nahm die Aktentasche aus braunem Rindsleder heraus. Fast zärtlich streichelte er sie. Was für ein weiches Leder, und die Schlösser glänzten, als seien sie aus purem Gold.

»Sie haben aber eine schöne Tasche!«

Hagen zuckte zusammen. Doch die alte Frau, die ihm schräg gegenüber saß, lächelte ihn nur harmlos an. Er lächelte zurück. »Ja, ist ein Geschenk von meiner Tante. Aus dem Westen. Zu meiner Konfirmation.«

»Ach, Sie sind konfirmiert? Das freut mich. Ich dachte, das hätten sie längst abgeschafft.«

Dann schwiegen beide. Hagen schloss die Augen. Sekundenlang überkam ihn eine Welle der Angst. Nicht vor der Frau, die ihn erkannt hat. Die war bei dem Schieber angestellt und würde kaum in den Westen kommen. Aber er selbst musste noch mindestens eine halbe Stunde überstehen, bis er in West-Berlin in Sicherheit war. Eine halbe Stunde oder acht Stationen, in denen er jederzeit von Volkspolizisten aus dem Wagen geholt werden konnte. Erst nach dieser halben Stunde würde er wissen, ob die Fahrt mit der S-Bahn ihn in den goldenen Westen gebracht hatte, wo er frei war und alles kaufen konnte, oder ins Zuchthaus, wo er vielleicht den Rest seines Lebens verbringen würde.

Dann dachte er an Monika und zu seiner Angst gesellte sich Trauer. Er seufzte, er hatte sich nicht einmal von ihr verabschieden können. Sie ist das schönste und netteste Mädchen der Welt, dachte er, und ich Feigling habe nicht ein einziges Mal gewagt, sie zu küssen. Wahrscheinlich werde ich sie nie wiedersehen. —

Elise fuhr mit dem Auto zum Bahnhof, nahm ihre Tasche und stieg aus. Das Auto ließ sie einfach stehen. Ein paar Schritte vor ihr ging ein junger Mann mit Schiebermütze und einem großen Rucksack auf den Bahnhof zu.

»Der will auch abhauen«, dachte Elise belustigt, aber dann wurde sie blass vor Zorn.

»Halt!«, schrie sie. Der junge Mann drehte sich erschrocken um, sah sie und rannte los.

»Bleiben Sie stehen!« schrie Elise noch einmal. Blinde Wut überkam sie, dieser Kerl trug ihr Geld in seinem Rucksack davon. »Hagen!« Ihre

Stimme überschlug sich. Sie wollte ihm Angst machen, zeigen, dass sie seinen Namen kannte. Gleichzeitig versuchte sie, hinter ihm herzurennen, aber sie wurde durch die schwere Reisetasche behindert und durch ihre guten Schuhe mit den hohen Absätzen, auf denen sie beim Laufen sofort mit dem Fuß umknickte.

Als sie endlich den Bahnsteig erreichte, konnte sie gerade noch sehen, wie der Bandit mit ihrem Geld in einen S-Bahnwagen sprang. Dann schlossen sich die Türen und der Zug fuhr ab.

Außer Atem blieb Elise stehen, der nächste Zug kam in zwanzig Minuten. Sie setzte sich auf eine Bank und zwang sich zur Ruhe. Ihr Gesicht bekam einen harten Zug. Dieser Mensch geht in den Westen und will dort bleiben, überlegte sie. Also wird er die Flüchtlingsmeldestelle aufsuchen und die Aufnahme beantragen. Genau wie ich. Dort finde ich ihn, ich habe Zeit, ich werde auf ihn warten. Ich werde nicht ruhen, bis ich mein Geld wiederhabe. Das Restaurant am Tegernsee muss sich noch ein wenig gedulden. —

Es war zwei Uhr, die sechste Stunde im Charlottenburger Gymnasium in West-Berlin war beendet, Schulschluss. Es klingelte, besser gesagt, der Hausmeister schlug in Ermangelung einer Klingel mit einem Eisenstab gegen ein Ofenrohr, um das Ende des Unterrichts anzukündigen. Noch war die Schule provisorisch im obersten Stockwerk des Gebäudes der ehemaligen Reichsjugendführung in der Heerstraße, nahe dem Reichskanzlerplatz untergebracht.

Die Schüler und Schülerinnen der Klasse 12a packten ihre Mappen und verließen in kleinen Gruppen den Raum. Nur Horst Dinkelbach rührte sich nicht. Wenn das so weiter geht, bleibe ich sitzen, dachte er. Das wäre eine Katastrophe.

»Nun lassen Sie den Kopf nicht hängen. Es kann nur noch besser werden.« Der junge Studienrat Mandel, der ihm gerade die zweite verhauene Mathematikarbeit dieses Halbjahres zurückgegeben hatte, nickte ihm gut gelaunt zu, bevor er das Klassenzimmer verließ.

Gereizt stand Horst auf: »Ihre Sprüche können Sie sich sparen«, sagte er halblaut. Der Mandel sollte ihn ruhig hören. Aber der war schon weg, begrüßte am Ende des Ganges übertrieben laut Fräulein Weiß, das, aufgedonnert wie immer, gerade den Kunstsaal abschloss. Fast alle Schüler waren in die junge Lehrerin verknallt. Horst aber nicht.

Langsam lief er die vier Treppen hinunter, die abgewetzte Aktentasche mit seinen Schulsachen in der Hand. Er war ein ernsthafter, hochaufgeschossener Junge, bei dem jede lange Hose einige Zentimeter über dem

Knöchel endete. Es störte ihn nicht, die meisten Mitschüler trugen ähnliche mehr oder weniger passende oder zusammengestückelte Kleidung.

Vor dem Eingang standen noch Klassenkameraden, von denen keiner eine so schlechte Arbeit geschrieben hatte wie er, lachten und unterhielten sich laut, unter ihnen auch sein Freund Helmut Schulze. Horst zögerte, dann stellte er sich dazu. Er hatte es nicht eilig, nach Hause zu kommen.

Als sie sich schließlich trennten, verabschiedete sich auch Helmut von ihm: »Du musst alleine nach Hause gehen, Horst, ich bin heute nämlich nicht zu Fuß gekommen. Mein Vater hat mir endlich ein Fahrrad gekauft.« Helmut strahlte. »Prima, nicht? Willst du es sehen?«

»Ein andermal«, erwiderte Horst abrupt und wandte sich ab. Während er die breite Heerstraße überquerte, hörte er Helmut hinter ihm herschreien: »Alter Neidhammel!«

Missmutig lief Horst weiter zum Reichskanzlerplatz, vorbei an dem wiederhergestellten ehemaligen Amerika-Haus, in dem die Engländer ihren NAAFI-Club eingerichtet hatten, nebst Laden und Kino im Erdgeschoss. Betreten für Deutsche verboten. Charlottenburg gehörte zum britischen Sektor.

Sieben Jahre nach Beendigung des Zweiten Weltkrieges war Berlin noch in weiten Teilen eine Trümmerwüste. Auch rund um den ausgedehnten Reichskanzlerplatz waren viele der großen Mietshäuser ganz oder teilweise zerstört, aber Horst nahm die Ruinen gar nicht mehr wahr.

Als er, ohne nach rechts und links zu blicken, Autos fuhren hier ohnehin nicht, die schmale Thüringer Allee am Hildegardkrankenhaus überquerte und in die Masurenallee einbog, dachte er grimmig: Helmut hat Recht, ich bin ein Neidhammel. Ich habe aber auch Grund dafür. Helmut hat alles, einen Vater mit einem Laden in der Bernauer Straße, der die reinste Goldgrube ist. Sein Geschäft, in dem er Süßwaren und alkoholische Getränke verkaufte, war immer voll. Die Bernauer Straße lag direkt an der Grenze nach Ost-Berlin, der Bürgersteig gehörte noch zum Westen, die Häuser standen schon im Ostsektor. An dieser Straße auf der gegenüberliegenden Seite gab es in endloser Reihe Läden und Kioske, oft auch nur einfache Bretterbuden, die alle dasselbe anboten: Waren, die die Ost-Berliner und die Bürger der Sowjetischen Besatzungszone in ihren Einheitsläden, genannt HO (Handelsorganisation), nicht bekamen, vor allem Zigaretten, Kaffee, hochwertige Spirituosen, Schokolade und Süßigkeiten, Nylonstrümpfe, Kosmetika, Delikatessen usw.

Helmuts Vater verdiente viel Geld mit seinem Laden. Gerade hatte er seine alte Schrottkarre aus der Vorkriegszeit gegen einen neuen Mercedes Benz 170 S eingetauscht. Außerdem war er unheimlich nett und großzügig, dachte Horst verbissen. Bringt immer Schokolade mit und gibt seinem Sohn Taschengeld. Neuerdings sogar Zigaretten und Bier, manchmal sogar Schnaps. Junge Männer müssen rauchen und trinken können, meinte er neulich lachend und bot auch Horst eine Zigarette und ein Glas Wodka an.

Mitten in diese Gedanken hinein erhielt Horst einen so heftigen Schlag auf den Rücken, dass er taumelte. Verärgert blickte er sich um, dann bückte er sich nach dem Fußball, der ihn eben getroffen hatte. Zwei kleine Jungen kamen angerannt, blieben in angemessener Entfernung stehen und schauten ihn ängstlich an.

»Könnt ihr nicht aufpassen?«, schimpfte Horst, »so ein harter Fußball. Das tut doch weh.«

»Entschuldigen Sie bitte. Es war nicht mit Absicht«, stotterte der größere der beiden Jungen.

»Ist schon gut.« Horst war wieder besänftigt. »Was macht ihr überhaupt hier allein auf der Straße? Wo sind denn eure Eltern?«

Es war eine rein rhetorische Frage, offensichtlich handelte es sich bei den Knaben um Flüchtlingskinder. Seit vor einem Monat die SED-Regierung die Grenzen nach Westdeutschland abgeriegelt hatte, kamen jetzt alle Flüchtlinge nach West-Berlin und beantragten hier die Notaufnahme, täglich oft Tausende. In Berlin mit seinem Sonderstatus setzten sie sich im Ostteil der Stadt wie Tagesausflügler in die S-Bahn und fuhren ungehindert in den Westsektor. Sie unterzubringen, war ein großes Problem für den West-Berliner Senat, der innerhalb kurzer Zeit immer neue Lagerunterkünfte schaffen musste. Auch die Messehallen an der Masurenallee und am Messedamm, die nicht so schwer zerstört waren, wurden als provisorisches Flüchtlingslager eingerichtet. Daher herrschte auf den Straßen um den Funkturm immer reger Betrieb und auf dem Messegelände war ein ständiges Kommen und Gehen.

Der größere Junge gab Auskunft: »Mutti ist bei der Meldestelle in der Kuno-Fischer-Straße. Da muss man immer lange warten. Und Vati kommt gleich. Solange dürfen wir hier spielen.«

»Dann geht mal lieber ein bisschen näher an die Halle 'ran«, Horst wies auf die große, noch nicht wiederaufgebaute Ehrenhalle, hinter der der Funkturm hervorlugte, »sonst kullert der Ball auf die Straße. Ab und zu kommt doch mal ein Auto«, belehrte sie Horst, der immer noch den Fussball in der Hand hielt.

Die Jungen warteten. Dann fragte der kleinere ein wenig unsicher: »Können wir unsern Ball wiederhaben?«

Jetzt lachte Horst und gab ihm den Ball: »Na klar, entschuldigt! Wie habt ihr den eigentlich über die Grenze geschmuggelt?«

Die Jungen grinsten: »Im Kinderwagen von unserer Schwester.«

»Mutti hat sogar ihre Nähmaschine mitgenommen«, erzählte der größere stolz.

»Eine Nähmaschine? Wie denn?«, fragte Horst verwundert.

»Ganz einfach. Als wir am Ostkreuz in die S-Bahn eingestiegen sind, hat Vati die Nähmaschine schnell mit einer Kette an eine Bank angeschlossen. Und als wir im Westsektor waren, hat er das Schloss wieder abgemacht. Wenn uns Volkspolizisten kontrolliert hätten, hätten wir so getan, als ob die uns nicht gehört. Aber sie hätten die Nähmaschine nicht mitnehmen können, weil sie angeschlossen war. Und an der Grenze müssen die Vopos dann raus, die dürfen ja nicht in den Westen«, schloss er triumphierend und fügte enttäuscht hinzu: »In unsere S-Bahn kamen aber gar keine Vopos. Die kontrollieren ja nicht immer.«

Horst hatte belustigt zugehört: »Das habt ihr toll gemacht. Auf die Idee muss man erstmal kommen.«

»Die Idee stammt nicht von uns«, erklärte der Junge bescheiden. »Das haben schon viele gemacht, Vati hat es von einem Kollegen gehört.«

»Da kommt er«, rief jetzt sein Bruder und lief einem dünnen, noch jungen Mann mit einem dicken braunen Haarschopf entgegen, das Ebenbild seiner Söhne.

»Da bin ich wieder«, der Vater strich ihnen liebevoll über die Köpfe, »ihr müsst trotzdem noch etwas warten. Ich will kurz hinüber in das Rundfunkhaus gehen.« Er wies auf das riesige Gebäude aus dunkelroten Klinkern auf der anderen Seite der Masurenallee.

»Das würde ich lieber lassen«, mischte sich Horst zögernd ein. »Sie sind doch ein Flüchtling, oder nicht?«

Der Vater musterte Horst mit skeptischen Blicken: »Ja. Wieso?« Nach einer kurzen Pause: »Ich denke, es ist meine Pflicht, die Menschen hier im Westen über die Zustände in der Zone aufzuklären. Ich will im Sender mit einem Redakteur sprechen.«

»Aber nicht hier!« Horst blickte den Mann aufgeregt an. »Das Rundfunkhaus ist eine sowjetische Enklave, da sitzen Russen drin. Da, lesen Sie!« und er wies auf das Warnschild vor dem Rundfunkhaus. »›ACHTUNG! Dies ist kein West-Berliner Sender. Die West-Berliner Sender sind NWDR, Heidelberger Pl. 3, RIAS Kufsteiner Str. 69.‹ Das Schild ist extra für die Leute aus dem Osten angebracht, damit sie nicht aus Versehen hineingehen.«

Der Vater wurde blass: »Wieso? Wir sind doch hier im britischen Sektor.«

»Ja. Aber damals gleich nach Kriegsende, waren zuerst nur die Russen in Berlin, die anderen Alliierten kamen erst im Juli. Und die Russen haben sich das Rundfunkhaus gleich unter den Nagel gerissen und es auch behalten, als Charlottenburg britischer Sektor wurde. Hier wurde der ostzonale ›Berliner Rundfunk‹ aufgebaut, der vor kurzem nach Adlershof umgezogen ist. Sie haben alles mitgenommen, was nicht niet- und nagelfest war, das ganze Haus ausgeplündert.«

»Und was ist jetzt in dem Haus?«

»Drinnen haben sich sowjetische Soldaten einquartiert. Und von außen wird das Haus von den Briten bewacht. Zeitweise hatten die sogar das Gebäude mit Stacheldraht umgeben. Die Engländer wollen die Russen natürlich loswerden, aber das geht nicht so einfach. In dem Rundfunkhaus befindet sich wahrscheinlich auch eine Dienststelle des ostzonalen SSD.«

»Staatssicherheit? Hier in West-Berlin?«

Horst wurde unsicher, aber er hatte von Herrn Schulze Entsprechendes gehört, allerdings unter Vorbehalt.

»Genaues weiß ich natürlich nicht. Im vorigen Jahr, als der Sender noch in Betrieb war, sollen einige Flüchtlinge dort hineingegangen sein, weil sie dachten, es ist ein Westsender. Aber sie wurden von Mitarbeitern des SSD festgehalten und wieder in den Osten verschleppt und angeklagt, weil sie Kontakt zum Klassenfeind aufnehmen wollten. Hier in dieser Gegend mit der Flüchtlingsmeldestelle und den anderen Behörden für die Ostflüchtlinge treiben sich viele Spitzel herum.«

Dann fügte Horst neugierig hinzu: »Ich staune, wieviele Leute die Zone verlassen. Man hat den Eindruck, die Hälfte der Bevölkerung ist schon im Westen.«

»Das sieht hier vielleicht so aus«, widersprach der andere. »aber letzten Endes sind es nur ein paar Prozent, die weggehen. Lassen Sie einfach mal alles stehen und liegen! Die Leute passen sich an die neuen Verhältnisse an oder machen Parteikarriere. Manche halten den Kommunismus auch wirklich für die bessere Gesellschaftsordnung.« Er zuckte mit den Schultern. Verbittert fuhr er fort: »Wir hatten keine Wahl. Sie haben uns enteignet, uns die Gärtnerei weggenommen, die seit drei Generationen unserer Familie gehört. Neuerdings bestimmen ja die Parteibonzen, was produziert wird. Planwirtschaft nennen sie das.« Der Mann schüttelte den Kopf: »Nee, da fangen wir lieber im Westen neu an.«

Dann wandte er sich betont munter an die Söhne: »Jetzt wollen wir mal sehen, wieweit die Mutti in der Schlange vorangekommen ist. Auf Wiedersehen!«

Die Drei marschierten in Richtung Kuno-Fischer-Straße davon. —

Horst war am Messedamm angelangt, blieb an der Bordsteinkante stehen und betrachtete einige Minuten die verschiedenen Autotypen, die hier entlangfuhren. Dann überquerte er die breite Straße mit dem grünen Mittelstreifen und den Pappelreihen und betrat die Brücke am S-Bahnhof Witzleben. Eben war ein Zug angekommen, aus dem Eingang quoll eine Traube von Menschen, alte und junge, Männer, Frauen, Kinder, beladen mit Taschen oder Rucksäcken. Wie gewöhnlich wandten sich die meisten nach links und gingen die Neue Kantstraße hinunter.

Als Horst die Straße überqueren wollte, wurde er plötzlich angesprochen von einem jungen Mann mit Schiebermütze, ungefähr in seinem Alter und ebenso groß. Der Fremde trug einen dunkelgrünen großen Armeerucksack auf dem Rücken.

»Entschuldigen Sie, können Sie mir sagen, wo die Riehlstraße ist?«, fragte er.

»Dort gleich um die Ecke«, gab Horst Auskunft, »Ich gehe auch in die Richtung. Ich zeige sie Ihnen.« Neugierig fuhr er fort: »Sind Sie ein Flüchtling?«

Der Fremde lachte kurz auf: »Sieht man mir das an? Es stimmt. Ich bin heute Vormittag von zu Hause weg.«

Horst hätte gern nach Einzelheiten gefragt, aber er hielt sich zurück. Was ging ihn der Fremde an? Als sie an seinem Wohnhaus an der Ecke Neue Kantstraße/Herbartstraße angekommen waren, wies Horst nach links: »Dort drüben ist die Riehlstraße. Sie müssen nur geradeaus gehen. Zu welchem Haus wollen sie denn?«

»Nr. 7, da wohnt meine Tante.«

»Ist auf der linken Seite, das Eckhaus.«

»Vielen Dank. Wiedersehen.« Der junge Mann tippte kurz an seine Mütze und ging los, während Horst seinen Wohnungsschlüssel aus der Tasche holte.

Das um die Jahrhundertwende hochherrschaftlich gebaute Mietshaus war durch die Bombenangriffe der letzten Kriegsmonate fast vollständig zerstört worden. Allein die rechte Seite des Hinterhauses war noch bewohnbar. Dort lebte Horst mit seiner Mutter Karin Dinkelbach im vierten Stock, in einer kleinen, notdürftig wieder hergerichteten Eineinhalbzimmerwohnung. Auf dem Dachboden über ihnen regnete es durch das unzulänglich reparierte Dach häufig herein und die Mäuse gaben sich ein Stelldichein. Ein elendes Loch ihre Wohnung, nach Horsts Meinung, aber Karin war froh, nicht in Untermiete leben zu müssen.

Seit drei Jahren wohnten sie hier. Ursprünglich stammten sie aus Weißensee in Ost-Berlin. Dort hatte die Familie ein gutbürgerliches Leben geführt, seine Eltern, Horst und seine drei Jahre ältere Schwester Gisela. Der Vater war Zahnarzt und hatte eine gutgehende Praxis, die alle politischen Katastrophen überstand. Aber nach dem Krieg und der sich abzeichnenden Spaltung der Stadt, wollten Dinkelbachs nicht im kommunistischen Osten bleiben. 1949 durften sie in den Westen übersiedeln, ganz legal per Kopftausch, d. h. im Austausch mit einer vierköpfigen Familie, die aus einem Westsektor in den sowjetischen überwechseln wollte. Allerdings war die Wohnungssuche im Westen äußerst schwierig, zu viele Wohnungen waren zerstört. Schließlich fanden sie diese ärmliche Bleibe.

»Wir nehmen sie, aber nur vorübergehend«, entschied Dr. Georg Dinkelbach. »Ihr zieht dort ein, seid schon mal im Westen. Ich suche eine Praxis und wenn ich sie gefunden habe, ziehen wir um in eine richtige Wohnung. Unterdessen verdiene ich noch in Weißensee unser Geld.«

Das war vor drei Jahren. Seine anfangs regelmäßigen Besuche wurden immer seltener, ebenso die Praxissuche im Westen. Nie hatte er Zeit. Schließlich schickte er einen Brief, er wolle sich scheiden lassen, er habe eine andere Frau kennengelernt. Wie die Mutter später erfuhr, war diese Frau eine Witwe mit einem großen Haus in Pankow und guten Beziehungen zu der dort ansässigen Politprominenz. Horst hatte seinen Vater, den er für den Verrat aus tiefstem Herzen hasste, seitdem nicht wiedergesehen.

Seine Schwester Gisela wohnte bis vor einem halben Jahr bei ihnen. In einem Modesalon in der Müllerstraße im Wedding verkaufte sie nicht nur elegante Kleider, sondern durfte sie als Mannequin auch vorführen. Vor kurzer Zeit war sie in die Nähe ihrer Arbeitsstelle zur Untermiete in die Seestraße umgezogen. Horst war darüber froh. Nun bewohnte er das halbe Zimmer und brauchte nicht mehr auf dem Sofa im Wohnzimmer zu schlafen, in dem auch seine Mutter im Bett in der Ecke schlief.

Karin Dinkelbach war nach der Trennung von ihrem Mann völlig zusammengebrochen. Sie hatte jung geheiratet, war dankbar gewesen, dass ein gut aussehender Mann, sogar Akademiker, an ihr trotz ihrer Schüchternheit und ihres farblosen Aussehen Gefallen gefunden hatte. Sie hatte ihre kaufmännische Lehre abgebrochen und nur für die Familie gelebt.

Die Scheidung hatte Karin den Boden unter den Füßen weggerissen, und sie wusste nicht, wie sie weiterleben sollte. Den Mann hatten zwar auch andere Frauen verloren, aber sie waren wenigstens Kriegerwitwen und nicht schmählich wegen einer anderen verlassen worden.

Die Umstände zwangen Karin, tätig zu werden. Sie musste sich eine Arbeit suchen, was bei ihrer mangelhaften Berufsausbildung und der herrschenden Arbeitslosigkeit fast aussichtlos war. Georg Dinkelbach schickte wenig Geld. Zudem war es Ostgeld, d. h. sie mussten es in der Wechselstube am Kaiserdamm zu einem schwankenden, aber immer schlechten Kurs in Westgeld umtauschen, oft 4:1, manchmal sogar nur 7:1. Von dem wenigen Westgeld, das sie dafür erhielten, konnten sie nur das Allernotwendigste bezahlen. Daher fuhr Karin mit ihrem Sohn regelmäßig in den Ostsektor, um dort mit Ostgeld Dinge für den täglichen Bedarf billig einzukaufen. Immer mit schlechtem Gewissen, eingedenk der Mahnungen des West-Berliner Senats und seiner Plakate von den unsolidarischen »Herrn Schimpf und Frau Schande«, die im Westen leben, aber im Osten kaufen und dadurch die West-Berliner Wirtschaft schädigen.

Aber jetzt hatte sich eine Wende zum Guten ergeben. Nicht nur, dass Gisela auf eigenen Füßen stand, auch Karin kam neulich voll Freude nach Hause. Seit langem war sie in der evangelischen Kirchengemeinde am Lietzensee bei der Flüchtlingsbetreuung ehrenamtlich tätig. Nun berichtete sie ihrem Sohn, dass sie demnächst eine Stelle als Sekretärin im Büro bei Pfarrer Molnar antreten konnte. Horst freute sich mit ihr, schon lange hatte er seine Mutter nicht mehr so fröhlich gesehen. Und auch die materielle Not schien für die nächste Zukunft etwas gemildert.

Gerade wollte er das Haus betreten, da hörte er Schritte und eine vertraute Stimme: »Guten Tag, kleiner Bruder!« Ehe er sich wehren konnte, reckte sich seine Schwester zu ihm empor und gab ihm einen Kuss auf die Wange. »Naja«, sie grinste, »den kleinen Bruder muss ich zurücknehmen. Ich vermute, du hast die 2-Meter-Marke schon überschritten.«

»Tag«, Horst lachte, »noch nicht, es fehlen noch 8 cm.« Dabei rieb er sich automatisch die Backe, weil erfahrungsgemäß nach den Küssen seiner Schwester immer Lippenstift kleben blieb.

»Wie du wieder aussiehst und wie du riechst«, er musterte sie abschätzend, »wie Fräulein Weiß.« Aber eigentlich gefiel sie ihm gut, wie sie so vor ihm stand, schlank und hübsch in ihrem beigefarbenen, modisch taillierten Kostüm und der weißen Bluse. Ihr Anblick stand im krassen Gegensatz zu der halbzerstörten grauen Umgebung.

Gisela kam nicht häufig zu Besuch. Sie arbeitete viel, verdiente aber auch gut. Sie war immer geschmackvoll angezogen und brachte meistens bei ihren Besuchen kleine Geschenke mit.

Gisela lachte: »Du brauchst nicht zu wischen, der ist kussecht. Wer ist denn Fräulein Weiß?«

»Meine Kunstlehrerin, die ist immer entsetzlich angemalt.«

Wieder lachte die Schwester: »Mir und den meisten Männern gefällt's. Du wirst auch noch dahinterkommen.«

»Wieso bist du eigentlich hier?«

»Ich habe heute Nachmittag frei und da wollte ich, wenn auch verspätet, Mutti mein Geburtstagsgeschenk bringen. Ich habe Nylons für sie.«

Gemeinsam gingen sie über den staubigen, verdreckten Hof und stiegen die vier Treppen hinauf. Als Horst die Wohnungstür aufschloss, rief Gisela: »Mein Gott, wie es in dieser Wohnung immer riecht, der Geruch geht wohl gar nicht mehr raus!«

»Das sind die Kohlrüben, unser Standardmenü.« Horst ging in die Küche und riss das Fenster auf.

»Mutti ist nicht da?«, wunderte sich Gisela.

»Nein, sie kommt aber bald, sie hat heute bis um drei Uhr nachmittags Dienst im Zelt.«

Während Gisela sich auf das ausgesessene Sofa im Wohnzimmer fallen ließ, in der Handtasche nach ihren Zigaretten suchte und sich schließlich mit einem eleganten Feuerzeug eine ›Juno‹ anzündete, fragte sie den Bruder:

»Was heißt das: ›Zelt‹ und ›Dienst‹, was macht sie denn?« Sich behaglich zurücklehnend nahm sie einen tiefen Zug.

Horst hatte ihr gegenüber auf einem Stuhl neben dem runden Esstisch Platz genommen.

»Sie engagiert sich in der Gemeinde am Lietzensee und hilft bei der Betreuung von Flüchtlingen in der Kuno-Fischer-Straße«, gab er Auskunft.

»Entschuldige, wenn ich dumm frage«, Gisela war nur mäßig interessiert, »ich bin lange nicht mehr dort gewesen. Was ist denn da los?«

»Das weißt du doch. In der Kuno-Fischer-Straße ist die Notaufnahmestelle für die Flüchtlinge aus der Ostzone.«

»Und was hat das mit der Gemeinde zu tun?«

»Weil die Straße zu ihrem Gebiet gehört, fühlen sich die Pfarrer und die Gemeinde verantwortlich für die Betreuung der Flüchtlinge. Es wurden Helferkreise gegründet, die sich vor allem um die Alten und die Kinder kümmern. Der Gemeindekirchenrat hat ein Diakoniezelt aufgestellt, in dem die Flüchtlinge versorgt werden und in dem sie ihr Gepäck zur Aufbewahrung abgeben können. Aber der Platz dafür musste regelrecht erkämpft werden. Die Straße ist voll von den Menschen. Es ist meistens ein schreckliches Gedränge. Außerdem wurden noch Baracken neben und hinter dem Haus zum See hin aufgestellt, auch ein Toilettenwagen. Du musst mal hingehen und dir das angucken. Du erkennst die Straße nicht wieder. Gibst du mir auch eine?« endete Horst übergangslos.

»Na klar, ich wusste nicht, dass du rauchst«, Gisela reichte ihm die Zigarettenschachtel und das Feuerzeug. »Seit wann denn?«

»Nur ein bisschen. Ich habe kein Geld, mir Zigaretten zu kaufen. Aber Helmut bekommt oft welche von seinem Vater, von denen gibt er mir ab. Mutti weiß nichts davon, zu Hause rauche ich sonst nie.« Jetzt paffte auch Horst genüsslich die ›Juno‹.

Spontan hielt Gisela ihm ihre halbvolle Schachtel hin: »Hier, kannst meine haben, großer Bruder.« Beide lachten.

»Ich bin froh, dass du da bist.« Horst errötete ein wenig.

»Und Mutti hilft also in diesem Zelt«, setzte Gisela das Gespräch fort.

»Ja, sie gehört zum Helferkreis von Pfarrer Molnar. Bei der Betreuung beteiligen sich auch die anderen evangelischen Gemeinden von Charlottenburg, immer in einer bestimmten Reihenfolge, und jeder kann mitmachen. Mutti arbeitet gern im Zelt, so kommt sie auf andere Gedanken. Überhaupt hat sie sich in der letzten Zeit verändert, ist gar nicht mehr so niedergeschlagen. Im Gegenteil, sie lacht öfter, dreht sich die Haare ein, hat sich sogar Ponys geschnitten und einen Lippenstift gekauft.«

Horst blickte die Schwester fragend an, ob sie eine Erklärung für die rätselhafte Verwandlung der Mutter hätte.

Gisela wusste sofort Bescheid: »Sie hat einen Freund.«

Ihr Bruder verlor die Fassung: »Mutti? Einen Freund? In ihrem Alter? Spinnst du?«

Aber Gisela blieb gelassen: »Reg dich ab. Mutti ist 43, das ist nicht alt. Und sie sieht gut aus, wenn sie sich zurechtmacht. Das musst du zugeben.«

Horst schwieg, aber allmählich gewöhnte er sich an den Gedanken: »Aber wen denn?«, überlegte er.

Seine Schwester hatte keine Probleme mit in Frage kommenden Liebhabern: »Na, ihren Pfarrer vielleicht, mit dem sie sich so gut versteht?« Sie amüsierte sich köstlich bei dem Gedanken.

»Quatsch! Der ist verheiratet und hat Kinder.«

»Na und? Unser Vater war auch verheiratet und hatte Kinder. Vielleicht ist es jemand, den sie bei ihrer Arbeit im Zelt kennengelernt hat. Oder ein Flüchtling. Wir werden sehen.«

Nachdem Horst noch von der neuen Arbeitsstelle ihrer Mutter in der Gemeinde erzählt hatte, waren die Geschwister sich einig, dass alles nur besser werden könne, und steckten sich eine weitere Zigarette an.

Später, Karin Dinkelbach war bereits einige Zeit zu Hause und sie hatten zusammen den von Gisela mitgebrachten Kaffee getrunken, stand Horst auf.

»Ich gehe noch mal rüber zu Helmut. Wir wollen ein bisschen Mathe üben.« Von seiner schlechten Klassenarbeit hatte er bisher nichts erzählt. »Sehen wir uns nachher noch?«, fragte er die Schwester.

»Sicher«, nickte sie ihm zu, »wenn du nicht so lange bleibst.«

»Bestimmt nicht. Also, dann bis nachher!« —

Horst besuchte seinen Freund Helmut regelmäßig, der gegenüber an der Ecke Herbart-/Neue Kantstraße wohnte in einem Haus, das zur Hälfte weggebombt war. Daher umfasste die ehemals geräumige Wohnung im ersten Stock nur noch die drei auf der rechten Seite des Flurs liegenden Zimmer, während sich hinter den – immer verriegelten – Türen auf der linken Seite ein Abgrund auftat. Am Ende des langen Flurs befand sich ein provisorisches Lager für die Waren, die Helmuts Vater in seinem Laden an der Sektorengrenze verkaufte.

Gleich vorn neben der Wohnungstür lag Helmuts Zimmer. Es war groß, zwar mit altmodischen Möbeln eingerichtet, aber alle passend im selben Stil, der Schreibtisch, der Schrank, das Bett, die Sessel. Horst fühlte sich dort wie in einer anderen Welt. Nichts war hier eng und ärmlich, wie bei ihm zu Hause. Hinzu kam, dass Helmut ein wirklicher, eigentlich sein einziger Freund war, im Gegensatz zu ihm ein guter Schüler, der ihm oft beim Lernen half.

Als Helmut auf Horsts Klingeln die Wohnungstür öffnete, freute er sich über seinen Besuch und schlug ihm zur Begrüßung freundschaftlich auf den Rücken: »Tag, Alter, du willst sicher endlich mein neues Fahrrad sehen, oder? Komm rein! Es steht hier in meinem Zimmer.«

Gerade hatte Helmut begonnen, die zahlreichen technischen Raffinessen vorzuführen, da ging die Tür auf und sein Vater kam herein, klein, dick, mit einer Zigarre in der Hand.

»Ach, du hast Besuch. Tag, Horst!« Herr Schulze gab ihm die Hand und lachte, stolz auf das Rad weisend: »Hat mich eine Stange Geld gekostet. Aber was tue ich nicht alles für meinen Sohnemann!« Dabei kniff er Helmut grinsend in die Wange, der aber nur unwillig den Kopf zurückzog.

Ohne zu fragen, ließ sich der Vater in einem Sessel nieder, den Bauch vorgeschoben, über den sich zwei ausgeleierte Hosenträger spannten. An den Füßen trug er schiefgelaufene braunschwarz karierte Pantoffeln. Anders als in seinem Laden, in dem er als seriöser Geschäftsmann nur mit Anzug, weißem Hemd und Krawatte auftrat, ließ sich Herr Schulze zu Hause gern etwas gehen.

»Und? Was macht die Schule?«, begann er das Gespräch und schaute Horst aufmunternd an. »Setz dich mal hin!« Er wies auf den anderen Sessel. »Wie ist es? Willst du nicht doch bei mir im Laden anfangen?« Er blickte kurz zu Helmut hinüber. »Den da brauche ich nicht mehr zu fragen, der lehnt sowieso ab. Will unbedingt studieren. Aber bei dir ist es anders.« Warum, sagte er nicht, sondern zog ausgiebig an seiner Zigarre. »Ich brauche unbedingt jemanden, der mir hilft. Der ehrlich ist, zuverlässig, schlau, flink usw. – ein Typ wie du, Horst!« Herr Schulze meinte es mit seinem Angebot ernst. »Und bei mir kannst du gutes Geld verdienen –

sehr gutes«, fügte er hinzu. Horst lächelte ihn an und schüttelte den Kopf. Was sollte er sagen? Schon mehrmals hatte er sein Angebot abgelehnt.

»Du hast doch den Lemke«, mischte sich jetzt Helmut ein.

»Lemke?« Alles Gemütliche war von dem dicken Mann abgefallen. Sein Gesicht lief vor Empörung rot an: »Hör mir bloß mit dem auf! Den habe ich heute rausgeschmissen, fristlos!«

»Was hat er denn gemacht?« Verwundert über die heftige Reaktion seines Vaters, blickte Helmut hoch.

»Dieser Mistkerl hat mich beklaut. Aber der soll mich kennenlernen!« Der Ton versprach nichts Gutes.

»Warst du bei der Polizei?«, fragte Helmut weiter.

»Nee'«, brummte Schulze.

»Warum nicht? Zeig ihn an.«

Schulze winkte ab: »Das regele ich allein.«

Er hatte sich wieder beruhigt und stand auf: »Ich geh dann. Mutti hat sicher schon das Abendbrot fertig. Wiedersehen, Horst! Und überleg's dir.« —

Als Hagen an der Wohnungstür seiner Tante in der Riehlstraße klingelte, öffnete niemand. Er setzte sich auf die Treppe vor ihrer Wohnung, um auf sie zu warten, aber nach gut einer Stunde kam nur die alte Nachbarin nach Hause. Obwohl Hagen seine schwierige Lage als wohnungsloser Flüchtling schilderte und eigentlich Verständnis erwartete, beäugte sie ihn misstrauisch. Offenbar hielt sie ihn für einen kommunistischen Agenten. Erst nach langem Zögern erklärte sie, dass die Tante einen Besuch macht – wo und bei wem erfuhr er nicht – und einige Tage wegbleibt. Er solle jetzt gehen, dabei schloss sie ihre Wohnungstür auf, oder sie würde die Polizei rufen.

»Ich geh ja schon«, unwillig stand er auf. »Unfreundliche alte Kuh.« Aber diese hatte die Tür bereits hinter sich zugeworfen.

Hagen stieg langsam die Treppen hinunter und verließ das Haus. Er wandte sich nach rechts, denn da lag ein Park, wie er auf dem Hinweg bemerkt hatte. Dort wollte er sich auf eine Bank setzen und überlegen, wie er weiter vorgehen könnte.

An der Ecke Riehlstraße sah er eine Gruppe Kinder vor dem Eckhaus stehen, offenbar eine Schulklasse. Denn eine junge Frau, wohl die Lehrerin, sagte gerade: »Ihr wartet hier, ich gehe erst allein hinein und melde uns an.«

Hagen bemerkte, dass im Keller des Hauses ein Flüchtlingslager eingerichtet war.

»Was macht ihr hier?«, fragte er ein paar Schüler, die sich laut unterhielten. Alle trugen Taschen oder Netze.

Sofort drehten sie sich zu ihm um und der Kleinste meinte kess: »Das sehen Sie doch, wir warten.«

»Und worauf?«, fragte Hagen weiter.

Ein anderer schaute ihn sachlich an: »Sie sind wohl nicht von hier, oder? In diesem Keller sind Flüchtlinge untergebracht. In der Schule haben wir darüber gesprochen und wir wollen nun den Flüchtlingskindern etwas schenken, damit sie sich freuen. Weil sie doch ihre Heimat verlassen mussten.«

»Und was gebt ihr ihnen?«

»Alles Mögliche, jeder hat etwas anderes.« Der Junge zeigte auf seinen Beutel. »Ich habe zum Beispiel Bonbons mit und eine Hose, die mir nicht mehr passt.«

Ein Mädchen mit Zöpfen und einer Stupsnase holte eifrig einen roten Pullover aus ihrer Tasche und zeigte ihn Hagen. »Meine Mutter wollte nicht, dass ich diesen Pullover verschenke, der ist aus Wolle und warm. Ich habe nämlich nur noch einen dünnen aus Baumwolle. Aber ich habe so lange gebettelt, bis sie es mir erlaubte. Der hier kratzt nämlich furchtbar.« Sie lachte verschmitzt.

»Du bist plemplem!« Der kleine Kesse guckte sie herablassend an. »Wer soll den anziehen? Der ist viel zu warm. Und ihn aufzuheben, lohnt sich nicht. Im Winter haben die meisten Flüchtlinge längst selber Geld und ein neues Zuhause und brauchen deinen ollen Kratzepullover nicht mehr.«

Statt einer Antwort streckte das Mädchen ihm die Zunge heraus.

In diesem Moment kam die Lehrerin: »Wir können jetzt hineingehen.«

Nun stiegen die Schüler der Reihe nach ein paar Stufen hinunter in den Keller. Hagen, neugierig geworden, schloss sich ihnen an. Der Keller hatte mehrere Räume, in jedem war der Fußboden dicht mit Strohsäcken bedeckt, auf denen Menschen saßen oder lagen.

Die Schüler verteilten sich in den verschiedenen Kellerräumen und übergaben den anwesenden Kindern ihre Mitbringsel. Die meisten Beschenkten bedankten sich erfreut, einigen schien es unangenehm zu sein, weil sie nicht gewohnt waren, als bedürftig angesehen zu werden, nahmen aber doch gern die Schokolade und andere Sachen entgegen.

»Danke, wir brauchen nichts. Geh weiter!«, hörte Hagen plötzlich eine strenge Altmännerstimme. Er sah, dass sich offensichtlich ein Großvater lautstark einmischte, als ein Schüler einem gleichaltrigen Jungen eine Apfelsine hinhielt.

Sofort widersprach eine jüngere Frau: »Vater, hör auf! Natürlich nimmt Klaus die Apfelsine.«

Und zu dem Schüler, der erschrocken danebenstand, sagte sie: »Du darfst ihm das nicht übelnehmen. Sein Leben lang hat er nie etwas von andern Menschen annehmen müssen, sondern selbst viel verschenkt. Er hat sich noch nicht daran gewöhnt, jetzt nichts mehr zu besitzen.« Dann legte sie den Arm um die Schultern des Vaters: »Wart nur, Vater. Bald geht es uns wieder gut. Das hier ist alles nur vorübergehend.«

Hagen hatte genug gesehen. Auf der Straße schloss er einen Moment wegen der strahlenden Sonne die Augen. Erst jetzt merkte er, wie dunkel es im Keller gewesen war und welch abgestandene Luft dort geherrscht hatte. Nein, dachte Hagen, in ein Flüchtlingslager würde er nie gehen.

Er überquerte den Königsweg, auf dem eine Horde Kinder Völkerball spielte. Das Spielfeld hatten sie auf dem Fahrdamm aufgezeichnet. Hagen wunderte sich, er hatte sich vorgestellt, alle Straßen im Westen seien ständig von Autos befahren. Aber hier war bisher kein Auto vorbeigekommen, keines parkte an der Bordsteinkante und auch die ballspielenden Kinder schienen mit keinem zu rechnen. Aber wahrscheinlich war das nur eine kleine Nebenstraße und auf dem Kurfürstendamm oder ähnlich wichtigen Straßen sah es sicher anders aus. Hagen brannte darauf, endlich alles kennenzulernen.

Durch ein steinernes Tor mit einer weißen Holztür betrat er den Park und ging nach kurzem Zögern links den schrägen Weg hinunter, der von dichten Büschen gesäumt war. Unten angekommen sah er auf der linken Seite ein großes Denkmal und weiter vorn einen See. Fast wie zu Hause, Bäume und ein See. Aber hier durfte man sich nicht ins Gras setzen, nur brav auf den Wegen gehen, wie die Spaziergänger ringsherum.

Hagen bog auf den direkten Weg zum See ab, der mit Fliederbüschen und Blumenrabatten eingerahmt war. Dann setzte er sich dort auf eine Bank an einem ovalen Platz und zündete sich eine Zigarette an, noch eine Ost-KARO. War alles prima gelaufen, dachte er zufrieden, die Angstattacke in der S-Bahn völlig überflüssig gewesen. Wie geplant hatte er, nachdem er sich beruhigt hatte, sein blaues FDJ-Tuch um den Hals geschlungen, die »Junge Welt«, das Zentralorgan der FDJ, aus seinem Rucksack genommen und so getan, als ob er darin lese. Er blieb ungestört. Nur einmal waren zwei Vopos in den Waggon gekommen und begannen die Insassen eingehend zu kontrollieren. Hagen sah gar nicht hoch, so gefesselt schien er von seiner Lektüre. Der eine Vopo sprach ihn wohlwollend an: »Einen solchen tüchtigen FDJler haben wir gern. Ich muss leider kurz stören.« Hagen setzte sein gewinnendstes Lächeln auf und zeigte seinen Ausweis. Das war alles, keine Fragen nach dem Ziel seiner Fahrt, kein Blick in den Rucksack. –

Entspannt schaute er drei Mädchen zu, die auf dem Platz Murmeln spielten. Ihre Jacken hatten sie auf einen Steinklotz in der Mitte des Platzes geworfen. Wahrscheinlich der Sockel für ein Standbild, das im Krieg entfernt oder zerstört worden war, dachte er und nahm aus seinem Rucksack ein Brötchen und 50 g grobe Mettwurst heraus. Beides hatte er vorhin in dem Laden am S-Bahnhof gekauft. Man bekam hier alles ohne Lebensmittelkarten, anders als im Osten. Er hatte gespürt, wie die Verkäuferin ihn misstrauisch beäugte, weil er die Summe von 25 Pfennigen mit einem Zehnmarkschein bezahlte. Als er den Laden verließ, steckte er die Hand in die Hosentasche und befühlte die neuen Münzen, die sich viel schwerer und wertvoller anfühlten als das leichte Aluminiumgeld des Ostens.

Mit Blick auf eine große Trauerweide, den See, in dem sich die Sonne spiegelte, und die Häuser am anderen Ufer begann er zu essen. Dabei überlegte er, wo er die Nacht verbringen sollte. Es war ärgerlich, dass seine Tante gerade jetzt unterwegs war. So musste er sein schönes Geld unnötigigerweise für ein Zimmer in einer Pension ausgeben.

Plötzlich kullerte eine zu weitgeworfene Murmel in seine Richtung und eines der Mädchen kam angerannt, sie wieder einzufangen. Als sie Hagen kurz anlächelte, fragte er spontan: »Du weißt sicher, wie dieser See und der Park heißen, oder?«

»Natürlich. Lietzensee!«

Dann rannte sie zurück zu ihren Freundinnen und erzählte von dem Mann mit der komischen Frage. Alle drei guckten zu ihm hinüber und kicherten. Hagen grinste und winkte ihnen zu.

Vielleicht kann ich auf einer Bank übernachten, fuhr es ihm durch den Kopf. Bisschen hart, aber die Nächte waren warm, eine Decke brauchte er nicht und den Rucksack würde er als Kopfkissen nehmen, schon damit ihn niemand klaut. Hagen zündete sich eine zweite Zigarette an. Seine abenteuerliche Situation gefiel ihm gut.

Schließlich stand er auf und schlenderte durch den Park zurück zur Neuen Kantstraße. Als er die Treppe hochstieg, bemerkte er einen Spielplatz mit einem Sandkasten, in dem zwei kleine Kinder buddelten, bewacht von der auf einer Bank sitzenden Mutter. Ein paar größere spielten mit dem Ball. An der einen Seite des Spielplatzes stand ein offenes Steinhäuschen mit Bänken, wahrscheinlich zum Unterstellen gedacht, wenn es regnete. Das wäre ein guter Schlafplatz, noch besser als eine frei im Park stehende Bank, überlegte er. Aber bevor er das entscheiden konnte, musste er erst noch etwas Richtiges essen, am besten in der Kneipe »Zum Bären« oben am Königsweg.

Zwei Stunden später stand er in einer Hausnische an der Neuen Kantstraße, Nr. 20 las er, und rauchte seine letzte Zigarette. Es dämmerte.

Der Bärenwirt, bei dem er sich eine Bockwurst mit Kartoffelsalat und ein kleines Bier schmecken ließ, hatte ihm ein paar Adressen von Frauen hier in der Gegend gegeben, die Zimmer für einzelne Nächte vermieteten. Eines hatte er sich soeben in diesem Haus angesehen, ein winziges Kabuff, mit einem speckigen Sofa und schmuddligem Bettzeug. Dafür sollte er 5 Mark zahlen, Westgeld. Nein, da würde er den Park vorziehen.

Aber der Gedanke, im Dunkeln auf einer harten Parkbank zu schlafen, erschien ihm nicht mehr so anziehend wie am Nachmittag. Außerdem hatte er gesehen, wie ein Parkwächter, der mit einer Glocke laut bimmelnd durch den Park gegangen war, alle Tore abschloss. Er müsste also über den Zaun klettern. Das wäre allerdings kein Problem, und er wäre sicher nicht der einzige, vermutete er. Wer weiß, wieviele Pärchen dort in der Sommernacht herumknutschten.

Während er rauchte und überlegte, ging die Haustür auf und Horst trat heraus. Beide jungen Männer erkannten sich gleichzeitig.

»Sie hier? Warum sind Sie nicht bei Ihrer Tante?«, fragte Horst.

»Sie ist nicht da, verreist«, Hagen verzog das Gesicht. »Kann man nichts machen.«

»Und wo gehen Sie jetzt hin?« Der Junge tat Horst leid, ein heimatloser Flüchtling.

Der zuckte mit den Schultern: »Weiß nicht.«

Horst überlegte, dann schlug er vor: »Kommen Sie erst mal mit mir nach Hause. Ich hoffe, meine Mutter reißt mir nicht den Kopf ab, weil ich einen Wildfremden anschleppe.«

Erfreut streckte Hagen dem neuen Freund die Hand hin: »Das ist wirklich nett von Ihnen, vielen Dank! Ich heiße Hagen Dittus und komme aus Birkenwalde.« Er blickte Horst aufrichtig an: »Ich bin ehrlich, und Sie werden es nie bereuen, dass Sie mir geholfen haben.«

Horst lachte über seinen feierlichen Ton: »Wehe, wenn nicht! Komm, wir gehen. Ich bin Horst, wir können Du sagen.«

Nachdem Horst die Wohnungstür geöffnet hatte, ließ er Hagen ins Wohnzimmer eintreten, er selbst ging zu seiner Mutter in die Küche.

»'n Abend, Mutti, ist Gisela schon weg?« Ohne eine Antwort abzuwarten, fügte er hinzu: »Ich habe Besuch mitgebracht.«

Karin Dinkelbach, gerade damit beschäftigt, in einem großen Topf Wäsche auszuspülen, strich sich mit dem Handrücken eine Haarsträne aus dem erhitzten Gesicht und reagierte erwartungsgemäß unwillig: »Besuch? Wen denn?«

Horst dämpfte seine Stimme: »Sei nicht böse. Einen Flüchtling, der weiß nicht, wohin. Ein Junge in meinem Alter. Er sitzt im Wohnzimmer.«

Karin schüttelte verärgert den Kopf: »Was du dir dabei gedacht hast, möchte ich wissen. Ich muss erst die Wäsche fertig machen. Dann komme ich. Du kannst ihm unterdessen Pfefferminztee anbieten. Es ist noch eine halbe Kanne da.«

»Ob der so etwas trinkt?«, fragte Horst skeptisch, nahm aber den Tee und zwei Gläser aus dem Küchenschrank.

Die Herstellung von Tees war Karins Steckenpferd. In der Nachkriegszeit hatte sie begonnen, mit viel Phantasie aus Mischungen von Kräutern bzw. Früchten aus der freien Natur schmackhafte Tees zuzubereiten. Immer stand ein Topf kalter Tee in ihrer Küche, gerade in der heißen Jahreszeit ihrer Meinung nach eine willkommene Erfrischung.

Nach einer halben Stunde hing die Wäsche zum Trocknen auf einer Leine, die Karin quer durch die Küche gespannt hatte. Sie legte die feuchte Schürze ab und ging, den Besucher begrüßen.

Schnell war ihre anfängliche Skepsis dem Fremden gegenüber verflogen. Sie saßen zu dritt am Wohnzimmertisch. Der Besucher machte einen vertrauenswürdigen Eindruck und berichtete offen von seinem Leben im anderen Teil Deutschlands.

Da der Tee schon ausgetrunken war, opferte Karin noch ihre letzte Bierflasche und verteilte den Inhalt gleichmäßig in die drei Gläser. Nachdem sie den ersten Schluck genommen hatte, schüttelte sie sich: »Schrecklich, viel zu warm! Eines jedenfalls steht fest: Von meinem ersten selbstverdienten Geld kaufe ich mir einen Kühlschrank.«

Als Hagen auf den Grund seiner Flucht zu sprechen kam, starrte Horst ihn fassungslos an: »Warum hast du dir diese blöde Bemerkung nicht verkniffen? Du wusstest doch, was passieren würde. Du hast dir damit dein Leben versaut. Hast jetzt kein Abitur, hast gar nichts!« Er konnte sich kaum beruhigen.

Auch seine Mutter schüttelte den Kopf und wunderte sich, wie man nur so dumm und unbeherrscht sein kann. Aber sie hielt sich zurück und schaute Hagen nur fragend an.

Dieser zuckte mit den Schultern. Man sah, dass er sich wegen seines unkontrollierten Verhaltens selbst Vorwürfe machte: »Du hast ja recht. Aber ich kann es nicht mehr ändern.«

Karin Dinkelbach nickte: »Das stimmt. Aber soll ich Ihnen einen guten Rat geben?«

Hagen schaute sie an: »Klar! Gern.«

»Sie gehen morgen in die Kuno-Fischer-Straße und beantragen die Notaufnahme und durchlaufen dann das Verfahren, bis Sie als politischer Flüchtling anerkannt sind. Dann können Sie sicher im Westen Ihr Abitur nachholen.«

Hagen zögerte: »Ich glaube, ich warte erstmal, bis meine Tante wiederkommt.«

»Das schließt sich nicht aus. Das Notaufnahmeverfahren müssen Sie sowieso absolvieren. Sonst haben Sie keinen Anspruch auf eine Aufenthaltsgenehmigung, Wohnung, Arbeitsvermittlung, Unterstützung und so weiter. Das Verfahren dauert vier bis sechs Wochen. Sie können damit anfangen, bevor Ihre Tante zurückgekommen ist.«

»Was muss man denn alles machen?« Hagen fühlte sich sichtlich unwohl bei dem Gedanken an ein unbekanntes wochenlanges Verfahren, das er durchstehen sollte.

Karin wurde ungeduldig: »Mein Gott; das werden Sie sehen. Das machen alle. Sie müssen glaubhaft machen, dass Ihr Leib und Leben in Gefahr war, dass Sie aus politischen Gründen die Sowjetzone verlassen mussten. Wenn sich nämlich herausstellt, dass Sie keinen Repressionen ausgesetzt waren, sondern nur einfach in den Westen wollten, weil hier alles besser ist, werden Sie nicht als politischer Flüchtling anerkannt.«

Sie gähnte und stand auf: »Ich bin müde, ich gehe ins Bett. Den Rest können wir morgen besprechen.«

»Einen Moment«, Horst blickte sie mit großen Augen an: »Wo soll denn Hagen schlafen?«

»Weiß ich nicht. Du hast ihn mitgebracht, was hast du denn gedacht?« Karin zuckte mit den Schultern. »Hier in der Wohnung ist jedenfalls kein Platz.«

»Ich kann vielleicht auf dem Dachboden schlafen«, warf Hagen ein. »Wenn Sie eine Decke haben, geht es.« Es klang sehr bescheiden.

Karin überlegte einen Moment.

»Gut, wenn Sie wollen. Als Unterlage können Sie die Kissen vom Sofa nehmen, ist dann nicht so hart wie der blanke Boden. Ein Laken gebe ich Ihnen auch. Sie haben Glück, im Moment gibt es keine Mäuse und Ratten, der Hausmeister hat vor kurzem Gift ausgelegt. Also, dann gute Nacht!«

Eine Staubwolke schlug den beiden jungen Männern entgegen, als sie den Dachboden betraten. Horst riss an dem verrosteten Hebel einer Dachluke, bis sie aufsprang.

»Gleich wird die Luft besser. Ist natürlich nicht Kempinski.« Als er sah, wie Hagen seine Blicke über das umherliegende Gerümpel schweifen ließ, fügte er hinzu: »Wenn du länger bleibst, können wir noch ein bisschen aufräumen. Jedenfalls hast du hier deine Ruhe.«

»Wem gehört denn das da?« Hagen zeigte auf die Lattenverschläge auf der einen Seite des Dachbodens, in denen alles Mögliche gelagert war, Koffer, Möbel, Geschirr. Einige Verschläge waren mit einem Vorhängeschloss abgesperrt, andere standen offen.

»Weiß ich nicht, irgendwelchen Mietern. Aber hier kommt niemand herauf.«

Während die beiden Freunde sich bemühten, eine annehmbare Schlafstätte zu bauen, sagte Hagen anerkennend: »Deine Mutter finde ich prima.«

»Sie ist ganz in Ordnung«, nickte Horst und dachte: Sie hat sich wirklich verändert, so lebhaft und nett wie heute Abend war sie lange nicht. —

Bevor Horst am nächsten Morgen zur Schule ging, stieg er auf den Dachboden, um nach dem neuen Freund zu sehen. Aber dieser schlief noch fest auf seinem provisorischen, nun allerdings in Unordnung geratenen Lager. Die Kissen waren verrutscht, so dass Hagens Kopf und Oberkörper auf dem Holzboden lagen. Der Rucksack, der ihm offenbar als Kopfkissen gedient hatte, lag halb geöffnet ein Stück entfernt. Horst sah ein Hemd und eine braune Ledertasche hervorgucken. Er wartete noch kurz und beobachtete den schlafenden Freund, dann musste er gehen.

Der Vormittag in der Schule ließ ihn wieder Hoffnung schöpfen. Zwei Klassenarbeiten wurden zurückgegeben. In Deutsch, sein stärkstes Fach, hatte er für seinen Aufsatz eine 2 bekommen, und in der nächsten Stunde, entgegen allen seinen Befürchtungen, für die Lateinarbeit sogar noch eine 4+. Die Aussicht, in die 13. Klasse versetzt zu werden, war wieder gestiegen und entsprechend auch seine Stimmung. In der Pause erzählte er Helmut von seiner neuen Bekanntschaft und versprach, ihn beim nächsten Besuch mit zu bringen.

Als Horst am frühen Nachmittag nach Hause kam, schaute er wieder nach Hagen. Aber er war nicht da, wahrscheinlich stand er gerade in irgendeiner Warteschlange. Von Ordnung schien er nicht viel zu halten, denn sein Lager sah chaotisch aus. Er hatte seinen Rucksack ausgekippt, Wäsche und ein Waschbeutel lagen herum. Den Rucksack hatte er mitgenommen.

Horst ging wieder hinunter in die Wohnung. Er hielt sich hier nicht lange auf, denn er hatte seiner Mutter versprochen, heute für eine Frau aus dem Helferkreis einzuspringen und ihr am Nachmittag im Diakoniezelt zu helfen. Auf dem Tisch fand er einen Zettel seiner Mutter mit der Bitte, vorher im Gemeindehaus vorbeizugehen und ein neues Päckchen Malzkaffee ins Zelt mitzubringen.

Es war Ende Juni und seit einigen Tagen herrschte heißes Sommerwetter. Horst trank ein Glas Wasser aus der Leitung und machte sich auf den Weg. Zügig ging er die Herbartstraße am Lietzenseepark entlang. Die Büsche wuchsen hinter dem Zaun so hoch, dass nicht einmal er bei seiner Größe darübersehen konnte. Auf der anderen Straßenseite stand die Teilruine des großen Postgebäudes. Wie er gehört hatte, sollte bald der Wiederaufbau beginnen. Er begegnete keinem Menschen. Nur eine Gruppe laut schwatzender Mädchen in bunten Sommerkleidern kam ihm entgegen, die sicher gerade an einem der vielen Jugendkreise teilgenommen hatte. In der am Park liegenden evangelischen Gemeinde am Lietzensee, zu der er sich gerade hinbegab, herrschte ein reges Gemeindeleben.

Horst hatte jetzt das Gemeindehaus erreicht. Das Gebäude stammte aus den dreißiger Jahren und hatte den Krieg überstanden, wenn auch schwer beschädigt. Immerhin war es dem Haus besser ergangen als der danebenliegenden Holzkirche, die nach einem Bombenangriff abgebrannt war. Nur der hölzerne Glockenturm blieb erhalten. Nach dem Krieg wurden die Trümmer der Kirche abgeräumt. Seit dieser Zeit war der Platz leer, bis auf den jetzt freistehenden Glockenturm und einige Bäume und Flieder- und Holunderbüschen an den Seiten.

Als Horst die schwere Eingangstür aufdrückte und das Gemeindehaus betrat, empfing ihn eine angenehme Kühle. Eine breite Treppe rechts führte hinunter zum großen Gemeindesaal, der seit einigen Jahren zum Kirchsaal umgebaut war, eine andere zum Hof und in die oberen Etagen. Horst stieg in den ersten Stock, in dem sich das Büro von Pfarrer Molnar befand, die zukünftige Arbeitsstätte seiner Mutter.

Frau Kerner, eine pummelige lebhafte Frau, die demnächst mit ihrem Mann nach Köln ziehen wollte, begrüßte ihn munter:

»Tag, Horst, welch seltener Besuch! Wie geht's denn?«

»Danke gut.« Bloß kein langweiliges Gerede, dachte er. »Ich soll Kaffee für meine Mutter abholen«, kam er gleich zur Sache.

»Ist der schon wieder alle?«, wunderte sich Frau Kerner und holte aus einer Schreibtischschublade ein neues Päckchen Muckefuck. »Aber das soll kein Vorwurf sein. Ich weiß, dass deine Mutter damit sparsam umgeht.«

»Danke. Wiedersehen!«, Horst drehte sich um. Gerade als er die Bürotür öffnen wollte, wurde sie von außen aufgerissen, und ein Mann betrat den Raum, so hastig, dass er mit Horst fast zusammenprallte. Einige Papiere, die er in der Hand gehalten hatte, flatterten zu Boden.

»Kannst du nicht aufpassen?«, fuhr der Mann den verdutzten Horst an, der sich keiner Schuld bewusst war.

Der Mann war noch nicht alt, vielleicht Ende dreißig. Er war hochgewachsen, und trotz seiner groben Art fand Horst, dass er sympathisch aussah. Mit seinen ungewöhnlich langen Haaren, die ihm locker in die Stirn fielen und den weichen Gesichtszügen hätte man ihn für einen Künstler halten können.

Horst wollte etwas Entschuldigendes murmeln, aber der Mann ließ ihn nicht zu Wort kommen:

»Ach, sei still! Hilf mir lieber die Papiere aufzuheben.«

Verärgert ging Horst in die Knie, gleichzeitig mit dem Mann, schwankte dabei ein bisschen, so dass beide mit den Köpfen zusammenstießen. Der Mann sprang auf und rieb sich die Stirn. Frau Kerner lachte ungeniert.

»Was bist du für ein Trampel!«, rief der Mann unbeherrscht. »Wie kann man sich nur so ungeschickt anstellen!«

Horst sagte laut: »Sie sind selbst schuld! Heben Sie Ihre blöden Papiere doch alleine auf!« Dann ging er und warf die Tür hinter sich zu. Horst hatte den Mann noch nie in der Gemeinde gesehen, aber Frau Kerner schien ihn gekannt zu haben.

Er wandte sich nach links und ging weiter auf der Herbartstraße entlang. Neben dem hohen Holzglockenturm spielten trotz der Hitze einige Jungen Fußball. Hinter dem Gemeindegelände schloss sich bis zur Dernburgstraße eine Kleingartenkolonie an. Vorbei an großen, halbzerstörten Mietshäusern, vorbei am Eingang zum Lietzenseepark mit der Großen Kaskade, in deren Wasserbecken Kinder plantschten, gelangte Horst in die Kuno-Fischer-Straße.

Der Anblick, der sich ihm hier bot, überraschte Horst nicht mehr. Als Lietzensee-Anwohner hatte er sich daran gewöhnt, diese Straße oft voll von Menschen zu sehen, die alle das gleiche Ziel hatten: das in der Mitte der Straße auf der Seeseite liegende Haus, ein freistehendes zweigeschossiges Gebäude aus roten Klinkern mit ausgebautem Dach.

Dieses Haus war die »Meldestelle für das Notaufnahmeverfahren« für alle Flüchtlinge, die aus der Sowjetischen Besatzungszone geflohen waren. In Berlin gab es nur diese eine Meldestelle, daher kamen alle Flüchtlinge in die Kuno-Fischer-Straße am Lietzensee, Monat für Monat, Jahr für Jahr.

Horst betrat das Diakoniezelt des Charlottenburger Kirchenkreises, das auf dem breiten Bürgersteig an der linken Seite des Hauses stand. Es war mit Bänken und Tischen eingerichtet, an denen die Menschen Platz nehmen und sich von den Anstrengungen der Behördengänge erholen konnten. Die Besucher des Zeltes gehörten allen Altersklassen an, denen die Frauen der Helferkreise auf Wunsch je nach ihren Vorräten eine Tasse Tee oder Muckefuck, ein Glas Limonade oder auch belegte Stullen anboten. In der einen Ecke konnten Gepäckstücke zur Aufbewahrung abgegeben werden, in einer anderen wurden in der Gemeinde gesammelte Kleidungsstücke an die Flüchtlinge verteilt. Mehrere Frauen waren immer gleichzeitig tätig. Es herrschte eine angespannte, aber freundliche Stimmung.

Horst sah seine Mutter, wie sie gerade einem alten Ehepaar, das verloren auf einer Bank saß, Kaffee brachte und sich dann zu ihm setzte.

Auf der anderen Seite des Zeltes spielte eine junge Frau an einem großen runden Tisch mit ein paar Kindern ein offensichtlich aufregendes Brettspiel, nach dem Geschrei zu urteilen. Andere malten mit Buntstiften Bilder, die größeren lasen in Büchern, die von Gemeindemitgliedern gespendet worden waren.

»Gut, dass du gekommen bist«, Karin Dinkelbach sah erfreut zu ihrem Sohn hinüber. »Du kannst gleich neuen Kaffee machen.«

Horst hantierte ziemlich ungeschickt mit dem großen Tauchsieder herum, aber schließlich war der Kaffee fertig. Ein untersetzter Mann in einem kurzärmeligen verschwitzten Hemd wartete schon am Tisch und bat um eine Tasse.

»Der bekommt nichts, der ist kein Flüchtling«, mischte sich Karin von weitem ein. Offensichtlich war der Mann für sie kein Unbekannter.

»Frau Dinkelbach«, rief dieser zurück, »seien Sie nicht so streng mit mir. Ich muss auch mal eine Pause machen. Ich bezahle den Kaffee natürlich.« Dabei lachte er. Das Ganze wirkte wie ein Spiel.

»Na gut, kostet 50 Pfennig.«

»50 Pfennig? Das sind ja Wucherpreise hier«, beschwerte sich der Mann.

»Sie verdienen so gut durch uns, Herr Gruner. Da können Sie ruhig etwas spenden.« Karin war unnachgiebig, aber lachte ebenfalls.

Gruner legte Horst die Münze hin und setzte sich mit dem Kaffee auf die nächste Bank.

»Ist das Ihre Mutter? Die ist in Ordnung!« Gemütlich trank er in kleinen Schlucken. Horst hatte plötzlich einen entsetzlichen Verdacht: Ist das etwa ihr neuer Freund? Aber er verwarf den Gedanken sofort. Dann schenkte er weitere Tassen Kaffee aus, brachte den Kindern am Tisch Limonade, gab einer Frau ihren Koffer zurück, den sie in Verwahrung gegeben hatte und war so eine Weile beschäftigt.

Als etwas Ruhe eingekehrt war, setzte er sich zu Gruner, der seinenMuckefuck schlürfte: »Meine Mutter sagte, Sie verdienen durch uns gut. Wie denn, wenn ich fragen darf?«

»Ihre Mutter übertreibt ein bisschen. Aber ich kann Ihnen sagen, wie ich mein Geld verdiene: Man kann mich kaufen. Da staunen Sie, was?« Er lachte lauthals.

Auch Horst grinste, ohne recht zu wissen, warum. »Wie denn?«

»Hier.« Der Mann zog aus seiner Hosentasche einen mehrfach gefalteten, zerknautschten Zettel hervor, den er offensichtlich immer bei sich trug, »können Sie lesen. Über mich hat schon einer mal was geschrieben, voriges Jahr.« Stolz reichte er Horst einen Artikel aus der Illustrierten »Stern« vom 20. Mai 1951 und zeigte auf zwei Bilder. »Das bin ich.«

Die Überschrift lautete: »Einen Mann für 500 Westmark«. Horst las:

»Marion hatte wenig Chancen. Viele, die sich allmonatlich auf West-Berlins Flüchtlingsstelle Kuno-Fischer-Straße melden, werden abgewiesen. Nun sollte sie zurück nach Halle. Nie. Da sagt ihr jemand, halb ironisch halb ernsthaft: ›Kaufen Sie sich doch einen Mann, dann dürfen Sie hier bleiben.‹ Der Charlottenburger Anwalt, zu dem sie gewiesen wird, blättert in seinem Notizbuch und offeriert ihr den künftigen Gatten. Herr G. wäre gegen Zahlung von zweimal 250 DM West – zahlbar in zwei Raten, am Tag der Heirat und am Scheidungstag – bereit, die Dame zu heiraten und sogar bei der Scheidung die volle Schuld auf sich zu nehmen – falls, wie gesagt, alles bezahlt wird. Erstes Rendezvous, Aufgebot, Hochzeit – die Schnellehe läuft fahrplanmäßig ab bis zur Scheidung genau ein Vierteljahr später. Herr G. erhält sein Honorar und kauft sich das ersehnte Motorrad, Fräulein Marion den Namen Frau G. und damit das Recht, im Westen zu bleiben.«

Horst lachte: »Das ist doch Betrug. Dass so etwas nicht verboten ist.«

»Wieso? Ist alles legal«, versicherte Gruner. »Ich habe mir in letzter Zeit sogar selbst die Frauen gesucht, da spare ich den Rechtsanwalt. Alles ist moralisch sauber und reell, das können Sie mir glauben. Was meinen Sie, wie dankbar mir die Frauen sind. Die Ehe wird natürlich nicht vollzogen«, schloss er in ehrbarem Ton.

Während sie sich unterhielten, betrat ein anderer Mann das Zelt mit langen grauen Hosen und einer trotz des warmen Wetters um die Schultern gehängten hellblauen Windjacke. Horst wollte aufstehen und ihm ebenfalls eine Tasse Kaffee anbieten, aber Gruner hielt ihn am Arm fest: »Der will nichts, der geht gleich wieder.«

Tatsächlich schaute der Mann sich nur uninteressiert im Zelt um, musterte Horst kurz und schlenderte wieder hinaus.

»Das war ein kommunistischer Spion«, tat sich Gruner wichtig.

»Woher wissen Sie das?«, wunderte sich Horst.

»Die Spitzel erkenne ich sofort, die rieche ich!«, brüstete sich sein Banknachbar. »Hier schnüffeln massenhaft welche herum. Die kennen sich besser aus als mancher von den Beamten.« Er lachte meckernd. »Haben Sie eine Ahnung, wie hier der Kalte Krieg tobt! Aber trotzdem finden die nicht soviel heraus, wie sie gerne wollen. Die Flüchtlinge werden nämlich in den offiziellen Stellen nie mit ihrem Namen genannt, immer nur mit ihrer Registriernummer vom Laufzettel.«

Zufrieden trank er seine Tasse aus und stand auf. »Dann werd' ich mal wieder«, grinste er Horst an. »Hoffentlich läuft mir bald eine gute Braut über den Weg. Ich bin gerade wieder geschieden. Wiedersehen.«

Noch während ihrer Unterhaltung hatte ein junger Mann auf der Bank Platz genommen. Die Arme auf den Tisch gestützt, starrte er mit verdrossenem Gesicht vor sich hin.

»Soll ich Ihnen einen Kaffee oder eine Limonade bringen?« bot ihm Horst an, nachdem Gruner gegangen war.

Der Mann schaute ihn ohne Hoffnung an: »Bier wär' mir lieber!«

»Kann ich verstehen, aber haben wir nicht.«

»Ist klar.« Der Mann verfiel wieder in seine brütende Haltung. Dann brach es aus ihm heraus, er schlug mit der flachen Hand auf den Tisch und berlinerte laut drauflos:

»So eine Schweinerei! Die haben mich abjelehnt! Bin nicht politisch!«

Auf Horsts Nachfragen erzählte er, dass er im Sowjetsektor in einer volkseigenen Brauerei gearbeitet hatte, dann durch einen Freund in West-Berlin Kontakt zu dem Verwaltungsleiter der »Schultheiß«-Brauerei aufgenommen hat, der ihn gut gebrauchen konnte und ihm auch eine Arbeitsbescheinigung gab. »Nur die Papiere müssen Sie sich selbst besorgen, dann können Sie sofort anfangen«, sagte er. Der Mann kam also nach West-Berlin, hauste in einer Übernachtungsstelle der Bahnhofsmission am Zoo, wo er sich Läuse holte, und durchlief das Notaufnahmeverfahren. Aber soeben hat er vom »Aufnahmeausschuß« seine Ablehnung erfahren, »da keine unmittelbare Bedrohung vorliegt.«

»Natürlich hatte ich politische Gründe«, polterte er. »Bier zu brauen mit Stammwürze-Ersatz und Spruchbändern an der Wand ist auf die Dauer eine unerträgliche seelische Belastung, da wird man automatisch zum Gegner des Staates.«

Mit Mühe verkniff sich Horst ein Lachen.

»Und was machen Sie jetzt?«

»Keine Ahnung. Ohne Aufenthaltsgenehmigung für West-Berlin nimmt mich Schultheiß jedenfalls nicht. In meine alte Brauerei zurück kann ich nicht. Die würden mich sofort wegen Sabotage verhaften. Ich will auch gar nicht zurück. Aber in ein Lager gehe ich auf keinen Fall.«

Das verstand Horst, auch er hatte schon von den elenden Zuständen in den Lagern für die Abgewiesenen, den sogenannten »Illegalen« gehört, wo die Insassen zwar untergebracht und verköstigt wurden, aber keine Arbeit annehmen durften und daher den ganzen Tag dort herumlungerten. Nur hin und wieder mussten sie gemeinnützige Arbeiten leisten gegen den minimalen Lohn von 50 Pfennigen für vier Stunden. Viele Illegale verdienten sich daher Geld durch Schwarzarbeit.

»Dann arbeite ich eben schwarz«, sagte in diesem Moment auch der junge Mann. »Wahrscheinlich werden diese Bestimmungen sowieso bald geändert, so dass jeder arbeiten kann, der eine Arbeitserlaubnis hat, egal ob politisch anerkannt oder nicht. Solange muss ich eben warten. Jetzt können Sie mir aber doch einen Kaffee bringen.« Der Illegale hatte sich allmählich beruhigt.

Der Nachmittag verging. Kurz vor fünf Uhr, um diese Zeit sollte die Ablösung für Horst und seine Mutter stattfinden, betrat ein Mann das Zelt. Horst, der in einer Schüssel gerade ein paar Tassen abwusch, wunderte sich: es war der Mensch aus dem Gemeindebüro. Was wollte der hier? Nach einem Flüchtling sah er wirklich nicht aus. Der Mann blickte sich kurz um, dann ging er geradewegs zu Horsts Mutter, die ihm den Rücken zuwandte und schon seit einiger Zeit versuchte, eine junge von Weinkrämpfen geschüttelte Frau zu trösten.

In einer vertraulichen Geste legte der Mann den Arm um die Schultern seiner Mutter und beugte sich zu ihr hinunter. Die Mutter schaute hoch, ein Strahlen ging über ihr Gesicht und sie gab eine Antwort, wobei sie ihn – Horst konnte es nicht anders nennen – mit verliebten Augen ansah. Widerwillig musste Horst sich eingestehen, dass der Mann eine attraktive Erscheinung war. Es bestand überhaupt kein Zweifel, dass er der neue Freund seiner Mutter war. Für ihn hatte sie sich so herausgeputzt, dachte Horst wütend.

Karin Dinkelbach verabschiedete sich nun von der jungen Frau, stand auf und kam mit dem Mann zu ihm herüber: »Horst, ich möchte dir einen guten Bekannten vorstellen, Herrn Brandner, ein Freund von Pfarrer Molnar.«

Horst verzog keine Mine: »Wir haben uns bereits kennengelernt.«

Verunsichert durch sein merkwürdiges Verhalten schaute Karin von einem zum anderen: »Tatsächlich? Wo denn?«

Horst schwieg, aber Herrn Brandner streckte ihm seine Hand hin und bedachte ihn mit einem charmanten Lächeln, mit dem er sich dann an Karin wandte:

»Vorhin bei Frau Kerner. Er hat sich ein bisschen ungeschickt angestellt, meine Papiere auf den Boden geworfen und mir eine Beule verpasst«, er lachte, »aber ist alles nicht so schlimm.«

»Das tut mir leid.« Karin errötete, dann wandte sie sich in einem ungewohnt strengen Ton an ihren Sohn: »Du hast dich hoffentlich entschuldigt, wie sich das gehört, Horst.«

»Es war nicht meine Schuld.« Er ärgerte sich, dass die eigene Mutter ihm in den Rücken fiel.

»Jaja«, beruhigte sie Herr Brandner, »ist alles erledigt. Kommen Sie, Frau Dinkelbach, wollen wir noch einen Kaffee trinken gehen? Einen Kaffee aus richtigen Bohnen?« Er lächelte sie verliebt an und fasste ihren Arm: »Am Lehniner Platz am Kurfürstendamm ist ein neues Café eröffnet. Da machen wir einen Spaziergang hin, wenn es Ihnen recht ist.«

Horst schaute seine Mutter durchdringend an, in der Hoffnung, dass sie ablehnt und mit ihm nach Hause geht. Aber sie sah gar nicht zu ihm hin, hatte nur Augen für diesen Mann und bedankte sich geschmeichelt für seine Einladung: »Das ist nett von Ihnen, Herr Brandner. Natürlich komme ich gern mit.«

Dann wandte sie sich zu ihrem Sohn, der mit mürrischem Gesicht vor ihr stand. »Auf Wiedersehen, Horst. Wahrscheinlich wird es heute etwas später für mich.« Sie wartete auf eine Antwort, aber Horst blieb stumm. Da drehte sich Karin um und verließ mit ihrem neuen Bekannten das Zelt.

Er gönnte seiner Mutter wirklich alles, was Abwechslung in ihren tristen Alltag brachte, dachte Horst, auch einen Freund. Aber diesem Angeber würde er raten, die Finger von ihr zu lassen.

Schlecht gelaunt brach Horst auf. Er war nass vor Schweiß. In dem Zelt hatte wegen der Hitze trotz geöffneter Eingänge eine stickige Luft geherrscht, aber draußen war es auch nicht frischer. Vor der Meldestelle standen noch immer viele Menschen apathisch herum, die auf ihre Abfertigung warteten.

Zu Hause angekommen, beugte er sich über die gußeiserne Badewanne und begoss seine Arme und den Oberkörper mit kaltem Wasser. Eine Handbrause haben wir zwar nicht, dachte er, aber wenigstens ein richtiges Badezimmer und nicht nur eine Toilette auf der halben Treppe, wie manche in meiner Klasse.

Mit dem Handtuch auf den Schultern ging er ins Wohnzimmer und stellte das Radio an, einen kleinen Blaupunktapparat, setzte sich an den Tisch und packte seine Schulsachen aus. Als die Röhren warm geworden waren, drehte er den Senderknopf auf den Lieblingssender aller Berliner Oberschüler, den »AFN Berlin, the American Forces Network«, und den Lautstärkeknopf ganz nach rechts. Dann begann er mit seinen Hausarbeiten, während neben ihm »Frolic at Five« mit den neuesten amerikanischen Schlagern dröhnte.

Eine Weile später verließ er die Wohnung und ging hinunter in den Park, um zu rauchen. Wie gewöhnlich wollte er sich auf eine Bank am Mittelweg setzen, die von dichtem Buschwerk umgeben war. Aber diesmal musste er vorbeigehen, sie war besetzt, stellte er unwillig fest. Ein britischer Soldat küsste sich dort intensiv mit einem deutschen Fräulein.

So zündete Horst sich seine Zigarette auf einer anderen Bank an. Gerade als er den ersten Zug getan hatte, blieb ein Mann vor ihm stehen, der ebenfalls eine Zigarette in der Hand hielt und ihn höflich um Feuer bat. Horst reicht ihm sein billiges Feuerzeug, das ihm Gisela überlassen hatte.

Der Mann lächelte, bedankte sich und ging weiter. Horst schaute ihm nachdenklich hinterher. Er hatte dieses blasse Gesicht unter den dünnen Haare sofort erkannt. Es war der Spitzel aus dem Zelt. Warum schlich der hier herum?

Dann gingen seine Gedanken wieder zu seiner Mutter, und erneut stieg der Ärger in ihm hoch bei der Vorstellung, wie der Angeber sie wahrscheinlich gerade um den Finger wickelte. —

Hagen saß auf der Treppe vor der Wohnungstür der Dinkelbachs und wartete. Neben ihm stand eine Bierflasche, aus der er zwischendurch große Schlucke nahm. Das Westbier von Schultheiß schmeckte längst nicht so gut wie das Lübzer Pils, stellte er sachkundig fest. Er langweilte sich. Irgendwann muss doch einer von den beiden nach Hause kommen, dachte er. Er hatte zum Abendbrot Käse und Leberwurst gekauft, aber die ließ er im Rucksack, obwohl er Hunger und Appetit hatte. Die wollte er mit Horst und seiner netten Mutter zusammen essen.

Als Horst die Treppe hochkam, sprang er auf. »Na endlich! Ich warte schon eine Ewigkeit.«

»Tut mir leid.« Horst schloss die Tür auf. »Komm rein.«

Hagen ging in die Küche und packte seine Schätze aus: »Guck mal, habe ich zum Abendbrot gekauft.« Als Horst nicht reagierte, wurde er ungeduldig: »Sag mal, hast du irgendwas?«

Horst schwieg, legte Teller und Messer auf den Tisch und schnitt ein paar dicke Stullen vom Brot ab. Daneben stellte er einen Napf mit Margarine, die infolge der Hitze fast flüssig geworden war.

»Wo ist überhaupt deine Mutter?«

Jetzt reagierte Horst, wenn auch mürrisch: »Die ist mit einem Idioten Kaffee trinken gegangen, die kommt so bald nicht nach Hause. Wenn sie überhaupt nach Hause kommt«, fügte er abfällig hinzu.

Hagen lachte: »Deshalb bist du sauer? Weil deine Mutter einen Freund hat?« Er stieß Horst freundschaftlich in die Seite: »Lass sie doch. Ist auch gut für dich. Da passt sie nicht so scharf auf dich auf.«

Nun musste auch Horst lachen: »Hast recht. Ich habe nichts gegen einen Freund, aber dieser Kerl ist ein Arschloch. Der ist nichts für meine Mutter.«

Er schilderte Hagen den Vorfall im Gemeindebüro und auch, wie dieser Mann sich später im Diakoniezelt an seine Mutter herangemacht hat.

»Wenn der so blöde ist, wird deine Mutter schnell dahinter kommen.« Hagen hielt die Lage nicht für ernst. »Ich würde mich nicht ärgern. Komm, wir essen jetzt. Ich habe Hunger. Willst du ein Bier?«

Während sie am Küchentisch sich mit Leberwurst- und Käsestullen vollstopften, schaute Horst den Freund skeptisch an: »Woher hast du eigentlich soviel Geld? Westbier, Westzigaretten und das hier? Das kostet doch alles eine Menge?«

Hagen antwortete leichthin: »Meine Mutter und meine Oma haben mir ihr Erspartes geschenkt, ich habe es gleich an der Grenze umgetauscht. Soviel ist das gar nicht.«

»Hm«, machte Horst nur, dann fragte er weiter: »Was hast du heute gemacht? Warst du in der Kuno-Fischer-Straße?«

»Klar«, war die kurze Antwort.

»Und wie war's?«

»Voll.«

»Mann, lass dir nicht alles aus der Nase ziehen! Hast du einen Laufzettel?«

»Hm, hab' ich.« Hagen aß und wollte nicht reden.

»Wo denn? Zeig mal!«

»Im Rucksack. Nachher.«

Horst schwieg. Nach einer Weile wollte er wissen: »Die ärztliche Untersuchung hast du schon gemacht, nicht? Die steht am Anfang.«

»Klar. Ich bin gesund, wie ich mir gedacht habe.«

»Wo fand denn die Untersuchung statt?«

»Auch in dem Haus, in einem Zimmer im zweiten Stock.«

»Willst du mich verarschen?« Horst sprach undeutlich mit vollem Mund. Er schluckte den Bissen hinunter. »Die ärztlichen Untersuchungen finden da gar nicht statt, sondern an verschiedenen Stellen in Berlin. Man bekommt Freikarten für die BVG und muss dort hinfahren.« Er schaute Hagen verärgert an: »Du warst überhaupt nicht in der Kuno-Fischer-Straße. Warum lügst du?«

Hagen blickte unbeeindruckt zurück: »Mein Gott, frag nicht soviel. Ich hatte keine Lust. Ganz einfach. Ich gehe morgen. Es kommt doch auf einen Tag nicht an.«

Eigentlich hat er recht, dachte Horst, auf einen Tag kam es nun wirklich nicht an. Er fragte weiter: »Was hast du denn den ganzen Tag gemacht?«

Hagen wurde lebhaft: »Ich bin zum Zoo gefahren, zum erstenmal mit der U-Bahn, wirklich dufte! Am schönsten die Reklamesprüche über den Fenstern. Wie ging der eine nochmal? ›Ganz furchtbar schimpft der Opapa – die Oma hat kein Paechbrot da.‹« Er lachte. »Ich hoffe doch, dass wir hier Paechbrot essen.« Hagen biss von seinem Brot ab und verschluckte sich, weil er wieder lachen musste. »So gute Sprüche gab es bei uns nirgends. Immer nur: ›Es lebe die DDR – der einzige rechtmäßige deutsche Staat‹ oder solchen Kram.«

»Die Sprüche vom Paechbrot hängen überall, auch in der Straßenbahn«, erklärte Horst. »Die kennt jeder auswendig. ›Und der Orje fragt den Kulle – hast du nich 'ne Paechbrotstulle?‹«

»Genau. Dann war noch einer mit Kunigunde«. Hagen war gar nicht zu bremsen.

Auch den konnte Horst zitieren: »›Kuno sagt zu Kunigunde – Paechbrot ist in aller Munde.‹ Aber jetzt reicht's. Was hast du denn noch gemacht außer U-Bahnfahren und Sprüche lernen?«

»Ich war am Kudamm. War Klasse, trotz der vielen Ruinen. Berlin ist prima. Dieser Verkehr, die vielen Menschen, die Geschäfte, die Leuchtreklamen, die Kinos. Großartig! Ganz anders als bei uns.«

Während er eine neue Bierflasche öffnete, lachte er unbekümmert: »Wenn es mit meiner Anerkennung nicht klappt, werde ich Schieber. Ich habe einen an der Gedächtniskirche kennengelernt, bei dem könnte ich sofort anfangen.«

»Was? Erzähl mal.« Horst staunte, was Hagen an diesem einen Tag erlebt hat. Er jedenfalls kannte keinen Schieber persönlich.

»Da gibt es nicht viel zu erzählen. Du besorgst dir Ware und verkaufst sie. Viele Schieber sind Illegale, die machen Geschäfte mit Zigaretten, Nylonstrümpfen, Schokolade, Seife usw. Oder tauschen Geld zu einem Spezialkurs. Dabei kann man gut verdienen. Willst du eine?« Er bot Horst eine Pall Mall an, billig bei seinem Schieber erstanden.

Nach der nächsten Flasche Bier, Hagens Rucksack schien unerschöpflich zu sein, hatte Horst seine gute Laune wiedergefunden. Er vergaß den Ärger mit seiner Mutter und verbrachte mit Hagen einen lustigen Abend.

Gegen Mitternacht stand Horst schließlich auf: »Ich geh jetzt ins Bett. Du hast es gut, du kannst ausschlafen. Aber ich muss früh raus. Schlaf gut.« Er wankte aus dem Zimmer.

Hagen trank im Stehen noch die letzte Flasche leer. Auch er schwankte, als er die Treppe hinauf zu seinem Lager auf dem Dachboden stieg, das noch genauso zerwühlt dalag, wie er es am Morgen verlassen hatte. Er ließ sich darauf fallen und war im selben Moment eingeschlafen.

Karin Dinkelbach kam wenig später nach Hause, berauscht von ihrer frischen Verliebtheit. Unten im Hausflur hatte Herr Brandner sie geküßt. Nicht sehr leidenschaftlich, gestand sie sich ein, als sie langsam die Treppen hochstieg, aber liebevoll und zart. Herr Brandner war eben ein sensibler Mensch und brauchte Zeit. Sie lächelte, sie konnte warten. Über ihre eigenen Gefühle gab es keinen Zweifel: sie liebte ihn von ganzem Herzen.

Seit der Trennung von Georg hatte sie keinen so schönen Tag wie den heutigen verbracht.

Lange hatten Herr Brandner und sie in dem neuen Cafè gesessen, sich gut unterhalten und viel zusammen gelacht. Er hatte ein wunderbares jungenhaftes Lachen, in das sie sich sofort verliebte. Nach einigem Zögern hat sie ihm von ihrer gescheiterten Ehe erzählt und war froh über sein einfühlsames Verständnis für ihre Probleme. Von sich sprach er wenig, wie sie bemerkte. Trotz ihrer Neugier lag es ihr fern, ihn zu drängen. Später waren sie langsam den Kurfürstendamm Richtung Gedächtniskirche hinuntergebummelt, hatten im »Berliner Kindl« eine Kleinigkeit gegessen und den Abend mit einem Kinobesuch abgeschlossen. Herr Brandner schlug »Alraune« vor, den neuesten Film mit Hildegard Knef, der gegenüber in der Filmbühne Wien gezeigt wurde. Karin hatte von dem Film noch nichts gehört und war ziemlich überrascht über die reißerische Handlung in schwül-erotischer Atmosphäre. Manchmal schaute sie unsicher zu Herrn Brandner hinüber, wenn mit größter Selbstverständlichkeit von Sperma, Lustmördern, Dirnen und freier Liebe die Rede war. Aber ihr Begleiter schien von peinlichen Gefühlen unberührt, so dass schließlich auch Karin entspannt zusah, wie eine sinnliche, aber kalte Hildegard Knef die Männer vernichtete, die ihrem Zauber verfallen waren.

Schließlich waren sie beide dann in der lauen Sommernacht den ganzen Weg nach Hause gelaufen. Sie gingen eingehakt und Karin lehnte mehrmals ihren Kopf an seine Schulter und schloss die Augen.

Ich bin glücklich, dachte sie, während sie in ihrer Handtasche nach dem Wohnungsschlüssel suchte. Tränen, Ängste, Schwermut, alles hatte jetzt ein Ende. Sie erlebte die ganz große Liebe, und ihr Leben hatte wieder einen Sinn bekommen.

Als Karin die Küche betrat, schlug ihr ein widerlicher Geruch von Bierdunst und Zigarettenqualm entgegen. Sie riss das Fenster auf, die Nachtluft strömte herein. Dann kippte sie den bis an den Rand gefüllten Aschenbecher in den Mülleimer und stellte die herumliegenden leeren Bierflaschen ordentlich in eine Ecke.

Im Einschlafen dachte sie, dass dieser nette Hagen vielleicht doch nicht so harmlos war, wie er auf den ersten Blick erschien. —

Am nächsten Morgen um sieben Uhr riss der Wecker Horst aus einem unruhigen Schlaf. Er hatte einen Brummschädel und wäre am liebsten im Bett liegengeblieben. Ich schwänze heute, dachte er und schloss wieder die Augen. Nach ein paar Minuten aber erhob er sich, wenn auch unter großen Anstrengungen. Die Aussicht, sich die Vorwürfe seiner Mutter anhören zu müssen, trieb ihn aus dem Bett. Er schwankte ins Badezimmer und hielt den Kopf unter kaltes Wasser, so dass er sich etwas besser fühlte. Während er sich in der Küche eine Tasse Muckefuck machte, fiel sein Blick auf Hagens Rucksack, der in einer Ecke lag. Er war fast leer, sie hatten alle Bierflaschen ausgetrunken, aber eine Ecke der braunen Ledertasche wurde sichtbar. Neugierig, was sie enthielt, nahm Horst sie heraus und ließ die goldenen Schlösser aufschnappen. Überrascht blickte er auf den Inhalt: die Tasche war voller Geld, große Scheine, zum Teil mit Banderole, und alles Westgeld! Aufgeregt wühlte er darin herum und versuchte das Geld zu zählen. Es waren sicher an die 10 000 DM, wahrscheinlich sogar mehr. Woher hatte Hagen das Geld? Jedenfalls war es nicht das Gesparte seiner Mutter und Oma, wie er ihm weismachen wollte. Hagen muss es irgendwo anders her haben, wahrscheinlich irgendwo geklaut. Plötzlich bekam auch die Szene beim Abitur einen Sinn. Hagen wollte mit dem Geld fliehen und hatte sich zur Ablenkung einen theatralischen Abgang verschafft. Auch sein mangelndes Interesse, sich als politischer Flüchtling zu melden, konnte sich Horst jetzt erklären.

Er legte die Geldpakete wieder in die Tasche zurück. Bevor er sie schloss, nahm er nach kurzem Zögern einen Hundertmarkschein heraus. Hagen würde das Fehlen gar nicht bemerken. Aber im selben Moment legte Horst den Geldschein wieder zurück. Er war kein Dieb. Er packte die braune Ledertasche wieder in den Rucksack und machte sich auf den Weg in die Schule.

Nachdem Elise endlich mit der langsam vorrückenden Warteschlange den Eingang der Meldestelle erreicht hatte, an dem zwei Polizsten das geordnete Betreten des Hauses überwachten, betrat sie das schmale, in dunklen grünen und roten Farben gestaltete Treppenhaus. Da sie sich in einem Büro im Keller melden sollte, drängte sie sich durch die engen Gänge, an deren Wänden überall Wartende standen.

Jetzt saß sie seit mindestens zwei Stunden auf einer Bank ohne Lehne, eingequetscht zwischen zwei Männern auf der einen Seite und einer Mutter mit einem quengelnden Jungen auf der anderen, und wartete auf ihren Aufruf. Ich bin gespannt, wie lange ich das hier aushalte, überlegte sie nüchtern, diesen Lärm, diese Enge und besonders diesen Gestank. Auch sie selbst roch nach Schweiß, denn seit ihrer Ankunft hatte sie sich nicht gewaschen. Sie brachte es nicht fertig, sich in den engen Waschräumen ihres Lagers in der Messehalle unter all den Frauen und Kindern auszuziehen. Sie hatte nur einmal den Rock gewechselt, unter dem sie noch immer die Geldbeutel trug.

Die beiden Männer neben Elise unterhielten sich laut über die Zustände in ihrem Heimatort, die Gründe für ihre Flucht, über Freunde und Feinde und die Hoffnungen für die Zukunft. Elise konnte über diese Naivität nur den Kopf schütteln. Wussten die nicht, dass hier überall Ost-Spitzel herumschlichen und alle Informationen registrierten und weitergaben?

Aus einem großen Raum am Ende des Ganges hörte man Babygeschrei. Elise hatte bei ihrem ersten Aufenthalt im Keller dort einmal hineingeschaut und gesehen, wie eine Anzahl junger Mädchen und Frauen ununterbrochen Babys fütterten, wickelten und zum Schlafen legten. Vom frühen Morgen bis zum späten Abend gaben hier die Eltern ihre kleinen Kinder ab, damit sie selbst ungehindert die notwendigen Behördengänge absolvieren konnten.

Eine Sechzehnjährige, die mit geschickten Händen gerade ein Baby wickelte, hatte ihr erzählt, dass sie Kindergärtnerin werden wollte, ihre Ausbildung aber erst im Herbst anfinge. Solange würde sie hier helfen. »Sie sehen ja, was hier los ist«, hatte sie gelacht. »Ich bin oft den ganzen Tag hier. Meistens habe ich soviele Babys zu versorgen, dass schon wieder die ersten mit Füttern und Wickeln dran sind, wenn ich eine Runde fertig habe. Aber die Babys sind alle so süß! Das hier ist Dieter. Gucken Sie, wie der mich anlacht! Der kennt mich schon.« Sie hatte ihn hochgehoben und ihm mehrere Küsse auf die rosigen Backen gegeben.

Elise reckte sich ein wenig auf der unbequemen Bank, dann sackte sie wieder in sich zusammen. Nachdem der Junge ihrer Nachbarin sie zum drittenmal auf den Fuß getreten hatte, gab Elise ihm einen Stoß: »Pass doch mal auf!«

Der Junge begann zu weinen und die Mutter blickte sie böse an: »Sie haben wohl keine Kinder.«

Elise hatte genug und stand auf. »Ihr Sohn kann meinen Platz haben.«

Sie drängelte sich durch die Menschen wieder zur Treppe und hinauf zum Ausgang, bis sie auf der Straße stand. Tief atmete sie die frische Luft ein, eine Erholung nach der verbrauchten Luft im ganzen Haus, besonders im Keller. Als sie unschlüssig umherblickte, was sie als nächstes tun sollte, riet ihr ein junger Polizist, der sie beobachtet hatte: »Gehen Sie doch in das Zelt von der Kirche. Da können Sie sich erholen.«

Elise blickte ihn dankbar an: »Das werde ich tun.«

Die meisten Angestellten und Beamten sind hilfsbereit und höflich zu den Flüchtlingen, dachte Elise. Nur selten wird man wie ein Mensch zweiter Klasse behandelt.

Dann ging sie hinüber ins Diakoniezelt. Eine junge, auffallend gut angezogene Frau, die offensichtlich schwanger war, gab ihr ein Glas Limonade, das Elise dankbar in einem Zug austrank. Bevor sie das Glas zurückgab, fragte sie: »Wissen Sie zufällig jemanden, der hier in der Nähe ein Zimmer vermietet?«

»Tut mir leid, mein Mann und ich wohnen noch nicht lange hier«, erwiderte die junge Frau eifrig, »aber setzen Sie sich einen Moment, ich hole Frau Dinkelbach, die kennt sich aus.«

Kurz darauf trat eine sympathisch aussehende Frau, etwas älter als Elise, an ihre Bank und schaute sie fragend an: »Frau von Steinhausen sagt, Sie suchen ein Zimmer?«

Elise nickte hastig: »Ja, ich habe ein bisschen Geld. Ich möchte nicht mehr im Lager bleiben. Kennen Sie jemand, der vermietet?«

»Naja, das ist nicht einfach bei dem Wohnungsmangel, der in Berlin herrscht.« Die Frau ließ sich mit einem kleinen Seufzer der Erschöpfung neben ihr auf der Bank nieder. »Ich werde mich umhören. Wir können uns morgen, oder besser übermorgen wieder hier treffen, wenn Sie wollen. Um dieselbe Zeit. Vielleicht kann ich Ihnen dann schon etwas sagen.«

Aber bevor Elise sich bedanken konnte, sprang Frau Dinkelbach wieder auf: »Einen Moment bitte, ich komme gleich zurück.«

Sie eilte zu Frau von Steinhausen. Ein großgewachsener Mann mit kurzgeschorenem Haar stand jetzt neben ihr und hatte den Arm um sie gelegt, offenbar ihr Ehemann. Elise beobachtete die drei. Frau Dinkelbach sprach ununterbrochen auf den Mann ein, der in regelmäßigen Abständen zustimmend nickte. Schließlich gaben sie sich die Hand und Herr und Frau von Steinhausen verließen das Zelt. Elise hatte die ganze Zeit das seltsame Gefühl, den Mann zu kennen.

Frau Dinkelbach kehrte zu ihr zurück und meinte bewundernd, während sie den beiden hinterherblickte:

»Ein so nettes Ehepaar. Er ist seit vorigem Jahr Mitglied in unserm Gemeindekirchenrat. Ich musste ihm eben etwas für die nächste Sitzung sagen. Und jetzt bekommen sie ihr erstes Kind. Die ideale Ehe.« Sie lächelte Elise an: »Wie heißen Sie eigentlich?«

Elise nannte ihren Namen und lächelte zurück. Sollte sie in diesem unübersichtlichen riesigen Berlin unter den Tausenden von fremden Menschen plötzlich eine Freundin gefunden haben? Aber bevor sie das Gespräch fortsetzen konnte, winkte eine Helferin an der Theke und Frau Dinkelbach sprang wieder auf: »Tut mir leid, ich werde gebraucht. Also, bis übermorgen.«

Elise blieb noch eine Weile sitzen und überlegte ihr weiteres Vorgehen. Bisher hatte sie vorgehabt, das Notaufnahmeverfahren zu durchlaufen, um als politischer Flüchtling die entsprechenden Vergünstigungen für einen Neustart im Westen zu erhalten und dadurch ihr eigenes Geld zu sparen. Aber jetzt entschied sie sich anders. Sie würde dieses Verfahren abbrechen, das in ihrem Fall ohnehin kaum zum Erfolg führte. Mit ihren Fähigkeiten war sie auch auf keine fremde Hilfe angewiesen. Sie würde versuchen, eine Arbeit zu finden, zunächst in West-Berlin. Denn bevor sie nicht ihr Geld von diesem Hagen zurückbekommen hatte, würde sie hier nicht weggehen. Sie hatte zwar die ganze Zeit nach ihm Ausschau gehalten, aber ihn nicht entdecken können. Wenn später ein Flug nach Westdeutschland erforderlich war, konnte sie ihn selbst bezahlen.

Erleichtert über ihren Entschluss stand sie auf. Zwei Tage noch wollte sie auf ihrer Matratze am Funkturm ausharren, dann hatte Frau Dinkelbach hoffentlich ein Zimmer für sie gefunden und sie könnte umziehen.

Aber als Elise auf dem Rückweg zur Messehalle das Schild »Hotel am Funkturm« gegenüber dem S-Bahnhof bemerkte, entschied sie sich ein zweites Mal um. Wenig später zeigte ihr eine beflissene Hotelangestellte ein Zimmer, das sie für zwei Übernachtungen buchte, freilich zu einem in ihren Augen horrenden Preis. —

Karin Dinkelbach hatte den beiden jungen Männern gestattet, das Sofa auf den Dachboden zu tragen, so dass Hagen komfortabler schlafen konnte. Dieser nahm, ohne zu fragen, einen von den leerstehenden Lattenverschlägen in Besitz. Er legte dort seinen Rucksack ab und versperrte den Verschlag mit einem dicken Vorhängeschloss, das er in einem Eisenwarenladen am Kaiserdamm gekauft hatte.

Günstige Gelegenheit, dachte Horst und fragte beiläufig: »Warum schließt du diesen alten Rucksack denn ein? Den klaut bestimmt niemand.«

Hagen antwortete ebenso leichthin: »Man weiß nie. Ich hänge an dem Rucksack, er ist ein Erbstück meines Vater.«

»Du lügst«, jetzt klang Horsts Stimme scharf. »Da ist Geld drin, Westgeld, eine ganze Menge, und erzähl mir nichts von den Spargroschen deiner Oma.«

Hagens dunkle Augenbrauen zogen sich vor Ärger zu einem einzigen Strich zusammen. Mit erhobener Faust kam er auf Horst zu: »Was fällt dir ein? Was schnüffelst du in meinen Sachen herum?«

Horst schlug seine Faust herunter: »Woher hast du das Geld? Bist du ein Dieb? Vielleicht sogar ein Mörder?«, fuhr er ihn an.

Das Wort »Mörder« bewirkte eine erstaunliche Wandlung in Hagens Reaktion. Er wich zurück: »Du spinnst! Was denkst du von mir? Mörder!«, wiederholte er gekränkt.

»Aber auf jeden Fall offenbar ein Dieb«, Horst blieb unbeeindruckt. Er schubste Hagen auf das Sofa und baute sich drohend vor ihm auf: »Woher hast du das Geld? Los, erzähle! Aber die Wahrheit, wenn ich bitten darf.«

Hagen zuckte nur mit den Schultern und wollte aufstehen: »Ist nichts Schlimmes. Und außerdem geht dich das gar nichts an.«

Aber Horst stieß ihn zurück: »Wenn du nicht sofort sagst, woher du das Geld hast, erzähle ich alles meiner Mutter. Die schmeißt dich raus und geht zur Polizei. Darauf kannst du Gift nehmen. Und falls es dich interessiert: ich esse auf keinen Fall mehr deine blöde Leberwurst, bevor ich nicht weiß, von welchem Geld du sie bezahlst. Klar?«

Jetzt musste Hagen lachen: »Na gut. Aber setz dich hin, das ist ein längere Geschichte.«

»Wir haben zwar das Geld mitgenommen, aber es war kein geplanter Überfall. Verstehst du?«, schloss Hagen nach einer Weile seinen Bericht, bemüht, Horst von seiner Unschuld zu überzeugen. »Es hat sich alles von allein entwickelt. Wir haben eigentlich nur unserer Freundin geholfen. Und als der Schmittke und die Frau dalagen, war die Versuchung eben groß, das Geld einzustecken. Außerdem ist Schmittke ein ganz übler Schieber, macht dunkle Geschäfte. Dem Geld abzunehmen, ist fast eine gute Tat.«

Schweigend hatte Horst zugehört. Hagen war ein Schläger und ein Dieb, ohne Zweifel. Sollte er ihn anzeigen? Aber dann würde er in die Zone abgeschoben werden und dort ins Gefängnis kommen. Nicht nur wegen des Diebstahls, sondern auch wegen seiner den großen Sowjetführer beleidigenden Äußerung. Die Art und Höhe der Bestrafung dieses politischen Verbrechens war ungewiss. Wollte Horst das? Er hatte genug Beispiele gehört oder in den Zeitungen gelesen, wie Menschen im Osten wegen geringerer Vergehen grausam bestraft wurden.

Unschlüssig blickte Horst den Freund an: »Was willst du mit dem Geld machen? Einfach verplempern?«

Hagen atmete erleichtert auf: »Danke, dass du mich nicht verrätst.«

»Das weiß ich noch nicht«, widersprach Horst zwar, aber beide wussten, dass er sich entschieden hatte.

Eifrig redete Hagen weiter: »Ich will das Geld aufheben, es in dem Verschlag lassen. Deswegen habe ich das Vorhängeschloss gekauft, damit der Rucksack in Sicherheit ist und ich ihn nicht immer herumschleppen muss. Die Hälfte des Geldes werde ich natürlich bei Gelegenheit Günter zurückgeben.« Dieser ehrbare Gedanke war ihm eben gekommen und für eine Minute glaubte er selbst an seine Verwirklichung. »Auf keinen Fall verplempere ich es. Vielleicht kann ich damit später eine Berufsausbildung bezahlen«, phantasierte er vage. »Aber ein paar schöne Sachen zum Essen oder Anziehen kann man sich genehmigen, findest du nicht?« Hagen sah seinen Freund mit großen Augen an, zu allem bereit, was Horst für sein Stillschweigen von ihm verlangte.

Horst ging nicht auf sein Gerede ein, sondern meinte nur: »Also, gut, es bleibt unter uns.« –

Zwei Tage nach ihrem ersten Treffen mit Karin Dinkelbach machte sich Elise wieder auf den Weg in die Kuno-Fischer-Straße. Als sie zufällig in der großen Scheibe des Uhrengeschäftes in der Neuen Kantstraße ihr Spiegelbild sah, erkannte sie sich selbst kaum wieder. Geradezu elegant schritt sie daher, in ihren neuen weißen Pumps von »Leiser« und dem hellblauen Hemdblusenkleid mit weitem Rock von »Brenninkmeyer«, beides Läden in der Wilmersdorfer Straße, in der man alles bekommen konnte, was das Herz begehrte. Für die Bewohner der Ostzone stellte diese Straße ein besonders beliebtes Einkaufsziel dar, obwohl es in West-Berlin mehrere solcher Einkaufszentren gab, wie sie gehört hatte. Mit ihrer Planwirtschaft im Osten erreichen die Genossen dieses Warenangebot nie auch nur annähernd, dachte Elise, da können sie noch so viele Sprüche machen und Plakate kleben.

Auch die Tage im Hotel trugen zu ihrer guten Stimmung bei. Sie hatte es genossen, ungestört sich in ein eignes Zimmer zurückziehen zu können, in einem Bett zu schlafen und vor allem in einer Badewanne zu liegen, so lange sie wollte.

Als Elise das Diakoniezelt betrat, hatte ihr Frau Dinkelbach zugewinkt und »Ich komme sofort!« gerufen, aber dann vergingen mehr als zwanzig Minuten, bis sie sich aufatmend auf der Bank neben Elise niederließ.

»Ich muss mich einen Moment ausruhen. Dieser Lärm und diese vielen Menschen! Jeden Tag derselbe Hochbetrieb! Das schlaucht ganz schön. Aber für heute bin ich fertig. Wenn es Ihnen recht ist, gehen wir.«

Elise folgte ihr auf die Straße.

Karin, die ein abgetragenes Sommerkleid anhatte, musterte ihre Begleiterin nicht ohne Neid: »Sie sehen gut aus. Alles neu gekauft, oder?«

Elise ärgerte sich über sich selbst. Wie unbedacht, sich gerade bei dieser Gelegenheit so herauszuputzen. Sie lachte beschämt: »Ich konnte nicht widerstehen. Ich habe fast das ganze Geld ausgegeben, was ich besaß.«

»Naja, wenn man aus dem Osten kommt…« Es klang abfällig, aber Karin meinte es nicht böse.

»Kommen Sie, wir gehen hier entlang,« Sie wies nach rechts. »Da kann ich Ihnen gleich das Haus zeigen, in dem Sie möglicherweise wohnen können.«

»Sie haben etwas gefunden?«, rief Elise erwartungsvoll. »Das ist großartig, vielen Dank.«

»Warten Sie erst mal ab«, bremste sie Karin. »In diesem Eckhaus an der Friedbergstraße wohnt eine pensionierte Lehrerin, Frau Blank, die immer ein Zimmer von ihrer Wohnung vermietet. Sie ist aber, das muss man deutlich sagen, sehr, sehr schwierig. Daher wechseln auch dauernd ihre Untermieterinnen, sie nimmt nämlich nur Frauen. Im Moment ist gerade eine ausgezogen und Frau Blank hat sich wieder in unserer Gemeinde gemeldet. Sie nimmt nur von uns vermittelte Frauen, aus Sicherheitsgründen, wie sie behauptet. Also, wenn Sie wollen, können Sie sofort bei ihr einziehen.«

»Natürlich nehme ich das Zimmer. Ich bin anspruchslos und anpassungsfähig. Das habe ich in meinem Leben gründlich lernen müssen.« Elise lachte kurz auf.

»Das haben wir wohl alle«, stimmte Karin zu.

»Können wir gleich hinaufgehen? Mit Frau Blank sprechen?«

»Von mir aus. Kommen Sie, da geht es hinein.«

Sie betraten einen heruntergekommenen Altbau, der dennoch einen Hauch von vergangener Pracht vermittelte. Als sie die Treppe hochstiegen in den zweiten Stock, kam ihnen der Hausmeister entgegen, ein vierschrötiger Mann in Arbeitskleidung. Er kannte Frau Dinkelbach.

»Tag«, grüßte er. »Na, bringen Sie wieder der alten Giftschlange ein neues Opfer? Mal sehen, wie lange die es aushält bei unserm Fräulein Blank.«

Mit einem höhnischen Lachen verschwand er.

»Der ist verrückt.« Karin verdrehte die Augen und blieb auf der Treppe stehen. »Sie müssen noch Folgendes wissen: Frau Blank war nie verheiratet, ist eigentlich ein Fräulein Blank. Aber sie lässt sich immer mit Frau anreden, weil sie ihrer Meinung nach als Lehrerin das Recht dazu hat. Der Kochel, der Hausmeister, hat das herausgefunden und überall herumerzählt. Er nennt sie nun immer Fräulein, um sie zu ärgern und behauptet laut, dass sie sich strafbar macht wegen Vortäuschung falscher Tatsachen. Darüber gerät sie regelmäßig in Wut und keift ihn an. Ziemlich albern das Ganze. Also, Sie dürfen sie auf keinen Fall mit Fräulein anreden.«

Elise nickte nur. Dann klingelten sie an der Wohnungstür. Frau Blank öffnete, eine alte Frau mit grauen Haaren und einem Dutt, die Elise misstrauisch beäugte.

»Darf ich Ihnen Fräulein Hilpert vorstellen?« Karin lächelte Frau Blank an und schob Elise in die Wohnung. »Sie möchte gern von Ihnen das Zimmer mieten.«

Nach einer halben Stunde Belehrung über zahlreiche, genau zu befolgende Vorschriften nahm Frau Blank gnädig die neue Mieterin in ihrer Wohnung auf. Elise war erleichtert. Sie konnte sofort ihre Sachen aus dem Hotel holen und ihr neues Domizil beziehen. —

Auch in den nächsten Tagen sorgte Hagen weiterhin für einen reich gedeckten Abendbrottisch. Mal stellte er Fleischsalat auf den Tisch, mal Schinken oder Camembert, manchmal auch Schokolade und Apfelsinen, alles Dinge, die sich Dinkelbachs nicht leisten konnten.

Wenn Karin einwandte: »Das kann ich gar nicht annehmen. Woher hast du überhaupt so viel Geld«, lachte Hagen nur: »Das kostet gar nicht soviel«, oder: »Das war ein Sonderangebot bei ›Hertie‹. Ich will mich nur ein bisschen für eure Gastfreundschaft revanchieren.«

Über das Geld sprach er mit Horst nicht mehr.

Tagsüber war Hagen meistens verschwunden. Nie erzählte er, wo er sich »herumgetrieben« hatte, wie sich Karin ausdrückte.

Diese hatte inzwischen ihre Stellung im Gemeindebüro angetreten. Frau Kerner, die sie einarbeitete, war zufrieden mit ihrer schnellen Auffassungsgabe und staunte besonders über Karins Fähigkeiten im Maschineschreiben, das sie nach fast einem Vierteljahrhundert noch immer beherrschte. Bald war Karin mit allen anstehenden Arbeiten vertraut und erledigte sie selbständig. Pfarrer Molnar lobte wiederholt ihre umsichtige Mitarbeit und verließ sich bereits ganz auf sie.

Nur in einem Punkt zeigte er sich Karin gegenüber zurückhaltend, nämlich wenn sie versuchte, ihn über seinen Freund Peter Brandner auszufragen.

»Er ist nicht mein Freund«, wies er sie zurecht.

»Aber ich habe ihn hier bei Ihnen kennengelernt. Da hat er Sie besucht«, wandte Karin ein.

»Ein Freund hat ihn zu mir geschickt, er ist ein Verwandter von ihm. Mehr weiß ich nicht. Bitte fragen Sie nicht. Sie haben auch zu tun«, kam es freundlich, aber bestimmt. Dann verließ Molnar das Büro.

Karin begann einen Brief in die Maschine zu tippen, den sie vorhin in Steno aufgenommen hatte. Aber sie verschrieb sich ständig, ihre Gedanken kreisten um ihr Problem: Wer war Peter Brandner und wie ernst meinte er es mit ihr? Seit ihrem Treffen vor einer Woche hatte sie nichts mehr von ihm gehört oder gesehen.

Das unerfreuliche Gespräch mit Horst ging ihr durch den Kopf, das sie neulich mit ihm geführt hatte. Natürlich konnte sie ihrem Sohn die Gefühle gegenüber Peter Brandner nicht gänzlich verbergen, wollte sie auch nicht. Dennoch brauchte sich Horst nicht wie ein Lehrmeister der eigenen Mutter aufzuspielen.

»Du weißt nichts von dem Mann«, hatte er sie ermahnt. »Nicht, woher er kommt, was er macht, ob er Familie hat, nichts. Vielleicht ist er aus dem Osten, spioniert hier herum. Er ist auch viel zu jung für dich, Mutti. Du findest sicher einen anderen Mann, der besser zu dir passt.«

Karin schwankte einen Moment, ob sie Horst eine Ohrfeige geben oder in Tränen ausbrechen sollte, weil er Recht hatte. Aber sie riss sich zusammen und erwiderte nur kühl: »Davon verstehst du nichts.«

Seitdem hatten sie kaum mehr ein Wort gewechselt. Das war vor vier Tagen.

Karin seufzte und schrieb den Brief weiter. In diesem Moment ging die Tür auf und Herr Brandner trat ein. Er strahlte sie an, rief: »Einen guten Tag, schöne Frau!«, und gab ihr einen leichten Kuss auf die Wange.

Horst hat recht, dachte Karin nüchtern.

»Wie alt sind Sie eigentlich?« fragte sie ohne Umschweife.

»Wenn das keine originelle Begrüßung ist«, Peter Brandner lachte sein jungenhaftes Lachen und lehnte sich bequem, die Händen in den Hosentaschen, an die Schreibtischkante: »Vierzig Jahre. Ich hoffe, ich sehe nicht älter aus.«

»Wo waren Sie die ganze Zeit?« Karin ging nicht auf seinen Scherz ein.

»Unterwegs. Das bringt der Beruf mit sich.«

»Welcher Beruf?« Sie ließ nicht locker, obwohl ihr die Fragerei höchst peinlich war.

»Ich bin Journalist.« Die Antwort kam ungezwungen und wieder lachte er sie an. Er schien ihre Erkundigungen über seine Person ganz verständlich zu finden.

»Liebe Frau Dinkelbach«, fuhr er belustigt fort, »ich erzähle Ihnen gern alles, was Sie wissen möchten, aber muss es hier und jetzt sein? Ich bin nämlich gekommen, um Sie für morgen einzuladen. Ich kenne eine gemütliche Kneipe in der Danckelmannstraße. Ich hoffe, Sie haben Zeit und Lust, mit mir zu Abend zu essen.«

Karin schaute ihm in die Augen, froh, dass ihr Misstrauen unbegründet war. Es war nur Zufall und keine Absicht gewesen, dass er neulich im Café nichts von sich erzählt hatte. Horst irrt sich, Peter Brandner hat nichts zu verbergen. Sie spürte, wie sie vor Erleichterung und Freude rot wurde.

»Klar!«, nahm sie seinen lockeren Ton auf. »Wo treffen wir uns?« —

Endlich hatte sich Hagen aufgerafft, in der Kuno-Fischer-Straße seine Notaufnahme zu beantragen. Karin empfahl ihm, früh hinzugehen, damit er zu den Ersten gehörte, die ihre Nummer und ihren Laufzettel bekamen, auch wenn die Dienststellen erst um halb neun öffneten. Als Hagen dann aber gegen 7 Uhr um die Ecke der Kuno-Fischer-Straße bog, hatte sich trotz der frühen Morgenstunde bereits eine lange Warteschlange gebildet, mit der er nur langsam vorrückte. Erst am frühen Nachmittag war er zum Meldeschalter vorgedrungen.

Die Angestellte schaute seinen Ausweis kurz an: »Du bist Jugendlicher. Du brauchst das Notaufnahmeverfahren nicht zu machen, du wirst sofort nach Westdeutschland ausgeflogen. Neueste Bestimmung.«

»Warum denn?«, fragte Hagen unangenehm überrascht.

»West-Berlin hat noch kein einheitliches Auffanglager für Jugendliche. Wir wollen vermeiden, dass die geflüchteten Jugendlichen hier ohne Aufsicht sind.«

»Aber ich möchte gar nicht nach Westdeutschland, ich will in Berlin bleiben.« Hagen bemühte sich um einen ruhigen Tonfall.

»Das wollen viele. Die Flüchtlinge werden aber auf die Bundesländer verteilt, nach einem bestimmten Verteilerschlüssel, je nach deren Möglichkeiten und Kapazitäten. Nordrhein-Westfalen muss z. B. über 40 % aufnehmen, Hessen nur 7 %. Berlin darf 4 % der Flüchtlinge behalten, obwohl diese Zahl illusorisch ist, weil viele einfach illegal hier bleiben.« Die Art, wie die Angestellte diese Sätze herunterrasselte, ließ ahnen, wie oft sie sie täglich wiederholte. »Nun weißt du Bescheid. Ich gebe dir eine Adresse, wo du dich übermorgen melden musst. Brauchst du bis dahin eine Unterkunft in einem Lager?«

»Nein, danke, ich wohne bei meiner Tante.«

»Dann auf Wiedersehen und alles Gute! Der Nächste bitte!«

Wortlos nahm Hagen den Zettel mit der Adresse entgegen. Dann drängelte er sich wieder die Treppe hinunter. Er hatte es gleich gewusst, völlig umsonst dieses Herumstehen. Sich mit anderen Jugendlichen nach Westdeutschland ausfliegen zu lassen, kam für ihn überhaupt nicht in Frage. Sein Entschluss stand fest, er würde als Illegaler in Berlin bleiben. Nach allem, was er wusste, und sogar die Angestellte hatte das angedeutet, konnte ihm dabei nichts passieren. Irgendwann musste auch seine Tante wiederkommen, dann würde er erstmal ein richtiges Bett haben und weitersehen.

Sein Blick fiel auf das Diakoniezelt. Er wusste, dass Karin zu dieser Zeit keinen Dienst hatte, aber ein bisschen Brause nach der langen Warterei und Herumsteherei konnte er gut vertragen. Daher betrat Hagen das Zelt und setze sich auf eine Bank.

Eine mütterlich aussehende Frau stellte ihm unaufgefordert eine Tasse hin. Dankbar lächelte er sie an. Während er trank, nahm er die Zeitung hoch, die jemand auf dem Tisch liegengelassen hatte. Es war der Berliner »Tagesspiegel« vom vergangenen Tag und auf der aufgeschlagenen Seite stand die fettgedruckte Überschrift:

»Tausend Flüchtlinge an einem Tag«, darunter »SED-Terror trieb sie nach Berlin – Aufnahmelager überfüllt.«

Hagen begann zu lesen:

»Der Flüchtlingsstrom aus der Sowjetzone nach West-Berlin erreichte am gestrigen Montag seinen Höhepunkt. Annähernd tausend Personen brachten sich allein an diesem Tag vor dem kommunistischen Terrorregime in Sicherheit. Die Furcht, infolge der Absperrmaßnahmen der ›DDR‹-Regierung die letzte Verbindung mit der freien Welt zu verlieren, hat viele bewogen, ihre Heimat zu verlassen.

Es war der Berliner Flüchtlingsstelle nahezu unmöglich, den Flüchtlingsstrom zu bewältigen. Bis in die späten Abendstunden warteten die Flüchtlinge auf ihre Unterbringung. Vertreter des Senats, des Bundesflüchtlingsministeriums und der Leiter des Notaufnahmeverfahrens in Berlin berieten am Montag, wie Berlin die ständig an Zahl zunehmenden Flüchtlinge unterbringen soll …

Da die Notaufnahmelager in der Jebenstraße in Charlottenburg und in den Messehallen am Funkturm den immer größer werdenden Anforderungen nicht gewachsen waren, hatte das Rote Kreuz am Sonnabend vom Senat den Auftrag erhalten, binnen 48 Stunden in der Volkmarstraße in Tempelhof ein neues Flüchtlings-Durchgangslager einzurichten. Ohne bürokratische Umwege hatte die DRK-Leitung sich an die Arbeit gemacht, und am Montag Mittag waren die Räume, die etwa tausend Personen Platz bieten, bereits soweit vorbereitet, daß kurz nach 15 Uhr mit BVG-Sonderbussen die ersten Flüchtlinge herangebracht werden konnten …

Das Lager ist nicht ideal … In dem von eilig installierten Glühbirnen schwach erhellten Raum sitzen Familien beieinander; man sieht Tränen und vernimmt das Weinen kleiner Kinder. Aber die DRK-Helfer sind unermüdlich mit Rat und Tat zur Stelle. Die Mehrzahl der Flüchtlinge hat Verständnis dafür, daß im Lager noch manches unvollkommen ist, aber es gibt auch Unzufriedene, denen es hier nicht gefällt. ›Das sind keine echten Flüchtlinge‹, sagt eine Schwester, die Erfahrung mit Heimatvertriebenen hat.

Erst in den frühen Morgenstunden sind alle untergebracht … «

Hagen hatte genug gelesen, dieser Artikel bestätigte ihn nur in seinem Entschluss. Er legte die Zeitung auf den Tisch und stand auf. Der Besuch neulich im Flüchtlingslager am Königsweg fiel ihm ein. Nie würde er ein solches Leben führen, auch nicht nur vorübergehend. Dank seines Geldes hatte er es auch nicht nötig.

An der Neuen Kantstraße musste Hagen einen großen Bogen laufen, weil Arbeiter die Ruine des Eckhauses einrissen und die Trümmer abtrugen, ebenso die vom Haus schräg gegenüber am Lietzensee-Ufer. An dieser Stelle würden in den nächsten Jahren Neubauten entstehen. Vor der Fassade des dritten Eckhauses, das wiederaufgebaut werden sollte, standen Holzgerüste, auf denen Bauarbeiter herumkletterten. Hagen schaute einen Moment zu. Der Wiederaufbau Berlins war in vollem Gange.

Nun schlenderte er den schrägen Weg in den Park hinunter und den Uferweg entlang. Viele Menschen gingen spazieren oder saßen auf den Bänken, vor allem Mütter mit Kinderwagen und alte Leute. Plötzlich stutzte er: ein junges Mädchen, das ihm auf dem gegenüberliegenden Weg entgegenkam, sah aus wie Monika, ebenso schlank und mit denselben schönen Haaren. Trug sogar einen roten Rock wie Monika, der ihm immer besonders gefallen hatte. Hagen spürte, wie sehr er sie vermisste. Nicht nur sie, sein ganzes Leben in Birkenwalde, sogar seine Mutter, zu der er nie ein gutes Verhältnis gehabt hatte. Hagen schluckte. Nur mit Anstrengung gelang es ihm, ein plötzliches Gefühl der Verlassenheit zu unterdrücken.

Da er im Moment nichts Besseres vorhatte, ging er langsam in die Riehlstraße, um nach seiner Tante zu sehen. Bisher war es ihm nicht gelungen, Kontakt mit ihr aufzunehmen oder wenigstens den Zeitpunkt ihrer Rückkehr zu erfahren. Wiederholt war er zu ihrer Wohnung gegangen und hatte sich vor die Tür auf die Treppe gesetzt und gewartet. Die unfreundliche Nachbarin, die er ab und zu dabei traf, weigerte sich, ihm eine Auskunft zu geben, obwohl sie wahrscheinlich genau Bescheid wusste.

Heute aber kam es anders. Die alte Nachbarin, nachdem sie sich mühsam die Treppe hochgeschleppt hatte, blieb schweratmend vor ihm stehen: »Sie haben Glück, morgen Abend kommt Fräulein Kalisch nach Hause.«

»Na, endlich!« Hagen sprang auf, überrascht über diese unerwartete und sogar in einem umgänglichen Tonfall hervorgebrachte Information. Mit einem lauten »Danke« lief er die Treppe hinunter.

Er freute sich, einen Schritt weitergekommen zu sein, aber gleichzeitig fühlte er sich unbehaglich. Hagen kannte die Tante von zwei Besuchen mit seiner Mutter. Damals wohnte sie noch in Untermiete in Haselhorst. Jetzt hatte sie diese Wohnung in der Riehlstraße und verdiente ihr Geld als Verwaltungsangestellte im Bezirksamt Charlottenburg. Sie war Mitte fünfzig und unverheiratet, eine korrekte Beamtin mit festen Prinzipien. Wenn sie mir Vorschriften machen will, hau ich wieder ab, dachte Hagen.

Auf dem Rückweg zur Herbartstraße kaufte er beim Kaufmann Voigt an der S-Bahn mehrere Flaschen Bier, um mit Karin und Horst Abschied zu feiern.

Später saßen sie ein letztes Mal zu dritt zusammen am Küchentisch und tranken das gutgekühlte Bier, denn Karin hatte ihr Vorhaben wahrgemacht und sich sofort von ihrem Gehaltsvorschuss einen Kühlschrank auf Raten gekauft.

»Ist ja kein Abschied für immer«, sie drückte tröstend Hagens Arm, der seine Bedenken wegen des Zusammenlebens mit seiner Tante geäußert hatte, »du kannst uns besuchen und jederzeit zurückkommen, wenn es dir bei deiner Tante nicht gefällt. Aber ich rate dir nach wie vor: Hänge hier nicht in Berlin herum, sondern lass dich in ein Bundesland einweisen und ausfliegen und beende dort die Schule. Dann stehen dir alle Möglichkeiten offen.«

»Ich weiß. Danke für den Rat«, antwortete Hagen mechanisch und dachte an seine Zukunft als Illegaler.

»Das Sofa tragen wir morgen herunter«, sagte Horst und zu Hagen gewandt: »Wollen wir noch mal zu Helmut rübergehen, er hat einen neuen Plattenspieler bekommen.«

Unterdessen war Karin ins Wohnzimmer gegangen, hatte das Radio angestellt und es sich im Sessel bequem gemacht. Die Erkennungsmelodie des RIAS ertönte und die Stimme des Ansagers: »Hier ist RIAS Berlin – eine freie Stimme der freien Welt. Hören Sie nun aus dem Theater am Kurfürstendamm in Berlin ›Günter Neumann und seine Insulaner‹...«.

»Hörst du jetzt die ›Insulaner‹?« fragte Hagen, der aus der Küche kam. »Die kenne ich. Die hört meine Mutter jetzt bestimmt auch. Sie hat vor kurzem ein Radio von einer Freundin geschenkt bekommen und ist froh, dass sie endlich auch den RIAS hören kann.«

»Ist der Empfang nicht sehr schlecht wegen der Störsender?«, erkundigte sich Karin.

»Klar, die Bonzen ärgern sich, weil der ›amerikanische Hetzsender‹ so beliebt ist, aber sie können nicht verhindern, dass ihn die meisten hören. Wenn man sich ganz nah an das Radio setzt und sich das Rauschen wegdenkt, geht es.« Hagen lachte. »Wir haben da Übung.«

»Wenn du willst«, schlug Horst vor, »können wir zuerst die ›Insulaner‹ hören und gehen anschließend zu Helmut.«

Beide setzten sich an den großen Tisch und schon erklang aus dem kleinen Radio: »Der Insulaner verliert die Ruhe nicht...«, der Eingangssong des erfolgreichsten Berliner Funkkabaretts der Nachkriegszeit mit seinen witzig-frechen bis ernst-melancholischen Liedern und Texten von Günter Neumann.

Beim letzten Song mit dem Refrain: »Seh'n Se, das ist Berlin, eine Stadt, die sich gewaschen…« freuten sich Karin und Horst besonders bei der Strophe:

»Die Frau vom Nilpferd Knautschke,
die kriegte jetzt n Schreck, denn jrade wie's am schönsten war,
da sollt se wieder weg.
›Ick will nich mehr nach Leipzig‹, so rief das arme Tier.
›Und wenn schon rot, dann Heinroth,
ach, bitte, lasst mich hier!‹
Janz bockbeinig auf allen vieren saß se
und wollte nach de Kuno-Fischer-Straße!«

Karin rief vergnügt: »Unsere Kuno-Fischer-Straße sogar bei den Insulanern – wenn das keine Ehre ist!«

Hagen hatte gar nicht verstanden, worum es ging.

»Also das Nilpferd Knautschke im Zoo ist das Lieblingstier der Berliner«, erklärte Karin. »Die Zoodirektorin Katharina Heinroth hatte dafür gesorgt, dass Knautschke aus Leipzig, also aus der Ostzone, von der Nilpferddame Grete Besuch bekam wegen ›Familiengründung‹. Es klappte alles programmgemäß und die Tochter Bulette wurde geboren. Grete sollte nach getaner Arbeit wieder nach Leipzig zurückkehren. Das wollte sie nicht, daher ging sie in die Kuno-Fischer-Straße«. Karin lachte wieder.

»Ist doch komisch«, überlegte Horst, »wie ein einfacher Straßenname plötzlich eine zusätzliche, ganz andere Bedeutung bekommen hat, Kuno-Fischer-Straße steht jetzt quasi für Flucht in die Freiheit.«

»Ja, aber auch für Verlust der Heimat«, ergänzte Karin.

Horst stand auf: »Los, Hagen, wir gehen rüber zu Helmut, sonst wird es zu spät.«

Als Helmut ihnen die Tür öffnete, dröhnte Jazzmusik von Chuck Berry aus seinem Zimmer, der neue Plattenspieler lief bereits auf vollen Touren.

Aber bevor Hagen eintreten konnte, hielt Helmut ihn zurück: »Warte, mein Vater wollte dich sprechen. Ich bringe dich zu ihm.« Beide gingen den Flur entlang zum Wohnzimmer.

»Was will er denn von Hagen?«, fragte Horst neugierig, als Helmut zurückgekommen war.

»Ich glaube, er fragt ihn, ob er bei ihm im Laden arbeiten will. Er hat immer noch keinen Ersatz für Lemke.«

Nach einer Weile kam Hagen zurück und grinste Helmut an: »Dein Vater ist Klasse. Er will mich als Lagerarbeiter und Hilfskraft einstellen.«

Helmut drehte die Musik etwas leiser: »Aber das ist illegal. Du hast doch gar keine Papiere.«

»Dein Vater sagt, das geht auch so. Als ehemaliger Flüchtling kann ich mich anmelden und bekomme eine Aufenthalterlaubnis. Nur keine Arbeitserlaubnis. Ich arbeite einfach als Verwandter bei ihm. Das sei kein Problem, meint er, außerdem hätte er einen guten Draht zu seinem Polizeiabschnitt.« Er lachte laut, klatschte in die Hände und bewegte sich rhythmisch zur Musik.

»Dein Vater ist Klasse«, wiederholte er begeistert. »Außerdem kann ich im Hinterzimmer vom Laden wohnen. Ich muss nicht zu meiner Tante. Deinem Vater ist das sogar lieber, falls eingebrochen wird. Damit ich gleich zur Stelle bin.«

Helmut schaute ihn mit unbewegtem Gesicht an: »Er ist nicht mein Vater. Mein Vater ist im Krieg gefallen.«

»Ach so? Tut mir leid.« Für Hagen war das kein Grund zur Trauer, aber Horst blickte den Freund überrascht an: »Aber ihr heißt doch alle Schulze.«

»Hast du mal ins Telefonbuch geguckt, wieviele Schulzes es gibt?« Helmut lachte ironisch. »Zufällig heißen meine Mutter und ich auch so.«

Zögernd fragte Horst: »Sind deine Eltern überhaupt verheiratet?« Aber Helmut gab keine Antwort.

»Mensch, ich freu mich.« Hagen interessierte sich nicht weiter für die familiären Beziehungen der Schulzes. »Meiner Tante kann ich sagen, dass ich eine Stelle habe. Ihr müsst mich unbedingt mal besuchen kommen.«

Später auf ihrem kurzen Nachhauseweg über die Neue Kantstraße fragte Hagen plötzlich:

»Horst, du bist mein Freund, oder?«

»Klar, wieso?«

»Und ich kann dir vertrauen?«

»Mann, mach es nicht so spannend.« Horst war neugierig geworden.

Hagen zögerte, er musste sich regelrecht überwinden: »Ich möchte gern den Rucksack mit dem Geld erstmal in dem Verschlag lassen, auch wenn ich in den Wedding ziehe. Ich glaube, da ist er sicherer als in dem Laden, wo ich ihn bestimmt nicht richtig verstecken kann. Meinst du, das geht?«

»Hm«, machte Horst unschlüssig. »Ich weiß nicht, ob der Rucksack hier wirklich sicherer ist. Von mir aus kannst du es machen. Ich würde keinem etwas sagen. Aber die Verantwortung, wenn der Verschlag plötzlich aufgebrochen und das Geld weg ist, kann ich natürlich nicht übernehmen.«

»Ist klar. Und du…«, wieder zögerte Hagen, »…würdest nichts davon wegnehmen, oder?«

Horst lachte los: »Warum eigentlich nicht? Geklautes Geld zu klauen ist eine gute Tat.«

»Jetzt sei mal ernst!«

Horst tat ihm den Gefallen: »Wenn ich von dem Geld etwas klauen wollte, hätte ich es längst getan und du hättest es nicht einmal gemerkt. Vor mir brauchst du keine Angst zu haben«, erklärte er gelassen.

»Danke.« Aber noch eine Frage lag ihm am Herzen: »Hast du deiner Mutter von dem Geld erzählt?«

»Ja, gleich am Anfang, als sie sich mal wieder über deine Geschenke wunderte. Aber von dem Diebstahl habe ich nichts gesagt, nur dass du Geld im Rucksack hast. Sie wird mit Sicherheit nicht daran gehen.«

Hagen atmete auf: »Also, dann lass ich das Geld erst einmal im Verschlag und sehe später weiter. Aber ich habe noch etwas.«

»Was denn noch alles?« Horst schloss die Haustür auf.

Da zog Hagen sein Portemonnaie hervor und nahm einen Hundertmarkschein heraus: »Ich möchte dir den zum Abschied schenken. Ich bin dir so dankbar für alles.«

Als Horst zögerte, sprach er schnell weiter: »Ich weiß, was du sagen willst. Aber was geschehen ist, ist geschehen. Das kann keiner mehr ändern. Bitte, nimm das Geld und kauf dir das Fahrrad. Zur Erinnerung an mich. Bitte!«

Horst schwankte. Hagen kannte seinen größten Wunsch: in dem Zeitungsladen in der Witzlebenstraße wurde seit Wochen ein gebrauchtes, aber gut erhaltenes Fahrrad angeboten, es sollte 50 DM kosten. Liebend gern hätte Horst es gekauft, aber sein Gespartes reichte bei weitem nicht aus.

»Bitte«, wiederholte Hagen und hielt ihm den Schein hin.

Nach ein paar Sekunden nahm Horst das »schmutzige« Geld: »Gut, gib her, vielen Dank! Jedesmal, wenn ich hinfliege, werde ich an dich denken. Ich kann nämlich noch nicht Rad fahren.«

Beide hatten das Gefühl, dass sie trotz bevorstehender Trennung gute Freunde bleiben würden. —

Mit einer neuen Aktentasche aus Kunstleder betrat Genosse Erich Lehmann die ehemalige Villa der Familie Bauer in Birkenwalde. Er ging um die breite Freitreppe herum und öffnete eine Tür im hinteren Teil des Hauses. Lehmann sah sich im Raum um: das also war seine neue Arbeitsstätte. Sein Blick ging über den Schreibtisch mit der Resopalplatte, auf der ein Telefon und ein altes Modell der Optima-Schreibmaschine stand, über die beiden Holzstühle und den kleinen Tisch in der Ecke.

Das Zimmer wirkte kahl und trist, trotz – oder wegen – der frischgestrichenen Türen und Fenster in der üblichen hellgrünen Farbe und der Tapete mit einem undefinierbaren Muster. Allein der noch leere Aktenschrank am Fenster entlockte ihm ein zufriedenes Lächeln. Er verlieh dem Raum den Anschein von Bedeutung und Macht. Ein Spruchband war an der Wand hinter dem Schreibtisch zwischen den beiden Fenstern befestigt: »Dem Sozialismus gehört die Zukunft«. »Und mir«, dachte er entschlossen. An der rechten Seite blickte der Präsident der Deutschen Demokratischen Republik Wilhelm Pieck wie ein gutmütiger Opa den Betrachter an.

Genosse Lehmann ging zum Schreibtisch. Er hatte es geschafft. Heute begann seine neue Tätigkeit beim Ministerium für Staatssicherheit, zunächst noch im Range eines Hauptmanns. Trotz des beschämenden Vorfalls beim Abitur war er für würdig befunden worden, einer der zur Zeit 8 000 Mitarbeiter des MfS zu werden, einer Zahl, die ständig wuchs, wie er gehört hatte.

Das Ministerium war vor zwei Jahren aufgebaut worden, unter Anleitung von russischen Offizieren nach dem Vorbild der sowjetischen Geheimpolizei. Lehmann hatte noch keinen Überblick über Aufgaben und Zuständigkeiten des Ministeriums, dem er jetzt angehörte, er wusste nur, dass es keinen gesetzlichen Beschränkungen unterworfen, sondern allein der Partei zum Gehorsam verpflichtet war und von ihr seine Direktiven erhielt.

In der »Schule des Ministeriums der Staatssicherheit« in der Nähe von Potsdam, die von dem Generalsekretär des ZK der SED Walter Ulbricht im vorigen Jahr eröffnet worden war, hatte Lehmann die ersten, für seine Tätigkeit notwendigen Schulungen absolviert, u.a. politisch-operative Spezialdisziplinen, operative Psychologie und politische Untergrundtätigkeit.

Jetzt blickte er auf die Uhr. In wenigen Minuten würde er seinen ersten Operativen Vorgang (OV) einleiten. Er war sich seiner Verantwortung in seinem neuen Amt voll bewusst und entschlossen, die an ihn gestellten Anforderungen vorbildlich zu erfüllen.

Lehmann setzte sich, nahm aus seiner Aktentasche Schreibzeug und Papiere und legte alles zurecht, da klopfte es auch schon an der Tür und auf sein markiges »Herein!« betrat sein Besucher den Raum. —

Karin verließ das Haus in der Friedbergstraße und ging die Suarezstraße entlang bis zu der Terrassenanlage der Großen Kaskade, an der sie den Lietzenseepark betrat. Sie hatte Zeit und stieg langsam die breiten weißen

Treppen zum See hinunter. Dass sie dem Fräulein Hilpert helfen konnte, erfüllte sie mit Zufriedenheit. Diese hatte ihr mit ihren ernsten Augen auf Anhieb gefallen und war so dankbar gewesen für die Vermittlung des Zimmers. Anscheinend hatte sie Geld und wollte hier in der Gegend bleiben. Da lohnte es sich vielleicht, sie näher kennenzulernen.

Ihre Gedanken gingen weiter zu Peter Brandner. Frohen Herzens gestand sie sich ein, dass sie zuerst tatsächlich dumm gewesen war, blind verliebt in einen Mann, von dem sie nichts wusste. Horst hatte Recht gehabt mit seiner Skepsis. Aber dann hatte sie Peter näher kennengelernt und mit Genugtuung festgestellt, dass ihr Gefühl sie nicht täuschte. Peter hatte ihre Liebe verdient, er war ehrlich, klug, liebevoll, humorvoll, kurz, er besaß alle guten Eigenschaften, die ein Mann haben konnte.

Neulich saßen sie in der urigen Kneipe namens »Dicker Wirt« lange zusammen. Schon beim ersten Schluck hatte Peter ihr das »Du« angeboten und ohne Scheu von seinem Leben erzählt. Sie vertraute ihm, selbst wenn er Einzelheiten verschwieg. Peter stammte aus Pasewalk, konnte nach dem Abitur noch studieren, wurde dann eingezogen und durchlitt den ganzen Krieg. Er hatte Grauenvolles erlebt. Stockend berichtete er von der Schlacht bei Stalingrad, bei der viele seiner Kameraden elend krepierten. Karin war so aufgewühlt, dass sie, ohne es zu merken, seine Hand ergriff und sie in seiner liegen liess. Nach dem Krieg wurde Peter als Junglehrer ausgebildet und unterrichtete in mehreren Dörfern in der Nähe seiner Heimatstadt. Aus politischen Gründen, weil die zunehmende Sowjetisierung des Landes nicht mit seinen Vorstellungen eines demokratischen Staates übereinstimmte und er sich nicht an seinen Schülern schuldig machen wollte, gab er seinen Lehrerberuf auf und wurde Journalist. Nicht lange danach ging er in den Westen.

»Ich schreibe kritische Artikel für verschiedene Zeitungen über die politische Verfolgung in der SBZ. Ich arbeite viel mit der Pressestelle des Ministeriums für Gesamtdeutsche Fragen zusammen und mit einigen antikommunistischen Gruppen, z. B. mit dem Untersuchungsausschuss der Freiheitlichen Juristen, falls du den kennst. Ich sammle Material und tausche mit ihnen Informationen aus.«

Karin bekam einen Schreck: »Dann bist du in Gefahr, stehst bestimmt unter Beobachtung von ostzonalen Geheimagenten. Hast du keine Angst? Man liest dauernd in der Zeitung von Entführungen.«

»Allerdings«, Brandner nickte, schien sich aber keine übertriebenen Sorgen zu machen. »Berlin wimmelt von Geheimdienstorganisationen. Die wenigsten Berliner wissen, dass hier von Anfang an die Spione mitgemischt haben. Die Amerikaner brachten gleich bei ihrer Ankunft in Berlin im Juli 45 die ersten CIA-Leute mit. Da war der Aufbau des sowjetischen KGB in Karlshorst schon in vollem Gange. Im Moment haben allein die Russen rund 800 Geheimagenten hier. Dazu kommen die Massen von Stasi-Spitzeln, die hier überall herumlungern. Man schätzt die Zahl der verschiedenen Geheimdienste auf rund 80, stell dir das mal vor! Sie tarnen sich mit den unterschiedlichsten Fassaden, vom Seifenvertrieb bis zu Forschungsinstituten. Die Geheimagenten haben allerdings auch die denkbar günstigsten Arbeitsbedingungen. Sie können ungezwungen zwischen Ost und West hin- und herpendeln, bequem Informationen sammeln und Aktionen gegen die andere Seite starten.« Er lachte Karin an, die mit ungläubiger Miene vor ihm saß.

»Glaub mir, um dieses Paradies der Spione werden sie von den Kollegen aus aller Welt beneidet. Du hast überhaupt keine Ahnung von den zahllosen Geheimdienstaktionen, die sich täglich hier abspielen, ohne dass sie vom Normalbürger bemerkt werden.«

»Was denn zum Beispiel?«, fragte Karin spitz, die sich ungern als ahnungslos bezeichnen ließ.

»Gegner ausspähen, Militär- und Wirtschaftsspionage, Sabotageakte, Entführungen usw.«, zählte Peter auf.

»Entführungen machen westliche Geheimdienste aber nicht«, widersprach Karin.

»Das stimmt. Das machen eigentlich nur die Sowjets und ihre Helfer von der Stasi. Aber auch westliche Organisationen sind nicht gerade zimperlich mit ihren Methoden, den Sowjets oder dem SED-Regime zu schaden.«

»Jetzt verstehe ich erst recht nicht, dass du in diesem Dschungel von Geheimdiensten keine Angst vor Überfällen hast.«

»Ein Journalist darf keine Angst haben, sonst kann er gleich seinen Beruf aufgeben. Aber du brauchst dir wirklich keine Sorgen zu machen.« Er drückte ihre Hand. »Ich gehe nie ein Risiko ein. Ich kenne alle meine Kontaktpersonen aus dem Osten sehr genau und schon lange. Von denen würde mich niemand hereinlegen. Außerdem ist Charlottenburg der sicherste Bezirk, weil er mitten in West-Berlin liegt. Da passieren keine Entführungen.«

Damit gab sich Karin zufrieden.

»Eine Frage muss ich dir noch stellen«, wechselte sie das Thema. Es war ihr unangenehm, aber sie überwand sich: »Sag ehrlich, hast du eine Frau oder eine Familie irgendwo?«

Peter schüttelte erstaunt den Kopf: »Nein. Wie kommst du darauf?« Er sah sie zärtlich an: »Du kannst mir voll vertrauen, ich würde dir nie etwas vormachen.«

Erst gegen Mitternacht verließen sie den »Dicken Wirt«. Es regnete.

Peter legte den Arm um Karin und zog sie an sich: »Ich wohne hier gleich um die Ecke in der Seelingstraße. Willst du mit zu mir kommen?«

Karin war froh, dass Peter in der Dunkelheit nicht sehen konnte, wie sie errötete.

»Wie sieht das denn aus«, meinte sie unsicher, »was soll ich denn Horst sagen?«

»Wir sind erwachsene Leute. Du brauchst deinen Sohn nicht um Erlaubnis bitten.«

Eigentlich hat er recht, dachte sie und ihr Herz begann heftig zu klopfen. Warum soll ich nicht mit dem Mann, den ich liebe, eine Nacht verbringen?

Aber in diesem Moment fuhr Brandner fort: »Ich will dich nicht drängen. Komm, dann gehen wir. Der Regen lässt auch schon nach.«

Karin hatte Mühe ihre Enttäuschung zu verbergen. Aber gegen ihren Willen verspürte sie auch Erleichterung. Sie war weiß Gott keine Hildegard Knef, kannte nur das einfallslose Eheleben mit Georg. Sie war zwar entschlossen, das zu ändern, aber es musste nicht sofort sein. Und als sie und Peter in den dunklen leeren Straßen engumschlungen zu ihrer Wohnung zurückkehrten und er mehrmals stehenblieb, um sie nun wirklich leidenschaftlich zu küssen, und sie seine Erregung spürte, war Karin wieder vollkommen glücklich. —

»Monika, wach auf!« Helene schaute ihrer Tochter verwundert ins Gesicht, als diese verschlafen die Augen öffnete. »Solange hast du noch nie geschlafen.« Sie selbst war schon gewaschen und angezogen.

Abrupt setzte sich Monika auf: »Ich habe gerade so schön geträumt, von zu Hause. Aber von unserm alten, nicht vom jetzigen«, fügte sie gut gelaunt hinzu.

Helene gab ihrer Tochter einen Kuss, glücklich, dass Monika, ebenso wie sie selbst, die bescheidenen Umstände ihres augenblicklichen Daseins so leicht ertrug. Nie hatten sie ihren spontanen Entschluss zur Flucht bereut, obwohl sie bereits seit einer Woche unter wahrhaft dürftigen Bedingungen zusammen mit Hunderten anderer Menschen in dieser riesigen Messehalle am Funkturm hausten.

Monika blieb einen Moment auf ihrer Matratze sitzen, die auf dem blanken Steinfußboden lag, bevor sie die hellbraune Wolldecke mit den schwarzweißen Streifen zurückschlug und aufstand. Sie gähnte und streckte sich:

»Ich weiß, warum ich so lange geschlafen habe. Roberts Gekreische hat mich heute nicht geweckt.«

Bis zum gestrigen Tag hatte ein Ehepaar mit seinem vierjährigen, lebhaften Sohn die benachbarten Schlafplätze eingenommen. Aber die Laufzettel-Odyssee dieser Familie hat mit der Anerkennung ihres Flüchtlingsstatus ein gutes Ende genommen, und sie war gestern nach Köln ausgeflogen worden.

»Die Glücklichen haben es geschafft.« Helene strich ihr Laken glatt und legte die Decke ordentlich über die Matratze. »Wer weiß, wie es ihnen jetzt ergeht. Sie wollten zu ihren Verwandten nach Marburg.«

Monika, die in ihrer Unterwäsche geschlafen hatte, zog ihren Rock und die Bluse an und begab sich auf den Weg zum Waschraum, wo das tägliche große Gedränge herrschte. Zum Glück war gerade ein Waschbecken frei. Wie jeden Morgen zog Monika sich mit großer Überwindung das Hemd und die Bluse aus, und begann sich zu waschen. In den ersten Tagen hatte sie sich mit einer Katzenwäsche begnügt, aber bald konnte sie ihren eigenen Geruch nicht mehr ertragen. Außerdem hatte ihr eine der netten Frauen von der »Inneren Mission«, die die Flüchtlinge in den Hallen betreuten und sie in allen Angelegenheiten unterstützten, ein Stück wunderbar duftender Seife geschenkt, das sie wie einen Goldschatz hütete. So fiel ihr das Ausziehen für die tägliche Wäsche leichter. Aber wie freute sie sich auf den Moment, an dem sie endlich wieder in einer Badewanne liegen oder sogar unter einer Brause stehen könnte.

Monika schlängelte sich durch die schmalen Zwischenräume zwischen den Matratzen, in denen die Flüchtlinge ihre Koffer, Taschen und Rücksäcke abgelegt hatten, zurück zu ihrem Schlafplatz. Wie in den anderen Flüchtlingslagern bestand auch die Möblierung der Messehalle ausschließlich aus Matratzen, die dicht beieinanderlagen. Es gab keinen Tisch, keinen Stuhl, keinen Schrank.

Jetzt am Morgen herrschte vielfaches Stimmengewirr. Noch hielten sich die meisten Flüchtlinge im Lager auf, darunter zahlreiche Kinder, die herumtobten und schrieen und sich offenbar recht wohl fühlten. Im Laufe des Tages würde die Halle leerer werden, aber gegen Abend würden alle Bewohner wieder müde zu ihren Matratzen zurückkehren. Es gab keine Privatsphäre. Jeder konnte sehen, womit der Nachbar beschäftigt war, ob er aß, sich unterhielt, schlief, las, Formulare ausfüllte, aufräumte, Briefe schrieb. Doch trotz der Masse der Menschen, der Enge, in der sie notgedrungen leben mussten, kam es selten zu ernsthaften Streitigkeiten oder Konflikten.

Während Monika im Waschraum war, hatte Helene das Frühstück geholt. Malzkaffee und Marmeladenbrote. Unterbringung und Verpflegung waren für alle Flüchtlinge kostenlos. Auch mit Essgeschirr wurden die Lagerinsassen versorgt.

Monika saß neben der Mutter auf ihrer Matratze und aß schon ihre zweite Stulle. Zwischendurch nahm sie einen Schluck aus der Blechtasse. Die Marmelade war in Ordnung, auch wenn sie natürlich nicht mit der selbstgemachten aus Kohners Garten zu vergleichen war.

»Wo müssen wir heute hin?«, fragte Monika und blickte auf den kleinen eng und zweiseitig bedruckten Laufzettel, den Helene in der Hand hielt. Die Notaufnahme, das hatten beide schon am ersten Tag festgestellt, war ein ermüdendes, zeitraubendes und überaus bürokratisches Verfahren. Ein Instanzenweg von zwölf Stationen, die sich an verschiedenen Stellen von Berlin-West befanden, musste von jedem Flüchtling durchlaufen werden, wobei die vorgeschriebene Reihenfolge strikt eingehalten und mit einem Stempel beglaubigt werden musste.

1. Ärztlicher Dienst
2. Zuständigkeitsprüfung
3. Einweisung
4. Fürsorgerischer Dienst
5. Polizeiliche Anmeldung
6. Vorprüfung A
7. Vorprüfung B
8. Terminstelle
9. Schirmbildstelle
10. Aufnahmebeschluss
11. Ländereinweisung
12. Transportstelle

»Wir sind jetzt bei Nummer 4, müssen heute zum Fürsogerischen Dienst, der ist hier in den Messehallen. Da werden die Flüchtlinge beraten, Essensmarken verteilt und Kleidung, wenn man welche braucht, auch Freifahrscheine für Busse und Bahnen. Vielleicht geht das schnell und wir schaffen auch noch die Polizeiliche Anmeldung und bekommen unseren vorläufigen Personalausweis. Dazu müssen wir in das Polizeizeipräsidium am Kaiserdamm. Aber da gibt es immer lange Wartezeiten, habe ich gehört.«

»Wo gibt es die nicht?«, fragte Monika sarkastisch. »Also, los geht's!« Sie sprang auf.

Als sie aber die Schlangen vor den Schaltern des Fürsogerischen Dienstes sahen, schwand ihre Hoffnung auf eine schnelle Abfertigung.

»Gott, ist das langweilig«, stöhnte Monika.

»Eigentlich musst du heute gar nicht dabeisein. Ich kann für dich alles beantragen, du bist nicht volljährig, brauchst nichts zu unterschreiben. Geh spazieren, Moni!« Helene gefiel ihr Einfall immer besser. »Schau dich hier ein bisschen um. Der Park ist so schön, in dem wir neulich waren. Und es ist ein herrliches Wetter. Wir brauchen wirklich nicht beide hier herumzustehen.«

Das war ein verlockendes Angebot, aber Monika zögerte: »Das ist gemein, dich hier allein zu lassen.«

»Überhaupt nicht. Los, jetzt geh! Dann fällt mir das Warten viel leichter.« Aufmunternd blickte Helene ihre Tochter an.

»Na gut. Danke, Mutti! Bis später.« Mit einem hingeworfenen Handkuss verschwand Monika. —

Als Horst aus der Schule kam, lag ein Zettel seiner Mutter auf dem Küchentisch, dass er heute Kirschen holen, und wenn er Zeit hätte, der alten Frau Wegner bei der Gartenarbeit auch noch ein bisschen helfen sollte. Horst liebte solche Aufträge nicht, aber er sah ein, dass seine Mutter alle Möglichkeiten ausschöpfte, etwas Besonderes und möglichst Kostengünstiges auf den Tisch zu bringen. Und die Kirschen ihrer Nachbarin, die in der Laubenkolonie neben dem S-Bahn-Gelände an der Rönnestraße einen Garten besaß, schmeckten besonders gut. Da lohnte es sich schon, einen oder zwei Eimer voll davon zu holen. Leider artete das »bisschen Helfen« gewöhnlich in mindestens zwei Stunden harter Gartenarbeit aus.

Also nahm er eine blecherne Milchkanne und einen Eimer und verließ die Wohnung. Direkt vor der Wohnungstür stand sein neues Fahrrad, das er aus Sicherheitsgründen immer die vier Treppen hoch trug. Er hatte es sofort von Hagens Geld gekauft und war glücklich über seinen neuen Besitz. Problemlos hatte er sich das Fahrradfahren in den fast autofreien-Nebenstraßen um den Lietzensee beigebracht.

Horst hängte die beiden Gefäße an den Lenker, trug das Rad die Treppe hinunter und fuhr in die Rönnestraße. Die Rückfahrt gestaltete sich etwas komplizierter, da die mit Kirschen randvoll gefüllten Gefäße schwer am Lenker baumelten. Aber Horst fuhr langsam und konzentriert.

Von weitem sah er in der Herbartstraße am Parkeingang, an dem eine Treppe durch einen Hohlweg zum See führte, ein Auto stehen. Es schien sich um einen russischen Fahrzeugtyp handeln. Horst wunderte sich. Gewöhnlich parkten hier keine Autos, erst recht keine russischen. In dem Wagen saß ein Mann am Steuer und rauchte. Gerade wollte Horst in die Pedale treten und vorbeifahren, als er sofort wieder bremste, vorsichtig vom Rad stieg und sich schnell hinter einem Baum versteckte. Ihm stockte der Atem. Aus dem Park kam Peter Brandner und ging geradewegs auf das Auto zu, aus dem der Mann ihm zugewinkt hatte. Brandner steckte den Kopf über die heruntergekurbelte Windschutzscheibe in das Innere des Wagens und sprach eine ganze Weile mit dem Fahrer. Schließlich fuhr das Auto in hohem Tempo in Richtung Neue Kantstraße davon. Während Brandner in die gleiche Richtung ging, hob er noch einmal die Hand und winkte zum Abschied.

Horst wartete, bis Brandner außer Sichtweite war. Es gab keinen Zweifel, der Freund seiner Mutter war ein Agent des KGB oder des Staatssicherheitsdienstes, den er soeben bei einem konspirativen Treffen beobachtet hatte. Alles Lüge, was er meiner Mutter erzählt hat, die blind in ihn verliebt ist, neuerdings sogar die Nächte mit ihm verbringt, dachte Horst. Aber ich werde nichts sagen, sie glaubt mir ohnehin nicht. Wahrscheinlich würde sie vermuten, dass Brandner dem Fahrer nur den Weg zur Avus erklärt hatte oder Ähnliches. Horst beschloss, in den großen Ferien, die nächste Woche begannen, Peter Brandner systematisch zu beschatten. Wer weiß, was dabei ans Tageslicht kommen würde.

Wieder auf seinem Rad und noch in Gedanken achtete er nicht auf die Unebenheiten der Straße. So geriet sein vorderes Rad in einen Riss im Asphalt und Horst kippte um mit einem blechernen Krach, weil die Milchkanne und der Eimer auf den Boden schlugen. Halb unter seinem Fahrrad liegend, betrachtete Horst die zermatschten oder wegkullernden Kirschen. »Scheiße!«, entfuhr es ihm, ein Ausdruck, der eigentlich nicht zu seinem Wortschatz gehörte.

»Aber, aber! So etwas sagt man nicht«, hörte er eine spöttische Stimme hinter seinem Rücken. Aufgebracht drehte Horst sich um, aber sein Ärger verschwand sofort. Ein Mädchen schaute auf ihn herab, in einem weiten roten Rock und einer weißen Bluse mit schwarzen Pünktchen, so schlank und hübsch, wie er noch keins gesehen hatte. Während sie ihn aus blauen Augen anlachte, die in reizvollen Kontrast zu ihren dunklen Haaren standen, entschuldigte sie sich: »Tut mir leid, dass ich lachen muss, aber es sah so komisch aus, wie Sie umgefallen sind.«

Horst grinste sie an und rappelte sich auf. Sie sprang hinzu, um zu helfen.

»Sie sind verletzt!« Erschrocken zeigte sie auf seine rote Hand.

Aber Horst winkte ab: »Das sind nur die Kirschen.« Er lächelte sie an und wandte sich seinem Rad zu: »Ich hoffe, es ist nicht verbogen«, murmelte er besorgt. Nachdem das Mädchen einen Moment zugesehen hatte, wie Horst sein Rad gründlich untersuchte, ergriff sie die Milchkanne und begann, die noch brauchbaren Kirschen aufzusammeln. Horst beobachtete sie aus den Augenwinkeln: »Das ist wirklich nett von Ihnen«, rief er ihr zu.

Er widmete sich wieder seinem Fahrrad, das offenbar keinen Schaden genommen hatte. Dann ergriff er ebenfalls den Eimer und bald hatten sie beide ungefähr die Hälfte der Kirschen eingesammelt, während der Rest nicht mehr zu gebrauchen war.

»Vielen Dank, dass Sie mir geholfen haben.« Horst hängte die Gefäße wieder an den Lenker. »Das war wirklich unheimlich nett. Möchten Sie ein paar Kirschen essen?« Er errötete vor Aufregung. Er musste unbedingt dieses Mädchen näher kennenlernen.

»Ach, gern«, bescheiden nahm sie einige, »die schmecken lecker. Fast so gut wie die aus unserem Garten«, fügte sie hinzu und lachte Horst mutwillig an.

»Nehmen Sie mehr«, drängte dieser hastig, ohne auf ihren Scherz einzugehen. »Sie können so viele haben, wie Sie wollen.«

Das Mädchen guckte einen Moment betrübt: »Ich habe nichts, um sie hineinzutun. Ich muss jetzt auch gehen. War nett mit Ihnen. Auf Wiedersehen.« Sie hielt ihm die Hand hin.

»Schade, warum denn schon?« Horst ergriff ihre Hand und hielt sie fest: »Kann ich Sie wenigstens ein bisschen begleiten?«

»Nein, das geht nicht.« Trotz der Ablehnung meinte Horst ein Ton des Bedauerns herauszuhören.

»Dann nennen Sie mir wenigstens Ihren Namen, damit ich weiß, an wen ich denke.« Blöder kann man sich wirklich nicht ausdrücken, ärgerte sich Horst über seine Unbeholfenheit und ließ ihre Hand los.

Aber er schien dem Mädchen zu gefallen, denn sie antwortete: »Also gut, ich heiße Monika Beyer. Und Sie?«

»Ich bin Horst Dinkelbach. Kann ich Sie wiedersehen, Fräulein Beyer?«

Monika schaute ihn prüfend an und überlegte einen Moment. Konnte er für sie gefährlich werden? Man durfte nicht leichtsinnig sein, immerhin war sie ein politischer Flüchtling.

Aber nein, so wie der aussah, war er ein netter, harmloser Junge in ihrem Alter.

Statt einer Antwort fragte sie daher: »Wohnen Sie hier in der Nähe?«

Horst nickte schnell: »Gleich da drüben an der Ecke? Ich kann Ihnen das Haus zeigen.«

Alles hätte Horst getan, um ihre Bedenken zu zerstreuen.

»Ich muss erst meine Mutter fragen.«

»Natürlich. Wohnen Sie auch in der Gegend?«

Jetzt bekam Monika einen regelrechten Lachanfall, dass Horst sie unsicher ansah.

»Was ist an der Frage so komisch?«

»Ja, ich wohne auch hier.« Monika wurde wieder ernst. »Genauer gesagt, auf einer nicht mal zwei Quadratmeter großen Matratze in einer

Messehalle. Wir sind Flüchtlinge, müssen Sie wissen. Wir haben nichts außer unserer Matratze«, schloss sie und wunderte sich selbst über ihren verbitterten Tonfall.

»Ach, viel mehr haben meine Mutter und ich auch nicht«, beschwichtigte sie Horst. »Aber ich kann Sie verstehen. Nichts zu haben und Flüchtling zu sein, ist wirklich schlimm. Aber es geht alles vorüber.« Er streichelte zum Trost leicht über ihren Arm und war froh, als Monika nickte.

Schließlich trennten sie sich, aber nicht bevor sie sich für Sonnabendnachmittag zu einem gemeinsamen Ausflug verabredet hatten.

Horst sah seiner neuen Freundin hinterher und freute sich, als sie sich umdrehte und ihm noch einmal zuwinkte. Guter Dinge und sehr vorsichtig fuhr er dann die verbliebenen Reste seiner Kirschernte nach Hause. —

Frau Blank war zum erstenmal zufrieden mit einer Untermieterin. Dieses Fräulein Hilpert war eine angenehme Person, stellte sie überrascht fest. Nie ließ sie in der Küche schmutziges Geschirr stehen, sondern wusch immer gleich alles ab und räumte es weg. Hinterließ auch im Badezimmer keine Spuren, lebte ruhig und unauffällig in ihrem Zimmer. War tagsüber viel unterwegs, wo, wusste sie nicht, aber abends meistens zu Hause, sehr solide. Hatte natürlich auch keine Männerbesuche, aber die hatte sie ihr schon bei der ersten Begegnung verboten. Außerdem war sie hilfsbereit, trug, wenn es sich ergab, ihr die schwere Einkaufstasche die Treppe hoch oder ging sogar für sie einkaufen. Und wenn sie, Frau Blank, sich zufällig gerade im Flur aufhielt, wenn Fräulein Hilpert nach Hause kam, war diese auch immer zu einem Schwätzchen mit ihr bereit. Frau Blank überlegte bereits, ob sie sie einmal zu einer Tasse Kaffee einladen sollte. Sicher würde sie sich darüber freuen.

Gerade bügelte Frau Blank in ihrem Wohnzimmer eine Bluse, während das Radio lief, da hörte sie den Schlüssel in der Wohnungstür. Schnell stellte sie das Radio leiser, denn Fräulein Hilpert war zum erstenmal nicht allein nach Hause gekommen.

»Bitte, treten Sie näher«, vernahm sie ihre Stimme. Hatte sie etwa einen Mann mitgebracht?

Die alte Frau lauschte. Aber eine weibliche, ihr sogar bekannte Stimme, nämlich die von Frau Dinkelbach antwortete: »Vielen Dank.«

Schon waren beide Frauen in dem Zimmer verschwunden. Vorsichtig bewegte sich die Wirtin zur Tür ihrer Untermieterin, aber zu ihrem Bedauern konnte sie kein einziges Wort verstehen.

»Und? Wie geht es Ihnen hier?« fragte Karin gerade. »Hübsch haben Sie es sich gemacht. Alles abgeräumt«, sie lachte.

»Hier eingemottet«, Elise zeigte auf die unterste Schublade einer alten Kommode, »den ganzen Krempel, Deckchen, Väschen, Bilder. Setzen Sie sich, bitte.«

Karin ließ sich auf dem altmodischen Sofa nieder und schlug die Beine übereinander. Sie hatte sich einen neuen engen Rock gekauft.

»Nimmt sie das übel?«

»Keine Ahnung. Wir kommen gut miteinander aus, kann ich nur sagen. Ich gehe in gewissem Maß auf ihre Eigenheiten und ihre Neugierde ein, zeige ihr aber auch die Grenzen. Das funktioniert.«

»Und wie geht es Ihnen sonst?«

Elise setzte sich Karin gegenüber in den Sessel: »Nicht so besonders. Ich will mir eine Arbeit suchen, aber es klappt nicht. Ich könnte in einer Gaststätte arbeiten, ich bin eine gute Köchin und habe Erfahrung in Großküchen. Es gibt mehrere Restaurants, die mich sofort nehmen würden. Aber wo ich hinkomme, die erste Frage ist die nach der Arbeitserlaubnis. Die habe ich natürlich nicht.«

»Ich weiß, das ist schwierig, ich kann Ihnen leider auch nicht helfen.«

»Aber Ihnen geht es gut, oder?« Elise musterte Karin neugierig. »Sie sehen jedesmal jünger und hübscher aus.«

»Danke«, Karin wurde rot und lachte verlegen. »Ich kann mich nicht beklagen. Meine Stelle im Gemeindebüro macht mir Spaß. Ich verdiene endlich Geld und kann mir ein paar schöne Sachen kaufen.«

Sie blickte Elise unschlüssig an. Plötzlich, fast gegen ihren Willen, fuhr sie fort:

»Ich habe einen Mann kennengelernt.«

»Wie schön, erzählen Sie«, Elises Reaktion kam ungekünstelt.

Und Karin, die niemandem hatte, mit dem sie über ihre neue Liebe und ihre widersprüchlichen Gedanken sprechen konnte, schüttete Elise Hilpert ihr Herz aus. Sie erzählte alles, ihr ganzes Leben, beginnend mit ihrer verkorksten Ehe und endend mit ihrem Aufblühen an Peter Brandners Seite und den gemeinsamen Nächten. Noch nie hatte sie so lange über sich gesprochen. Als sie fertig war, wäre sie vor Scham am liebsten im Boden versunken, aber Elise sprach ganz ungezwungen mit ihr und versicherte, dass sie sich vollkommen richtig verhalte.

Karin lächelte sie dankbar an: »Sie sind so nett. Vielen Dank, dass Sie mir zugehört haben. Sie müssen Peter unbedingt kennenlernen.«

»Gerne. Ich bin hier ganz fremd, kenne kaum Leute. Ich glaube, wenn ich nicht bald eine Stelle finde, bleibe ich nicht in Berlin, sondern gehe bzw. fliege nach Westdeutschland. Da bekomme ich sicher Arbeit. Aber lieber würde ich in Berlin bleiben.« Und mir mein Geld wiederholen, fügte sie im Stillen hinzu.

Karin überlegte: »Sie können doch neben Ihrer Stellensuche bei uns im Zelt helfen. Da sind Sie unter Menschen, lernen andere Frauen aus der Gemeinde kennen und tun obendrein ein gutes Werk. Wir können wirklich jede Hilfe gebrauchen.«

Elises Wangen röteten sich vor Aufregung: »Das ist eine gute Idee, das würde ich gern. Nehmen Sie mich mit und stellen Sie mich den anderen Frauen vor?«

»Klar, wenn Sie wollen, gleich morgen!« —

Mittlerweile war es Juli geworden und die großen Ferien hatten begonnen. Horst fühlte sich glücklich wie noch nie. Er hatte es geschafft und am letzten Schultag von seinem Klassenlehrer Herrn Mandel das Versetzungszeugnis in die 13. Klasse entgegengenommen. Außerdem war er zum erstenmal in seinem Leben verliebt, in das schönste und außergewöhnlichste Mädchen. Zu seinem großen Unglück war es ein Flüchtling und würde in Kürze Berlin wieder verlassen.

»Denk nicht dauernd daran«, lachte Monika, wenn er vom Abschied sprach, »ich bin schließlich noch da.« Dann küsste sie ihn und vorrübergehend war er von seinem Trennungsschmerz geheilt.

Sie verlebten wundervolle gemeinsame Tage, machten Ausflüge in die Stadt oder in den Grunewald und gingen im Olympiastadion schwimmen. Häufig besuchten sie Helmut und hörten seine neuesten Platten, nach denen sie ausgelassen tanzten, oder feierten mit Horsts Klassenkameraden Feste. Dank Hagens großzügiger Abschiedsspende hatte Horst keine Schwierigkeiten die dabei entstehenden Unkosten zu finanzieren, trotz des Fahrradkaufs.

Gleich bei ihrem ersten Treffen, während sie durch den Grunewald zum Teufelssee wanderten, machten Monika und Horst eine erstaunliche Entdeckung.

Auf seine interessierte Frage: »Wo kommst du eigentlich her?«, antwortete Monika beiläufig: »Kennst du nicht, eine Kleinstadt nordöstlich von Berlin, Birkenwalde.«

Horst schrie auf und blieb stehen: »Das gibt es nicht! Natürlich kenne ich Birkenwalde.« Er lachte. »Jetzt sag bloß, du kennst auch Hagen Dittus.«

»Natürlich, das ist ein alter Freund von mir. Was weißt du denn von ihm?« Jetzt starrte Monika Horst überrascht an.

»Er ist auch in West-Berlin, auch geflohen. Am selben Tag wie du und deine Mutter. Ich habe ihn kennengelernt, er hat sogar bei uns gewohnt.« Horsts Stimme überschlug sich fast.

Monika fasste ihn aufgeregt bei der Hand und zog ihn von der Stelle: »Komm, wir gehen weiter. Und jetzt erzähle mir alles ganz genau der Reihe nach. Ich wusste gar nicht, dass Hagen auch geflüchtet ist.«

Hand in Hand gingen sie auf dem breiten Waldweg weiter. Monika sah nicht die hohen schattigen Kiefern, nicht das romantische Forsthaus Eichkamp, nicht die vielen anderen Spaziergänger, sondern sie hatte nur Augen und Ohren für Horst. Der berichtete ausführlich, wie er Hagen kennengelernt und was er von ihm erfahren hatte und wo Hagen sich jetzt aufhielt. Monika war fassungslos, als sie erfuhr, was sich nach ihrer missglückten Widerstandsaktion alles ereignet hat, der Gelddiebstahl von Hagen und Günter, Hagens verpatzte Abiturprüfung und anschließende Flucht.

»Typisch Hagen! Der ist verrückt, der spinnt. Aber er ist ein echter Freund, er hat mich gerettet. Dass er geklaut hat, finde ich allerdings abscheulich. Und du hast von dem Geld genommen? Da staune ich aber.«

»Was sollte ich machen?«, meinte Horst. »Hättest du ihn vielleicht angezeigt? Damit er ins Gefängnis kommt? Na, also!«

Dann aber lachte er und legte seinen Arm um Monikas Schultern: »Schau mal! Vorn am Teufelssee ist eine Eisbude. Da wollte ich uns eigentlich ein Eis kaufen. Von Hagens Geld. Aber du willst ja nicht, oder?« Horst grinste.

»Du bist gemein.« Monika riss sich lachend los und rannte weg. Schnell hatte Horst sie eingeholt und beide fielen zusammen ins Gras. Wie selbstverständlich küssten sie sich. Es wurde ein wunderschöner Tag.

Die beiden trafen sich fast täglich, aber trotzdem war es meistens nur eine kurze Zeit, die sie zusammen verbringen konnten. Denn Monika und ihre Mutter befanden sich jetzt in der härtesten und zeitraubendsten Phase des Notaufnahmeverfahrens: der Befragung durch die Alliierten – nacheinander Amerikaner, Engländer, Franzosen – und durch die deutschen Behörden, den Bundesverfassungsschutz und den Bundesnachrichtendienst.

Horst konnte nur staunen, wenn Monika ihm von dem Ausmaß der Befragungen erzählte.

Bei allen Stellen ging es um dieselben Themen. Es wurden Fluchtgründe geprüft, detaillierte Angaben aus dem Alltagsleben der Flüchtlinge erfragt, ihre Beurteilung der Allgemeinsituation unter der Bevölkerung und überprüfbare Angaben zu Ereignissen und Personen gefordert. Diese genauen Befragungen dienten nicht nur der Information über die Zustände und die Stimmung in der Zone, sondern durch sie sollten auch eingeschleuste Spione enttarnt werden. Monika war als Jugendliche nicht verpflichtet, sich dieser Prüfung zu unterziehen, aber sie begleitete oft freiwillig ihre Mutter.

Manchmal konnten sich Horst und Monika daher nur am Abend treffen, und die Zeit reichte kaum aus zu einem kurzen Spaziergang im Park. Monika war oft so müde, dass Horst sie bald wieder zu ihrer Matratze in die Messehalle zurückbegleitete.

Helene freute sich über die Freundschaft ihrer Tochter mit Horst, die sie fröhlich stimmte und ablenkte. Sie selbst war durch das Lagerleben und die Anstrengung der täglichen Behördengänge ziemlich entkräftet.

Als Horst an einem Abend die Wohnungstür aufschloss, nachdem er Monika weggebracht hatte, hörte er im Wohnzimmer eine männliche Stimme und das laute Lachen seiner Mutter. Wehe, wenn dieser Brandner zu Besuch ist, dachte Horst aufgebracht, den schmeiß ich raus. Aber beim Eintreten sah er Hagen auf dem Sofa sitzen mit einer Bierflasche in der Hand. Bei seinem Anblick sprang dieser erfreut auf und die Freunde umarmten sich. Hagen sah gut aus. Er hatte sich vollkommen neu eingekleidet mit einer der neuen Hosen aus Amerika, Blue Jeans genannt, dazu ein kurzärmliges weißes Baumwollhemd und eine schwarze Lederjacke.

»Endlich kommst du. Willst du ein Bier?« Hagen hielt ihm sofort eine Flasche hin.

»Na gut, danke«, grinste Horst, »man merkt, dass du wieder da bist. Ich habe in der Zwischenzeit kein einziges Bier getrunken.«

Sie setzten sich nebeneinander auf das Sofa.

»Das bisschen Bier schadet nicht. Wie geht's dir denn?«

»Gut. Und dir? Du siehst dufte aus! Alles neu, oder?«

Hagen lachte geschmeichelt: »Und wie! Hat mich eine Stange Geld gekostet. Mensch, Horst, mir geht's wirklich gut.«

Er lümmelte sich genüßlich auf dem Sofa herum und nahm einen Schluck aus der Flasche: »Die Arbeit im Laden macht Spaß. Mit dem Schulze versteh' ich mich prima, der ist zufrieden mit mir. Also, besser geht's nicht. Auch mit der Kohle stimmt es. Besuch mich mal, wenn du Zeit hast! Ich zeige dir alles.«

Hagen schaute den Freund neugierig an: »Du hast eine Freundin? Bring sie doch mit! Dann lerne ich sie auch kennen.«

Fragend schaute Horst zu seiner Mutter, aber diese schüttelte unmerklich den Kopf. Von ihr hatte Hagen nicht erfahren, dass es Monika war, seine Freundin aus Birkenwalde.

Warum soll ich meine Liebe zu Monika geheimhalten, dachte Horst, schließlich war zwischen den beiden nie etwas gewesen. Daher nickte er zustimmend: »Können wir machen. Ich muss sie fragen. Wir kommen mal an einem Sonnabend, am Nachmittag?« Sonnabend und Sonntag waren die Dienststellen geschlossen, da hatte Monika Zeit, wie er wusste. »Ich sage Herrn Schulze Bescheid.«

»Klasse«, Hagen sprang auf. »Erst kommt ihr zu mir in den Laden, und dann ziehen wir um die Häuser. Ich kenne in der Gegend ein paar prima Kneipen. Ich muss jetzt gehen. Bis später. Wiedersehen, Karin!« Mit einer kurzen Umarmung verabschiedete er sich bei ihr.

Horst brachte ihn noch an die Tür

Im Treppenhaus erkundigte sich Hagen mit gedämpfter Stimme: »Alles in Ordnung gewesen mit dem Rucksack?«

»Ich glaube«, nickte Horst, »kannst mal nachsehen.«

»Wollt` ich auch«, Hagen grinste, »schließlich muss ich nach den vielen Großeinkäufen wieder meine Kasse auffüllen.« —

Schon seit einigen Tagen gehörte Elise zum Helferkreis von Pfarrer Molnar, in den Karin sie eingeführt hatte. Flink und freundlich tat Elise ihre Arbeit, mal am Vormittag, mal am Nachmittag, je nachdem wie es die Termine ihrer Arbeitsuche erlaubten.

Elise verstand sich mit allen Frauen gut, besonders aber mit der schwangeren Hildegard von Steinhausen. Diese war eine zierliche, noch junge Frau, gerade 22 Jahre alt, mit einer für Elises Gefühl geradezu naiven, reinen Seele. Sie schien nichts Böses von der Welt zu erwarten oder kennengelernt zu haben, weder im Krieg, noch in der Nachkriegszeit, die sie behütet bei ihren Großeltern in der Schweiz verbracht hatte. Nachdem sie vor zwei Jahren nach Berlin zu ihrer Mutter zurückgekommen war, der Vater starb in dem kalten Winter 1946 nach einer schweren Lungenentzündung, wollte sie in die elterliche Firma einsteigen, eine vor dem Krieg bedeutende Kette von Lebensmittelläden, die nun wieder aufgebaut werden musste. Aber bevor sie mit einer Lehre beginnen konnte, lernte sie den Geschäftsführer der Firma kennen, einen um zwanzig Jahre älteren Mann, in den sie sich unsterblich verliebte und den sie heiraten wollte. Ihre Mutter war skeptisch, warnte sie, weil sie nichts über seine Vergangenheit wussten, aber Hildegard ließ sich nicht beirren. Sie heiratete ihn und war glücklich, vor allem als sie nach kurzer Zeit schwanger wurde. Jetzt stand die Geburt in wenigen Wochen bevor. Sie arbeitete noch immer im Diakoniezelt, aber es fiel ihr oft schwer, besonders an heißen Tagen.

Auch heute schwankte sie mehrmals und wischte sich den Schweiß von der Stirn, so dass Elise sie besorgt beobachtete. Plötzlich taumelte Frau von Steinhausen und wäre zusammengebrochen, wenn Elise sie nicht gehalten und auf eine Bank gesetzt hätte.

»Sie müssen nach Hause gehen, sich hinlegen, das ist hier viel zu anstrengend für Sie«, ermahnte sie die Jüngere.

»Mir geht es schon wieder besser.« Sie wollte aufstehen, fiel aber wieder auf die Bank zurück.

»Das geht nicht«, Elise wurde energisch, »ich bringe Sie nach Hause.«

Frau von Steinhausen nickte: »Ist vielleicht besser. Vielen Dank.«

Das Eherpaar Steinhausen wohnte in einer Villa gegenüber der evangelischen Kirche in der Herbartstraße. Dieses Haus hatte einem bekannten Berliner Architekten gehört, einem aktiven Nationalsozialisten, der nach Kriegsende von den Russen verhaftet und verschleppt worden war. Hildegards Mutter hatte die geräumige Villa von seinen Erben gekauft, aber sie nicht lange bewohnt, sondern sie ihrer Tochter und deren Mann nach der Hochzeit überlassen. Sie selbst zog nach Zehlendorf.

Elise hatte die junge Frau untergehakt und führte sie langsam auf dem kurzen Weg zu ihrem Haus. Hildegard von Steinhausen ließ alles mit sich geschehen: »Sie haben recht gehabt. Allein hätte ich nicht gehen können.«

Zusammen stiegen sie die Treppe zum Eingang hoch, Elise schloss die Tür auf und ließ sich von Hildegard den Weg zum Wohnzimmer zeigen. Dort legte Hildegard sich auf das Sofa. Das Zimmer war groß und hell, mit einer Terrasse zum Garten hinter dem Haus.

Elise schaute sich bewundernd um: »Sie haben es aber schön hier.«

»Danke. Können Sie mir vielleicht ein Glas Wasser bringen? Dort ist die Küche«, bat Hildegard mit schwacher Stimme. Elise brachte es ihr, suchte auch das Badezimmer und ließ kaltes Wasser über einen Waschlappen laufen, um damit der jungen Frau die Stirn zu kühlen.

»Ah, das tut gut«, lächelte diese dankbar, »mir geht es jetzt besser. Würde es Ihnen etwas ausmachen, bei mir zu bleiben, bis mein Mann nach Hause kommt? Es kann nicht mehr lange dauern, und ich möchte nicht gern allein sein.«

»Natürlich.« Elise setzte sich in den Sessel.

Nach ungefähr einer halben Stunde kam Herr von Steinhausen nach Hause. Elise hatte ihn einmal von weiten im Zelt beobachtet, als er mit Karin sprach. Damals wirkte er auf sie wenig anziehend, zu grobschlächtig und mit einem ziemlich arroganten Gesichtsausdruck.

Jetzt lernte sie ihn von einer anderen Seite kennen. Erschrocken setzte er sich zu seiner Frau auf das Sofa und ließ sich von ihr die Ereignisse berichten, während er ihr zärtlich über die Haare und das Gesicht streichelte. Auch Elise bedachte er mit freundlichen Blicken und bedankte sich für ihre Fürsorge:

»Wie oft habe ich meiner Frau geraten, eine Hilfe im Haushalt zu nehmen, eine nette Frau, die sie entlastet, vor allem auch später, wenn das Kind da ist. Aber sie weigert sich, sie will keine fremden Menschen im

Haus. Stimmt doch, oder?« Dabei schaute er liebevoll auf seine Frau, die sich an ihn schmiegte und nickte.

»Aber Fräulein Hilpert würde ich nehmen«, meinte sie plötzlich zu Elises Überraschung. Auch Herr von Steinhausen schaute erstaunt von einer zur anderen.

»Habt ihr in dieser Richtung irgendetwas besprochen?«

»Nein, aber wir haben uns bei der Arbeit im Zelt gut kennengelernt, sogar angefreundet. Nicht wahr, Fräulein Hilpert?«

Sie blickte Elise mit großen Augen an. Diese lächelte zurück. Was sollte sie um den heißen Brei herumreden, eine Anstellung in diesem Hause wäre die ideale Lösung für sie.

»Das stimmt. Ich würde auch gern bei Ihnen arbeiten. Ich suche seit längerer Zeit eine Stelle.«

Jetzt lächelte Herr von Steinhausen nicht mehr. Im Gegenteil, er richtete sich auf und musterte Elise reserviert:

»Entschuldigen Sie, das geht mir ein bisschen zu schnell. Sind Sie denn qualifiziert, einen Haushalt zu führen? Haben Sie eine Ausbildung? Zeugnisse? Referenzen?«

Unmerklich zog sich Elise in sich zurück. Natürlich, er musste so fragen, aber sie hatte nicht die Absicht, vor ihm ihr Leben auszubreiten.

»Nein, keine Ausbildung, keine Zeugnisse, keine Referenzen«, wiederholte sie ohne jede Ironie, »Aber Lebenserfahrung und Praxis im Haushaltsführen.«

Das sollte genügen.

»Vielleicht könnten Sie das Wort ›Praxis‹ erläutern.« Herr von Steinhausen war nicht zufrieden mit ihrer Antwort.

»Also, gut«, Elise rang sich durch zu weiteren Informationen. »Zuerst habe ich in der Charitè als Köchin gearbeitet, dann mehrere Jahre der Filmschauspielerin Kitty Fabricius den Haushalt geführt, bis sie bei einem Bombenangriff ums Leben kam. Nach dem Krieg habe ich in einem Restaurant gearbeitet, und zuletzt den Haushalt eines alleinstehenden Geschäftsmannes geführt.«

»Sie kannten Kitty Fabricius? Das müssen Sie mir erzählen. Ich habe so für sie geschwärmt«, Hildegard war entzückt und drängte ihren Mann: »Frag doch nicht soviel. Ich bin froh, wenn sie bei uns bleibt.«

»Schatz, ich weiß«, meinte dieser abweisend, ohne sie anzublicken. »Noch eine Frage: wo haben Sie zuletzt gearbeitet?«

»Ich glaube, das tut nichts zur Sache.«

»Und von Ihrer Familie wollen Sie wahrscheinlich auch nichts erzählen?«

»Nein«, kam Elises entschlossene Antwort. Sie wich seinem Blick nicht aus.

Aber Elise hatte noch einen Trumpf in der Hinterhand.

»Ich kann übrigens gut Auto fahren und war in meinen Stellen auch immer als Chauffeur tätig.«

Das gab den Ausschlag.

»Großartig«, rief Steinhausen, nun wieder ganz liebenswürdig, »dann könnten Sie meine Frau auch zum Arzt und ins Krankenhaus fahren.«

Hildegard schmiegte sich noch enger an ihn und schnurrte wie ein Kätzchen. »Siehst du, jetzt hast du auch etwas davon, wenn Fräulein Hilpert zu uns kommt. Dann brauchst du mich nicht mehr herumzukutschieren.«

In Steinhausens Augen war bereits alles geregelt, als Elise noch einen Einwand vorbrachte.

»Ich habe aber keine Arbeitsbewilligung.«

»Ach so«, Steinhausen hob die Augenbrauen und überlegte. »Ich glaube, da könnte ich etwas bewerkstelligen. Ich habe so meine Beziehungen.«

Er lachte selbstgefällig, und damit war wirklich alles geklärt.

Frohen Mutes ging Elise nach Hause. Es war gegen sechs Uhr, ein schöner warmer Sommerabend. Sie hatte es nicht eilig, deswegen bog sie an der Ecke Dernburgstraße in den Lietzenseepark ein, ging zum See hinunter und setzte sich gegenüber dem Haus mit der Meldestelle auf eine Bank.

Elise war froh, wie seit langem nicht mehr. Ihre Situation hatte sich in jeder Beziehung ideal entwickelt. Sie würde eine angenehme Arbeit und wieder ein geregeltes Einkommen haben. Daneben konnte sie trotzdem im Zelt arbeiten, um diesen Hagen abzupassen und sich das Geld zurückzuholen. Sie wusste genau, dass sie keine Ruhe finden würde, bis die 10 000 DM wieder in ihrem Besitz wären. Dass ihr das Geld gar nicht gehörte, hatte sie vollkommen vergessen.

Eine ganze Weile saß Elise entspannt auf der Bank. Sie war sicher, auch mit Hildegards undurchschaubarem Mann würde sie klarkommen. Wahrscheinlich hätte sie nicht einmal viel mit ihm zu tun. Sie wunderte sich nur wieder über ihr Gefühl wie neulich im Zelt, ihn schon einmal gesehen zu haben.

Plötzlich fiel es Elise ein, und ihr Herz begann vor Erregung schneller zu klopfen. Herr von Steinhausen hatte Ähnlichkeit mit einem der Männer, die auf Schmittkes Fotografien abgebildet waren. Abrupt erhob sich Elise, sie musste sich sofort die Bilder genau ansehen. So rasch sie konnte, machte sie sich auf den Heimweg, am liebsten wäre sie gerannt.

Wenig später lag sie auf Knien vor Frau Blanks alter Kommode und suchte den Umschlag mit den Fotografien hervor, den sie in der untersten Schublade zusammen mit ihrem Geld unter den Bildern und Deckchen ihrer Wirtin versteckt hatte. Dann setzte sie sich auf das Sofa und zögerte einen Moment. Sie musste sich überwinden, die Abbildungen noch einmal und nun ganz genau zu betrachten. Mit klopfendem Herzen nahm sie die beiden Fotos in Postkartengröße aus dem Umschlag.

Beide hatten dasselbe Motiv, nur die abgebildeten Personen variierten: An einem Holzgestell waren drei Männer aufgehängt. Daneben standen zwei deutsche Soldaten, die in die Kamera lachten, der eine mit einer erhobenen Schnapsflasche in der Hand. Dieser Mann war Schmittke und der andere Steinhausen. Beide waren deutlich zu erkennen, an ihrer Statur, der kleinere gedrungene Schmittke und der breite große Steinhausen, aber auch an ihren Gesichtern.

Elise drehte das Foto um und las: »Chodossowitschi, 4. Mai 1942«, darunter »Krüger und Schmittke machen Feierabend«. Sie stutzte über die Namen. Steinhausen hieß Krüger. Irrte sie sich, und es war doch ein anderer Mann? Noch einmal studierte sie die Person in allen Einzelheiten. Aber es gab keinen Zweifel: Krüger war Steinhausen. Irgendwann musste eine Namensänderung erfolgt sein.

Das andere Foto hatte Schmittke aufgenommen. Derselbe Ort und dasselbe Datum waren auf der Rückseite notiert, dazu »Partisanensäuberung« und die Namen von Krüger und Albrecht, der jetzt die Flasche übernommen hatte und mit in den Nacken geworfenem Kopf daraus trank. Offensichtlich hatten die drei Soldaten die Flasche schon fast geleert.

Mit den beiden Fotos in der Hand saß Elise da und dachte nach.

Waren die Männer Mörder, die angeklagt und bestraft werden müssten? Oder hatten sie nur legal Urteile nach dem Kriegsrecht an sowjetischen Partisanen vollstreckt? Sicher das letztere, vermutete Elise, sie haben sich nicht strafbar gemacht, denn Steinhausen führte das Leben eines freien, unbescholtenen Bürgers.

Und doch, überlegte Elise weiter, konnte es ihm nicht gleichgültig sein, wenn diese Fotos bekannt werden, im Gegenteil, sie würden vermutlich sein Leben vernichten. Hildegard würde sich von ihm abwenden, er würde seine Stellung in ihrer Firma verlieren, seine ganze Reputation wäre zerstört, seine Beziehungen zum Bezirksamt und seine Mitgliedschaft im Gemeindekirchenrat.

Bei diesem Punkt in ihren Überlegungen angekommen wusste Elise, wie es weiterging. Sie selbst würde Steinhausen zur Rechenschaft ziehen und nebenbei selbst einen Vorteil davon haben. Sie würde in einem ehrlichen Handel ihm die Bilder verkaufen. Das war keine Erpressung, sondern ein gerechter Ausgleich für seine Untaten.

Dennoch, überlegte sie weiter, musste sie vorsichtig sein. Man konnte nicht wissen, ob Steinhausen gewälttätig reagieren würde. Auch müsste erst die Namensänderung geklärt werden. Nach einigem Nachdenken fasste sie den Entschluss, Karin Dinkelbach einzuweihen. Diese kannte sich im Gemeindeleben gut aus und war vertrauenswürdig. Elise würde sie einladen und ihr alles erzählen, auch als Rückversicherung Steinhausen gegenüber.

Was für ein Glück, dachte sie abschließend, dass sie in dem Anstellungsgespräch ihren früheren Arbeitgeber Schmittke nicht erwähnt hatte.

Dann packte sie die Fotos in den Umschlag und versteckte ihn wieder in der Schublade. Wie von selbst hatte sich durch die Ereignisse eine Reihenfolge ihrer zukünftigen Aktivitäten ergeben: zuerst das Geld von Hagen zurückholen, dann die Fotos an Steinhausen verkaufen und anschließend sofort nach Westdeutschland fliegen.

Gedankenverloren blickte Karin, während sie Kaffee für einen alten Mann einschenkte, zu Peter Brandner hinüber, der Zeitung lesend auf einer Bank auf sie wartete. Seit fünf Tagen, sie hatte unwillkürlich gezählt, war er zum erstenmal wieder in das Diakoniezelt gekommen, um sie abzuholen. Bei seinem Anblick schoss Karin vor Freude das Blut ins Gesicht, aber gleichzeitig hatte sie das beunruhigende Gefühl, dass seine Verehrung oder vielleicht sogar Liebe zu ihr abgekühlt war. Alles Einbildung, wies sie sich selbst zurecht, während sie den Kaffee über den Tisch reichte, schließlich ist er hergekommen. Ihr Gesicht nahm einen verbissenen Zug an: Ich will, ich muss ihn behalten, dachte sie, koste es, was es wolle.

Karins Gefühl hatte sie nicht getäuscht. Während Peter gewohnheitsmäßig zurücklächelte, spürte er, dass Karin Dinkelbach ihm gleichgültig zu werden begann. Nur die Gewohnheit, vermischt mit einem diffusen Pflichtgefühl ihr gegenüber hatte ihn in das Diakoniezelt geführt.

In diesem Moment setzte sich ein junger Mann an das andere Ende auf seine Bank. Peter beobachtete ihn über den Rand seiner Zeitung hinweg, wie er an seinem kalten Tee nippte und sich unsicher umblickte. Ohne Zweifel ein naiver Dorfjunge aus der Zone, ordnete Peter ihn ein, erkennbar an den kurzen Hosen, kariertem Hemd und den sauber gescheitelten Haaren.

Er überlegte, ob er aufstehen und mit ihm ein Gespräch beginnen sollte, als ein Mann ihm zuvor kam, den er vom Sehen gut kannte. Dieser setzte sich neben den Jungen und sprach halblaut auf ihn ein. Dann erhob er sich wieder und verließ das Zelt.

Jetzt hielt Peter nichts mehr zurück. Er ging zu dem Jungen.

»Darf ich?«, fragte er und, als der Junge nickte, setzte er sich.

»Entschuldigen Sie, ich habe eben gesehen, wie dieser Mann Sie angesprochen hat. Kannten Sie ihn?«

»Nein«, antwortete der Junge und blickte ihn distanziert, aber nicht abweisend an.

Peter lächelte verbindlich: »Tut mir leid, wenn ich mich in Ihre Angelegenheiten einmische, aber Sie sind ein politischer Flüchtling, oder?«

»Warum fragen Sie?«

»Ich wollte Sie warnen. Dieser Mann ist ein Spion, ein Spitzel der ostzonalen Staatssicherheit. Sie müssen vorsichtig sein. Er wird Sie aushorchen, für dunkle Machenschaften benutzen oder Sie verschleppen wollen. Ich möchte verhindern, dass junge Menschen aus Unkenntnis sich in Gefahr begeben.«

Der Junge entspannte sich und lächelte scheu.

»Danke für die Warnung, ich werde auf passen. Aber wer sind Sie? Ich kenne Sie nicht.«

»Vielleicht bin ich auch ein Spion, denken Sie.« Peter nickte ihm aufmunternd zu. »Richtig so. Man kann nicht vorsichtig genug sein. Aber ich bin Journalist, ich verfolge Menschenrechtsverletzungen in der DDR und mache sie im Westen bekannt.«

»Ich bin kein Flüchtling, ich fahre abends wieder nach Hause«, offenbarte sich jetzt der Junge. »Ich versuche nur, meine Oma zu finden.« Er schniefte und bemühte sich, aufsteigende Tränen zu unterdrücken. »Sie ist geflohen, ohne sich von mir zu verabschieden.«

Der ist wirklich noch ein Kind, dachte Peter: »Vielleicht finden Sie sie, aber es wird schwierig sein.«

Der Junge nickte ohne große Hoffnung.

Peter stand auf, Karin hatte ihm ein Zeichen gegeben.

»Ich muss jetzt gehen«, verabschiedete er sich von dem Jungen. »Vielleicht sehen wir uns einmal wieder. Es interessiert mich, woher Sie kommen und was Sie zu berichten haben. An dem Tisch dort bei den Frauen können Sie jederzeit eine Nachricht für mich hinterlassen. Fragen Sie einfach nach Walter.«

Der Junge stand auf und gab ihm die Hand: »Danke, das werde ich tun. Ich heiße Klaus Wienke. Auf Wiedersehen.« Er machte sogar einen Diener.

Peter, zufrieden über einen neuen Kontakt zu einem Bürger der Ostzone, wollte zu Karin hinübergehen, als eine Frau das Zelt betrat. Ihre Erscheinung beeindruckte ihn, fast gegen seinen Willen. Hochaufgerichtet ging sie an ihm vorbei, in einem hellblauen Kleid. Sie hatte ein schönes, ebenmäßiges Gesicht, aber ungewöhnlich ernstblickende Augen, die ihr eine seltsame Unnahbarkeit verliehen. Brandner beobachtete, wie sie an die Theke ging und mit Karin sprach. Ihrem Minenspiel entnahm er, dass sich die beiden kannten. Ich muss diese Frau kennenlernen, sofort, dachte Brandner ungeduldig.

Als er zu Karin hinüberging, empfing sie ihn mit einem strahlenden Lächeln und gab ihm einen raschen Kuss auf die Wange. Dann stellte sie stolz einander die beiden für sie wichtigsten Menschen vor:

»Fräulein Hilpert, das ist mein Bekannter Herr Brandner. – Peter, das ist meine Freundin Fräulein Hilpert!« Arglos lächelnd beobachtete Karin, wie sich die beiden die Hand gaben und anblickten. Sie bemerkte nicht, dass Brandners Blick zu ernst, zu tief war, zu lange auf Fräulein Hilperts Gesicht ruhte, dass er sich zwingen musste, ihre Hand wieder loszulassen. Keine innere Stimme verriet Karin, dass sie in diesem Moment ihren Geliebten an ihre Freundin verloren hatte. —

Auf Elises Bitte um einen Besuch hatte Karin erfreut reagiert, bestand aber darauf, dass die Freundin diesmal zu ihr kommen solle. Karin deckte den Tisch mit ihrem guten Geschirr und einer hübschen Tischdecke mit kleinen, aus Kreuzstichen bestickten Röschen, die sie im Krieg gegen ein Tüte Zucker eingetauscht hatte. Zur Feier des Tages hatte Karin sogar einen Kirschkuchen gebacken.

Elise fühlte sich wohl in der behaglichen Atmosphäre dieses Wohnzimmers, in das die Sonne durch das göffnete Fenster schien.

Die Frauen plauderten, bis Karin neugierig fragte: »Sie wollten mir etwas erzählen?«

»Ja«, Elise zögerte. Noch behielt sie die beiden Fotos in der Tasche und war sich nicht sicher, ob sie sie überhaupt zeigen sollte.

»Eigentlich möchte ich etwas von Ihnen wissen, nämlich ob Herr von Steinhausen schon immer so hieß?«

Karins Gesicht verzog sich zu einem breiten Grinsen.

»Das sollte doch niemand erfahren«, lachte sie. »Da hat der arme Kerl ja sein Geheimnis nicht lange bewahren können. Nein, er hat den Namen seiner Frau bei der Hochzeit angenommen. Auf besonderen Antrag kann man das machen, vor allem da er in eine alteingesessene Firma eingeheiratet hat. Er hatte vorher nämlich einen schrecklich banalen Namen, Krüger, Müller oder so ähnlich. Aber woher wissen Sie das?«

Elise gab sich einen Ruck und nahm die Fotos heraus.

»Ich besitze Bilder von ihm.« Sie reichte Karin die beiden Fotografien, die diese unbefangen entgegennahm. Die Wirkung war frappierend. Karin starrte auf die Bilder und erbleichte: »Das ist ja schrecklich.« Dann drehte sie die Fotos um und als die zynischen Anmerkungen las, kamen ihr fast die Tränen. Noch einmal schaute sie sich die Männer auf der Vorderseite an, dann legte sie die Fotografien auf den Tisch.

»Das ist er. Kein Zweifel. Woher haben Sie die Fotos?« Karin hatte sich wieder gefangen.

»Ich habe sie in den Sachen meines letzten Arbeitgebers gefunden, nachdem er gestorben war. Der ist der andere Mann auf dem Bild.«

»Und was wollen Sie machen?«

»Was würden Sie machen?«, fragte Elise zurück.

Nachdenklich sah Karin sie an, dann antwortete sie langsam: »Gar nichts. Er führt jetzt ein ganz anderes Leben, hat Frau und bald auch Kind, vermutlich tut es ihm sogar leid. Ich glaube auch nicht, dass Hinrichtungen von Partisanen dem Völkerrecht widersprechen.«

Obwohl Elise ihre eigenen Gedanken hatte, stimmte sie Karin zu: »Wahrscheinlich haben Sie Recht. Aber vielleicht stelle ich ihn einmal zur Rede, ich sehe ihn fast täglich und habe ständig dieses entsetzliche Bild von ihm im Hinterkopf. Hoffentlich wird er dann nicht aggressiv. Also, Frau Dinkelbach, wenn mir etwas passiert, Sie wissen, warum!«

Sie lachte, wie über einen Scherz.

Erwartungsgemäß reagierte Karin beunruhigt: »Reden Sie nicht so! Meinen Sie, er tut Ihnen etwas an?«

Elise nahm einen Schluck aus ihrer Teetasse. »Ach, wo! Ich mache nur Spaß.«

Sie war zufrieden, weil ihre Rechnung aufgegangen war. Karin wusste nun Bescheid, ohne dass sie ihr von dem geplanten Verkauf der Fotos erzählt hatte und Herrn von Steinhausen konnte sie, wenn nötig, mit einem Mitwisser drohen.

»Ihr Tee schmeckt wunderbar«, lobte Elise ihre Gastgeberin, »verraten Sie mir, woraus Sie ihn gemacht haben?«

Zu gern ließ sich Karin ablenken. Mit Begeisterung erklärte sie ihre Teesorten und deren Zubereitung: »Das ist Waldmeistertee. Schön, dass er Ihnen schmeckt. Man kann ihn aus getrockneten oder aus halbgetrockneten Blättern machen, die leicht verwelkt sind. Für eine Tasse braucht man einen Teelöffel, das Wasser darf aber nur heiß sein, nicht kochen. Der Tee muss eine Stunde ziehen, dann kann man ihn zum Trinken noch einmal heiß machen. Oder auch kalt trinken. Hat einen schönen kräftigen Geschmack, nicht wahr?«

Ehe Elise das bestätigen konnte, hörten sie das Geräusch eines Schlüssels an der Wohnungstür.

»Nanu, das wird doch nicht Horst sein? Er hatte sich mit seiner Freundin verabredet«, wunderte sich Karin. Aber da betrat Gisela das Wohnzimmer.

»Tag, Mutti. Ach, du hast Besuch? Störe ich?« Sie gab der Mutter einen Kuss und musterte interessiert die gutaussehende Frau auf dem Sofa. Sie konnte sich nicht erinnern, in letzter Zeit hier Besuch gesehen zu haben.

»Überhaupt nicht. Darf ich dir meine Freundin Fräulein Hilpert vorstellen? – Und das ist Gisela, meine Tochter.« Die beiden Frauen gaben sich die Hand.

Gisela freute sich, als sie den gedeckten Tisch sah: »Da komme ich ja gerade recht.«

Bald kreiste das Gespräch nicht nur um Teesorten, sondern auch um Diakoniezelt, Modesalon und Ähnliches.

Plötzlich wandte sich Gisela an ihre Mutter: »Weißt du, wen ich neulich kennengelernt habe? Euren Hagen, der bei euch gewohnt hat.«

»Hagen? Du kanntest den doch gar nicht!« Karin wunderte sich und erklärte Elise: »Horst hat einmal einen Flüchtling mitgebracht, der nicht wusste, wohin. Er hat hier bei uns eine zeitlang gewohnt, bzw. auf dem Dachboden. Aber jetzt arbeitet er in einem Laden im Wedding.«

»Ich habe ihn in einer Kneipe getroffen«, fuhr Gisela fort. »ich wollte mit meiner Kollegin noch eine Brause trinken. Wir kamen ins Gespräch und dabei stellte sich heraus, dass ich die Schwester von Horst bin. Vor Freude hat er uns eingeladen, richtig zum Essen in ein Restaurant. Der war unheimlich nett und lustig.«

»Das ist er wirklich«, stimmte Karin zu, obwohl sie auch einen anderen Hagen kenngelernt hatte, »freut mich, dass es ihm gut geht.«

Elise wagte kaum zu atmen während des Gesprächs zwischen Karin und ihrer Tochter. Sollte sie etwa hier durch Zufall auf die Spur des Hagen stoßen, nach dem sie an der Flüchtlings-Meldestelle so lange vergeblich Ausschau gehalten hatte?

Als Gisela sich über Hagens Reichtum ausbreitete, schloss Elise vor Erregung kurz die Augen. »Ich staune, wieviel Geld der hat. Der muss eine Menge verdienen in dem kleinen Laden.«

Auch Karins amüsierte Antwort verursachte bei Elise einen leichten Schock: »Der hat in seinem Rucksack einen Packen Geld aus dem Osten mitgebracht, über die Grenze geschmuggelt. Genaueres weiß ich nicht. Jedenfalls hatte ich den Eindruck, er gibt es mit vollen Händen aus.«

Der vergeudet mein Eigentum, dachte Elise und mischte sich in das Gespräch ein: »Der hat Nerven, ist die ganze Zeit mit einem Rucksack voller Geld durch die Gegend gezogen?«

»Anfangs schon, glaube ich. Aber dann hat er es auf unserm Dachboden versteckt. Als er zum Wedding umgezogen ist, hat er den Rucksack sicher mitgenommen. Vorige Woche haben Horst und Monika den Hagen sogar besucht. Die beiden kannten sich schon lange, sind beide aus demselben Ort in der Zone geflohen.«

Elise unterdrückte mit Mühe ein nervöses Auflachen, als ihr klar wurde, dass Horsts Freundin Monika, von der Karin redete, das Mädchen war, das »Russen raus« an die Scheuenwand geschrieben hatte.

Bald darauf verabschiedete sich Elise. Langsam stieg sie die Treppe hinunter und blieb dann unschlüssig stehen. Im Hausflur herrschte Stille. Karin und Gisela waren in der Wohnung in ihr Gespräch vertieft. Niemand würde Elise beobachten. Kurzentschlossen kehrte sie um und schlich die Treppe zum Dachboden hinauf. Sie musste unbedingt nachsehen, ob sich dort irgendwo der Rucksack befand. Oben angekommen sah sie die Holzverschläge mit den Vorhängeschlössern. Sie spähte durch die Zwischenräume der Holzlatten in jeden Verschlag.

Schließlich stand sie mit klopfendem Herzen vor einem fast leeren Verschlag, in dem nur ein dunkelgrüner Armeerucksack lag – und eine Welle des Glücks überrollte sie. —

Horst war schlecht gelaunt. So öde hatte er sich das Beschatten eines Verdächtigen nicht vorgestellt. Es war zehn Uhr am Vormittag. Seit einer Stunde stand er oder ging zur Abwechslung auf und ab, in der Seelingstraße vor Brandners Haus. Er wartete, dass dieser endlich herauskam. Zum Glück befand sich schräg gegenüber ein kleiner Zeitungsladen mit einem Zeitungsständer auf den Bürgersteig. So konnte Horst wenigstens den Anschein erwecken, die Schlagzeilen zu studieren.

Brandner hatte noch nicht seine Wohnung verlassen. Er ging immer spät zu Bett und stand spät auf, hatte Horsts Mutter einmal bemerkt, obwohl sie gewöhnlich jedes Gespräch über ihre Beziehung zu Brandner verweigerte. »Lass mich in Ruhe. Das geht dich nichts an«, antwortete sie jedesmal kurzangebunden, wenn Horst einen Versuch machte, über ihn zu sprechen.

Als Brandner endlich kam, drehte sich Horst schnell zur Seite. Brandner hatte sich ein Jackett übergeworfen, denn das Wetter war umgeschlagen. Nach wochenlanger Hitze herrschte jetzt Kühle und Regen. Auch Horst hatte seinen Anorak angezogen, die Kapuze diente zur Not auch als Tarnung.

Aber die war noch nicht notwendig, denn ohne nach rechts und links zu schauen, ging Brandner schnell in die Sophie-Charlotten-Straße und bog dann zum S-Bahnhof Westend ab. Fast rannte er. Eile war nötig, er wurde bereits erwartet. Vor dem Bahnhofseingang auf der Straße stand ein junger Mann, ungefähr in Horsts Alter, der aber wie ein kleiner Junge kurze Hosen trug. Brandner begrüßte ihn erfreut.

Horst folgte ihnen, als sie plaudernd in den Bahnhof und die Treppen zum Bahnsteig hinuntergingen. Nun begann eine Fahrt durch halb Berlin. Sie fuhren auf dem Ring bis zum Bahnhof Schmargendorf und stiegen am Heidelberger Platz in die U-Bahn um. Bisher bereitete Horst die Verfolgung keine Probleme. Er hielt sich hinter anderen Fahrgästen verborgen und während der Fahrt beobachtete er seine Opfer durch die Fenster des Nebenabteils.

In Dahlem stiegen sie aus. Jetzt wurde die Beschattung komplizierter. In den schmalen, fast menschenleeren Straßen dieser Villengegend hatte Horst Mühe, ohne selbst gesehen zu werden, den beiden auf den Fersen zu bleiben. Nachdem sie eine Weile kreuz und quer gegangen waren, sah Horst, wie Brandner und der Junge unvermittelt in einer Parkanlage verschwanden. Zögernd folgte er ihnen und bemerkte, hinter hohen Sträuchern und Bäumen fast verborgen, ein kleines Haus. Horst ging den schmalen Weg auf das Haus zu, hielt aber erschrocken inne, als ein schwerbewaffneter Wächter ihm plötzlich den Weg versperrte und barsch nach seinem Ausweis fragte. Horst wich zurück, murmelte etwas Entschuldigendes und kehrte schnell um. Nur weg von diesem unheimlichen Haus, dachte er.

Auf der Straße blieb er stehen, unschlüssig, ob er die Verfolgung von Brandner weiterführen oder nach Hause fahren sollte. Wahrscheinlich würden die beiden, was auch immer sie in dem Haus trieben, hinterher wieder zurückfahren und sich trennen. Aber vielleicht auch nicht. Horst beschloss, nicht aufzugeben. An einer Einfahrt schräg gegenüber, von der aus er den Eingang zum Garten beobachten konnte, ohne gleich selbst gesehen zu werden, setzte er sich auf ein Mäuerchen und stellte sich auf eine lange Wartezeit ein.

Aber es kam anders. Er saß erst wenige Minuten, als hinter ihm eine aufgebrachte Stimme erklang:

»Verschwinden Sie von meinem Grundstück, oder ich hole die Polizei!«

Eine kleine, rundliche Frau um die vierzig kam drohend auf ihn zu: »Sofort! Sie Spitzel, Sie!«

Horst sprang überrascht auf: »Ich bin kein Spitzel. Ich warte auf meine Freunde, die drüben im Haus sind.«

»Sag ich doch, alles Spitzel.« Die Frau musterte Horst mit grimmigem Blick.

»Ich bestimmt nicht, das können Sie mir glauben.« Horst hob beschwörend die Hände. »Ich weiß nicht einmal, was dort in dem Haus vor sich geht. Ein Mann mit einer Pistole wollte mich nicht vorbei lassen.«

Das Misstrauen verschwand aus dem Blick der Frau. Jetzt klang ihr Ton geringschätzig, als sie kopfschüttelnd zu Horst hochblickte:

»Stellen Sie sich so dumm oder sind Sie es wirklich?«

»Ich bin es wirklich«, beteuerte Horst. »Erklären Sie es mir bitte!«

»In dem Haus dort drüben befindet sich der ›Untersuchungsausschuss Freiheitlicher Juristen‹«. Die Frau betonte jede Silbe, als habe sie einen Geistesgestörten vor sich.

»Nie gehört«, meinte Horst unumwunden.

Die Frau verdrehte die Augen, aber ihr Ärger schien verflogen: »Sie haben wirklich keine Ahnung. Den muss man doch als Berliner kennen. Oder sind Sie keiner?«

Es lag soviel Herablassung, fast Mitleid in ihren Worten, dass Horst schnell versicherte: »Doch, natürlich, wofür halten Sie mich!«

»Hören Sie nie den RIAS? Dort werden doch regelmäßig die Namen von Geheimagenten des Staatssicherheitsdienstes verlesen, um die Leute in der Zone zu warnen. Diese Listen hat der Untersuchungsausschuss zusammengestellt. Genauso wie die KgU, die Kampfgruppe gegen Unmenschlichkeit. Kennen Sie die?«, fragte sie streng.

»Ja, die kenne ich«, rief Horst, froh, dass er wenigstens in einem Punkt Bescheid wusste, »ich habe von denen einmal eine Sendung gehört, um Mitternacht. Da bekommt man eine Gänsehaut. Richtig unheimlich, wie der Sprecher die Namen der Leute vorliest, vor denen er warnt.«

Mit montoner Stimme machte Horst ihn nach:

»Achtung, Eberswalde! Achtung Eberswalde! Herrmann Müller, Herrmann Müller, wohnhaft Bahnhofstraße 20, wohnhaft Bahnhofstraße 20.

Achtung, Dresden! Achtung, Dresden! Oberstaatsanwalt Fleischer, Oberstaatsanwalt Fleischer, kontrolliert die Staatsanwaltschaftsschule, kontrolliert die Staatsanwaltschaftsschule.

Achtung Bernau! …«

»Danke, das reicht!« Die Frau lachte, aber Horst verzog das Gesicht: »So ging das eine Viertelstunde lang, ununterbrochen Namen und dann mit dieser Stimme! Ich konnte hinterher kaum einschlafen.«

»Sehen Sie, und der Untersuchungsausschuss ist eine ähnliche Organisation.«

Als Horst sie neugierig anschaute, fuhr sie fort: »Die ›Freiheitlichen Juristen‹ warnen nicht nur die Bürger aus der Sowjetzone vor Spionen in ihrer engsten Umgebung, sondern beraten sie auch in juristischen Fragen, wie jetzt bei den Enteignungen zum Beispiel, welche Rechte sie haben usw. Außerdem sammeln sie Informationen über ungerechte Aktionen und Urteile der Zonenjustiz.«

»Das wusste ich alles gar nicht. Woher bekommen sie denn ihre Informationen?«

»Von Zonenbewohnern. Die kommen her, fragen um Rat in irgendeiner Angelegenheit und erzählen natürlich, was sich bei ihnen zu Hause abspielt. Nennen Namen von vertrauenswürdigen Personen, aber auch von Partei- und Staatsfunktionären, vor denen sie Angst haben. Viele kommen immer wieder und halten den Ausschuss so auf dem neuesten Stand. Auf diese Art hat der Untersuchungsausschuss in der Zone ein weitverzweigtes Informationsnetz aufgebaut. Die Juristen schreiben alles auf und können dann entsprechende Hinweise oder Hilfen geben.«

»Ich kann mir vorstellen«, warf Horst ein, der sich inzwischen wieder auf das Mäuerchen gesetzt hatte, »dass die Zonenregierung darüber nicht begeistert ist.«

»Das können Sie laut sagen.« Die Frau lachte ironisch. »Die schicken ständig Spitzel, die hier herumschnüffeln. Deswegen war ich vorhin so wütend. Was meinen Sie, wie oft vor unserer Haustür Geheimagenten aus West und Ost herumlungern. Die ›Freiheitlichen Juristen‹ werden vom Staatssicherheitsdienst der Sowjetzone bis aufs Blut bekämpft. Der SSD versucht, den Ausschuss mit seinen Agenten zu unterwandern oder auch seine Mitarbeiter zu entführen. Von dem Menschenraub im vorigen Monat haben Sie gehört?« Es klang wie eine Prüfungsfrage.

»Walter Linse meinen Sie«, beeilte sich Horst zu antworten.

»Genau. Der arbeitete auch im UfJ. Ich habe ihn gekannt. Dr. Linse wurde vor seiner Wohnung in Lichterfelde entführt. Schrecklich. Ehrlich gesagt, war ich aber froh, dass es nicht hier passiert ist.«

Aus dem Innern des Hauses erklang ein lautes: »Berta, wo bleibst du denn?«

»Ich komme«, brüllte diese zurück.

»Sie sehen, ich werde gebraucht,« Die Frau nickte Horst wohlwollend zu. »Sie können ruhig hier sitzenbleiben. Ich glaube, Sie sind wirklich ungefährlich. Aber achten Sie auf Ihre Freunde. Die meisten von den Besuchern da drin sind nicht so harmlos wie Sie.« Mit einem »Wiedersehen!« verschwand sie.

Wenn du wüsstest, wie recht du hast, dachte Horst und überlegte, wie er die Situation einschätzen sollte. Brandners Begleiter war ein naiver Junge von drüben. Daran bestand kein Zweifel. Brandner bringt ihn hierher, damit er über die Zustände im Osten berichtet. War Brandner ein Stasi-Spitzel, der den Jungen hereinlegen will oder wirklich ein Journalist, wie er sich selbst darstellt, der mit dem Untersuchungsausschuss zusammenarbeitete?

Lange saß Horst auf dem Mäuerchen. Bei der nächsten Verfolgungsjagd nehme ich mir etwas zu essen und zu lesen mit, dachte er gelangweilt. Als er schließlich die beiden aus dem Garten kommen sah, stand er erleichtert auf.

Wie er befürchtet hatte, traten sie unverzüglich den Rückzug an. Nach einer knappen Stunde waren sie wieder in Charlottenburg am Bahnhof Westend und verabschiedeten sich. Der junge Mann blieb in der Bahn sitzen, Horst und Brandner stiegen aus. Die Bahnhofsuhr zeigte drei Uhr.

Nun wurde es doch noch spannend, denn Brandner ging nicht zu seiner Wohnung, wie Horst vermutet hatte, sondern den Spandauer Damm hinunter, Richtung Knie. Wieder folgte ihm Horst unauffällig. Sie wechselten die Straßenseite und bald war Brandners Ziel klar. Er wollte einen Spaziergang im Schlosspark machen.

In den Bombenangriffen vom November 1943 war das barocke Schloss der Königin Sophie-Charlotte bis zur Unkenntlichkeit zerstört worden. Die Trümmer lagen überall herum, ein Wiederaufbau schien unmöglich. Früher musste man, um in den Park zu gelangen, um die Seitenflügel des Schlosses rechts oder links herumgehen. Heute konnte man auf Trampelpfaden die Ruine durchqueren.

Brandner wandte sich zum früheren Haupteingang am Ehrenhof und wartete.

Mit wem war er verabredet? Hat er etwa noch eine andere Freundin, dachte Horst bestürzt, das überlebt Mutti nicht. Aber tatsächlich näherte sich nach einer Weile eine blonde Frau, der Brandner eilig entgegenlief. Sie begrüßten sich distanziert mit Handschlag, wie Horst beruhigt feststellte. Die Frau kam ihm bekannt vor, sicher half sie auch im Diakoniezelt.

Nun begann ihr Spaziergang. Horst hatte keine Mühe, sie im Auge zu behalten. Die Vegetation des Parks, die durch die Kriegszerstörungen sehr ausgedünnt war, erlaubte ihm einen weiten Blick

Allmählich schlugen Brandner und die Frau die Richtung in den hinteren und weniger besuchten Teil des Schlossparks ein. Brandner sprach die ganze Zeit lebhaft auf die Frau ein, lachte, erzählte wahrscheinlich lustige Anekdoten aus seinem Leben. Einmal legte er den Arm um ihre Schultern, aber sie machte sich los. Beim zweitenmal durfte Brandner den Arm liegen lassen. Horst beobachtete, wie der Mann planmäßig die Frau umgarnte, bis er sie zwischen zwei dunklen Tannen schließlich küsste. Sie wollte anschließend schnell weitergehen, aber er hielt sie zurück, und noch einmal küssten sie sich, diesmal lange. Dann setzten sie ihren Spaziergang eng aneinandergeschmiegt fort.

Horst drehte um und ging zurück, er hatte genug gesehen. Dieses Schwein von Brandner brachte es tatsächlich fertig, die Nächte mit seiner Mutter zu verbringen und gleichzeitig eine neue Affäre mit einer anderen Frau zu beginnen. Aber er würde seine Mutter nicht mit der Wahrheit unglücklich machen. Vielleicht konnte er selbst dafür sorgen, dass Brandner verschwand. —

Neugierig schaute Günter aus dem Fenster der S-Bahn. Heute – endlich! – hatte sich die Möglichkeit ergeben, nach West-Berlin zu fahren. Er kannte Berlin kaum. Nur wenige Male hatte er mit seinen Eltern die Hauptstadt der DDR besucht, um das große Sowjetdenkmal im Treptower Park zu besichtigen oder den neuen Marx-Engels-Platz, der nach dem Abriss des Berliner Schlosses für Großdemonstrationen und Aufmärsche angelegt war. Aber Berlin hatte ihm nicht gefallen, überall nur Trümmer und dort, wo sie abgeräumt waren, riesige Brachflächen. Den Westen kennenzulernen, hatte er bisher keine Gelegenheit. Seine Eltern besaßen dort keine Verwandten und nur hin zu fahren, um das Warenangebot in den Schaufenstern zu bewundern oder sogar einzukaufen, wie andere es taten, war für seine Eltern als pflichtbewusste Parteigenossen undenkbar.

Günter hatte ihnen erzählt, er müsse sich schon vor Beginn des Semesters in der Humboldt-Universität melden und in den kommenden Wochen regelmäßig dorthin fahren wegen einer besonderen Schulung in Marxismus-Leninismus für ausgewählte Studenten. Wie erwartet waren seine Eltern stolz auf ihn und stellten keine weiteren Fragen.

Mit Mühe nur konnte er vor ihnen seine maßlose Freude darüber verbergen, endlich seinen Ex-Freund Hagen ausfindig zu machen, der ihn verraten hatte und mit seinem Geld in den Westen geflohen war. Er würde ihn finden und seinen Anteil zurückholen, wenn nötig mit Gewalt. Das hatte er sich damals geschworen, als er von Hagens Mutter erfuhr, dass dieser ihm, seinem Freund, vor seiner Flucht nichts, nicht einmal eine Nachricht hinterlassen hatte. Von Hagens Mutter kannte er die Adresse der Tante, bei der Hagen untergekommen war. Zufälligerweise und für ihn besonders günstig lag diese Riehlstraße nur ein paar Schritte von der Meldestelle entfernt, wo er ebenfalls nach ihm Ausschau halten wollte.

Gegen Mittag erreichte Günter die Sektorengrenze und den Bahnhof Gesundbrunnen.

Mit vielen anderen Fahrgästen stieg er aus und blieb erst einmal ein paar Minuten stehen. Das Getümmel auf dem Bahnsteig überraschte ihn, obwohl er Ähnliches erwartet hatte. Dieser Lärm, dieses aufgeregte Hin und Her, diese vielen Menschen, und dazwischen immer wieder Kinder jeden Alters, die von nervösen Müttern zur Ordnung gerufen wurden. Es waren keineswegs nur Flüchtlinge, wie er feststellte, die in den Westen kamen, sondern auch viele Besucher, die in West-Berlin ein paar schöne Tage verleben wollten. Freudige Begrüßungsszenen mit Westverwandten spielten sich ab. Ein kleines Mädchen hatte von der Großmutter zur Begrüßung eine Banane geschenkt bekommen, die es bisher wahrscheinlich nur aus Erzählungen kannte. Sofort verschlang das Kind sie hastig. Nach ein paar Minuten fing es an zu weinen und zu würgen und spuckte alles wieder mitten auf dem Bahnsteig aus.

Günter ging langsam zu einer großen Informationstafel mit dem Plan des S-Bahn-Netzes. Wie eine dicke Spinne mit einem Kreuz schien die Ringbahn in der Mitte der Stadt zu liegen, mit – er zählte – zehn Beinen, also Linien, die nach auswärts führten und sich noch weiter verzweigten. Er prägte sich wichtige Stationen ein, die er dem Namen nach kannte, Friedrichstaße, Stettiner Bahnhof, Zoologischer Garten, Karlshorst, Treptower Park, und natürlich Witzleben. Dann suchte er den entsprechenden Bahnsteig und stieg in die nächste Bahn ein, um dorthin zukommen.

Die S-Bahn ratterte auf dem Ring entlang Richtung Westkreuz. Günter hatte einen Fensterplatz erwischt. Endlich im Westen, dachte er euphorisch. Aber nachdem er eine Weile die vorbeiziehende Stadtlandschaft auf sich hatte wirken lassen, war er etwas ernüchtert. So große Unterschiede zum östlichen Berlin, wie er erwartet hatte, konnte er nicht erkennen. Er sah ähnlich viele Trümmer, allerdings auch mehr Wiederaufbau oder Neubau. Und natürlich die bunten Reklameschilder oder blinkenden Leuchtreklamen der vielen Geschäfte, die das Straßenbild belebten, im Gegensatz zum tristen Grau in Grau im Ostteil der Stadt.

In Witzleben angekommen, stieg er mit anderen Fahrgästen die breite S-Bahn-Treppe zur Neuen Kantstraße hoch. Aber er ging nicht dem Strom hinterher zur Meldestelle, sondern bog in die Riehlstraße ab zur Wohnung von Hagens Tante. Die Aussicht, Hagen vielleicht sogar selbst dort anzutreffen, beflügelte ihn.

Als Günter an der Wohnungstüre klingelte, öffnete niemand. Aber hinter ihm wurde die Tür geöffnet und eine unfreundliche Stimme ertönte:

»Was wollen Sie hier?«

»Frau Kalisch besuchen.« Günter drehte sich zu der alten Nachbarin um, die ihn misstrauisch musterte.

»Fräulein, bitte!« Es kam wie ein Peitschenknall.

»Wissen Sie, wann sie zu Hause ist?«

»Das geht Sie nichts an!«

Schon war die Tür zugeknallt. Günter blieb gelassen, er würde gegen Abend wiederkommen.

Zurück zur Neuen Kantstraße, überquerte er die Brücke über den Lietzensee, um dann in die Kuno-Fischer-Straße einzubiegen. Wie alle, die zum erstenmal diese Straße sahen, staunte er über die Menge der wartenden Menschen. An der Ecke stand ein kleiner Kiosk. Plötzlich spürte Günter heftigen Hunger und kaufte sich von dem Westgeld, das er an der Grenze eingetauscht hatte, ein Päckchen Leibnizkeks für 50 Pfennige. Er schlenderte weiter und genoß den buttrigen Geschmack auf der Zunge. Schnell hatte er alle Kekse aufgegessen. Dabei ließ er unablässig seine Augen über die Menschen schweifen. Vielleicht sah er durch einen großen Zufall Hagen hier herumstehen oder auch Monika und ihre Mutter. Sie waren alle drei Flüchtlinge, politische sogar, und machten wahrscheinlich dieses ganze Notaufnahmeverfahren mit. Aber so sehr Günter auch umherspähte, er konnte keine bekannten Gesichter entdecken. Trotzdem schien dieser Ort ihm günstig, sie hier zu treffen.

Vor ihm ging eine jüngere Frau, die einen alten Mann mit Stock untergehakt hatte, wahrscheinlich Vater und Tochter. Plötzlich blieb der alte Mann stehen und baute sich vor den Wartenden auf:

»Was macht ihr hier?« beschimpfte er sie mit lauter Stimme. »Warum bleibt ihr nicht zu Hause? Da ist euer Platz! Ihr solltet euch schämen, einfach wegzulaufen.«

Dabei fuchtelte er mit seinem Stock herum. Die meisten blieben stumm und blickten unangenehm berührt weg. Günter aber und einige andere beobachteten die Szene amüsiert.

»Komm, Vater, hör auf! Bitte!« bat die Tochter mit halblauter Stimme, der die ganze Situation äußerst peinlich war. Sie wollte ihn wegziehen, aber das ließ der alte Mann nicht zu.

»Nein, lass mich!« Er machte sich wieder los. »Das muss man denen klarmachen! Seid froh, dass ihr in einem sozialistischen Land leben dürft, wo euch keine Kapitalisten ausbeuten. Dankbar müsst ihr sein«, ereiferte er sich weiter.

»Mensch, Opa, reg dir ab«, antwortete ein stämmiger Mann in breitem berlinerisch und lachte. Ein anderer meinte herablassend: »Der hat ja keine Ahnung, der Olle«, und wandte sich ab.

Jetzt wurde es der Tochter zu bunt: »Du hörst sofort auf damit, Vater, sonst gehe ich allein nach Hause«, und energisch zog sie den brummenden Alten weiter.

Günter ging langsam hinterher und hatte bald das dunkelrote Backsteinhaus mit der Meldestelle erreicht. Dahinter sah er ein großes Zelt, an dessen Tür er stehenblieb und das Treiben beobachtete. Dann ging er hinein, zu einem Tisch, vor dem viele warteten. Wie er feststellte, wurden hier Getränke ausgegeben. Eine große Platte mit appetitlich aussehenden Schmalzbroten ließ ihm das Wasser im Mund zusammenlaufen. Ehe er sich's versah, hielt ihm schon eine Frau einen Becher hin:

»Möchten Sie?«

»Ja, bitte«, antwortete Günter schnell, aber mit schlechtem Gewissen, schließlich war er kein Flüchtling. Trotzdem fragte er mit einem begehrlichen Blick auf die Stullen: »Darf ich?«

»Natürlich«, ermunterte ihn die Frau, »solange der Vorrat reicht.«

Wenig später saß Günter, ohne es zu wissen, auf derselben Bank im Lietzenseepark am See, wo vor ein paar Wochen sein früherer Freund Hagen sein Mittagbrot verzehrte. Günter hatte zu seinem Leidwesen nichts zu essen und trotz der Butterkekse und der Schmalzstulle schon wieder Hunger.

Es war jetzt gegen vier Uhr am Nachmittag. Wahrscheinlich musste er noch mindestens eine Stunde warten, bis Fräulein Kalisch nach Hause kam. Aber das störte ihn nicht, er hatte Zeit und fand Gefallen daran, dieses West-Berlin kennenzulernen, herumzulaufen und die Menschen und die Umgebung zu beobachten.

Von weitem sah er ein engumschlungens Pärchen den Uferweg entlang schlendern, von der anderen Seite zwei junge Mütter mit ihren Kinderwagen, die sich gestört fühlten von einer Horde Jugendlicher, die um sie herum Einkriegezeck spielten.

Als das Pärchen näher kam, erstarrte Günter. Rasch beugte er sich nach vorn und verbarg, die Ellbogen auf die Knie gestützt, sein Gesicht in den Händen, als ob er sich ausruhe. Er wollte nicht erkannt werden, denn das herbeischlendernde Mädchen war Monika. Ihren Freund hatte er noch nie gesehen, Gott sei Dank war es nicht Hagen. Die beiden unterhielten sich, ohne ihn wahrzunehmen.

Günter überlegte, er musste schnell entscheiden, ob er Monika ansprechen sollte oder nicht. Vielleicht wusste sie den Aufenthaltsort von Hagen. Das würde ihm viel Sucharbeit ersparen. Außerdem gestand er sich seinen Wunsch ein, mit ihr zu sprechen und zu erfahren, wie es ihr und ihrer Mutter ergangen ist. Aber er wollte sie allein sprechen, ohne den Freund.

Günter stand auf und ging den beiden auf dem Uferweg hinterher. Sie waren plötzlich verschwunden, aber wie er feststellte, nur vorn in den Seitenweg nach links abgebogen, in einen Laubengang neben einer Kaskadenanlage, an der die Kriegszerstörungen noch sichtbar waren. Langsam ging Günter den Weg entlang und endlich sah er sie. Sie saßen auf einer der Bänke, die in den Nischen der Pergola fast versteckt waren, und küssten sich. Günter war empört über Monikas Treulosigkeit, aber ging unauffällig vorbei. Er würde ihnen folgen, bis Monika sich von ihrem Freund getrennt hatte. Dann würde er sie ansprechen. Wahrscheinlich dauerte das Stunden, dachte er missgelaunt.

Aber er hatte Glück. Nach kurzer Zeit standen sie auf und verließen den Park an der Neuen Kantstraße. Dort verabschiedeten sie sich mit einem langen Kuss, der Günter wieder erboste. Schließlich ging Monika allein in Richtung Funkturm davon.

Aus Spaß, aber auch um sie zu bestrafen wegen ihrer Küsse mit einem Fremden, schlich er sich von hinten an sie heran und hielt ihr die Augen zu. Monika erschrak außerordentlich, schrie auf und riss sich los. Als sie ihn erkannte, gab sie ihm eine schallende Ohrfeige:

»Sag mal, spinnst du? Wie kannst du mich so erschrecken!«

»Entschuldige, das sollte eine Überraschung sein.« Günter rieb sich kleinlaut die Wange.

Aber Monika hatte sich wieder beruhigt: »Schon gut.« Sie lachte ihn erfreut an: »Was machst du hier? Bist du auch geflohen?«

»Eigentlich nicht«, Günter grinste unsicher. »Ich bin nur zu Besuch im Westen. Abends fahre ich wieder nach Hause.«

Die Antwort befriedigte Monika nicht: »Und? Erzähl mal! Wie geht es dir? Warum bist du hier? Was hast du gemacht, seid wir weg sind, Hagen und ich? Der ist auch hier in West-Berlin, das weißt du doch, oder?«

Günter lachte: »Du hast dich nicht verändert, Monika. Du willst alles immer sofort wissen! Bitte sehr«, er rasselte ohne Luftzuholen herunter: »Ich weiß, dass Hagen hier ist und würde ihn gern wiedersehen. Mir geht es gut. Ich bleibe in der DDR. Ich habe einen Studienplatz an der Humboldt-Universität bekommen und fange im Herbst mit dem Studium an. Zufrieden?«

»Für's erste«, gab Monika grinsend zurück.

Günter schaute sie gespannt an: »Weißt du, was Hagen macht?«

»Es geht ihm gut. Er arbeitet in einem Laden im Wedding. Ich kann dir seine Adresse geben, wenn du ihn besuchen willst.«

Günter konnte kaum glauben, dass sich sein Problem so spielend löste. Das Warten auf die Tante, um Hagens Adresse zu erfahren, war überflüssig geworden. Jederzeit konnte er ihn mit seinem Besuch überraschen und sein Geld von ihm fordern.

»Danke. Klar besuche ich ihn, wenn ich wieder nach Berlin komme. Warst du mal bei ihm?«

»Ja, aber der Besuch war ein absoluter Reinfall, weil ich meinen Freund Horst mitgebracht habe, den er auch kennt und bei dem er sogar gewohnt hat. Hagen war enorm eifersüchtig. Albern!« Es klang herablassend, aber Günter verstand ausnahmsweise einmal seinen ehemaligen Freund.

Hagen war es keineswegs gleichgültig gewesen, dass Monika und Horst zusammen waren und ihre Verliebtheit auch nicht verbargen. Nur mit größter Überwindung gab er sich gelassen und heuchelte Freude über ihren Besuch. Er zeigte ihnen zunächst, wie geplant, den Laden mit den verschiedensten Sorten Bonbons, Schokoladen, Kaugummis und anderen Süßigkeiten, die an Wandregalen bis zur Decke gestapelt waren, und das Spirituosensortiment und -lager im Nebenraum. Im Laden herrschte Hochbetrieb, das Geschäft lief hervorragend. Die Käufer erstanden im allgemeinen nur kleine Mengen der angebotenen Köstlickeiten, weil sie über wenig Westgeld verfügten, aber dafür warteten sie in einer langen Schlange bis auf die Straße. Monika und Horst waren überwältigt von dem Trubel. Obwohl Schulze Hagens Hilfe dringend benötigte, erlaubte er ihm, eine Pause zu machen. Mit den beiden Freunden und einer Flasche Wodka zog sich Hagen in sein kleines Zimmer hinter dem Laden zurück. Während seine Besucher nur ein wenig am Schnapsglas nippten, goss sich Hagen eins nach dem andern ein. Nur mühsam hielt sich ein Gespräch in Gang.

Schließlich beendete Horst das ungemütliche Beisammensein: »Ich glaube, Hagen, wir gehen lieber, ehe du ganz blau bist. Besser, du kommst uns besuchen.«

Schwankend erhob sich Hagen: »Hast recht, aber erst, wenn Monika weg ist. Dann trennten sie sich.

Als Günter sich von Monika verabschiedete, stellte er mit einem Blick auf die große Uhr an der S-Bahn fest, dass eigentlich noch genügend Zeit war, um Hagen einen Besuch abzustatten, bevor er wieder nach Birkenwalde fuhr. Also stieg er am Gesundbrunnen aus der S-Bahn und ging die Brunnenstraße hinunter bis zur Bernauer Straße. Da es hier viele Süßwarenläden gab, die alle ähnlich aussahen, dauerte es eine Weile, bis er das Geschäft von Herrn Schulze gefunden hatte.

Günter spürte, wie sein Herz schlug angesichts der bevorstehenden Konfrontation mit seinem alten Freund und Gegner. Der sollte ihn kennenlernen. Diesmal würde er sich nicht von ihm bequatschen lassen.

Hagen stand hinter dem Ladentisch und verkaufte routinert seine Waren. Noch während er das Geld eines Kunden in die Ladenkasse legte, fragte er schon den nächsten: »Bitte schön, womit kann ich dienen?«

Als Günter an der Reihe war, sagte er: »Ich hätte gern von den Bonbons, die wie rosa-weiße Kissen aussehen.«

»Sie meinen die ›Lebenswecker‹. Wieviele denn?«

Jetzt erst hob Hagen den Kopf und sah dem neuen Kunden in die Augen. Nach einem kurzen Moment der Überraschung vermischt mit unverhohlener Abneigung verzog sich sein Gesicht zu einem breiten Grinsen:

»Mensch, Günter, du hier? Da freue ich mich! Wirklich! Mann, wir haben so vieles zu erzählen! Hast du ein bisschen Zeit?«

»Klar, für dich immer.« Günter bemühte sich gar nicht, einen feindseligen Ton zu unterdrücken. »Du weißt, warum ich hier bin.«

»Natürlich, natürlich«, beeilte sich Hagen zuzustimmen. Schnell überlegte er. »Im Moment kann ich hier nicht weg, aber in einer halben Stunde kommt mein Chef wieder. Dann mache ich eine Pause. Vielleicht wartest du solange und siehst dich hier in der Gegend ein bisschen um.«

»Abgemacht. Bis dann.«

Aber Hagen rief ihm hinterher: »Halt, deine Lebenswecker. Probier auch noch diesen Kaugummi, eine ganz neue Sorte aus Amerika.« Günter zog sein Portomonnaie, aber Hagen winkte ab: »Lass dein Geld stecken. Geht aufs Haus!«

Als sie später in Hagens Zimmer zusammensaßen, ließ dieser Günter gar nicht zu Worte kommen: »Wahrscheinlich warst du sauer wegen des Geldes, aber was sollte ich machen? Es ging alles so schnell, ich hatte gar keine Gelegenheit, es dir zu geben. Aber natürlich bekommst du deinen Teil. Du glaubst doch nicht, dass ich dich betrügen wollte?«

Günter war wütend. Das Gespräch nahm nicht den erwünschten Verlauf, denn wieder bestimmte Hagen in seinen Angeber-Jeans alles.

Jetzt wurde sein Ton auch noch herablassend: »Du bekommst selbstverständlich deinen Anteil. Allerdings nicht sofort, falls du das dachtest. Ich habe das meiste an einer anderen Stelle in einem sicheren Versteck aufbewahrt. Hier würde es nur geklaut werden.«

Günter verzog keine Mine. Notgedrungen musste er Hagens Umsicht anerkennen.

»Ich schlage vor, ich bringe deinen Anteil hierher, und wir verabreden einen Termin, an dem du das Geld abholst. Vorläufig kann ich dir eine Anzahlung machen, sagen wir von 100 DM? Soviel hätte ich da. Einverstanden?«

Günter stand auf. »Gib mir hundert und den Rest in einer Woche.«

»Okay«, meinte Hagen lässig, wie die Gangster neulich im Film mit Humphrey Borgart. Während er ein paar Scheine aus seinem Portomonnaie nahm, fragte er Günter – und in seiner Stimme lag ehrliches Interesse –: »Wie geht es dir eigentlich? Bist du auch geflohen?«

Günter war schon an der Tür.

»Nein«, sagte er nur, »Wiedersehen.«

Warum sollte er von seinem Studienplatz an der Humboldt-Universitär erzählen, dachte Günter. Er hatte mit diesem Großmaul nichts mehr gemeinsam.

Immer noch derselbe Waschlappen, dachte Hagen und ging wieder in den Laden. —

Peter Brandner saß mit einer Zigarette im Mundwinkel in seiner Wohnung am Schreibtisch und arbeitete an einem Artikel für das Magazin »Der Spiegel«. Vor ihm stand neben einer leeren Bierflasche ein Glas Leitungswasser, aus dem er ab und zu einen Schluck nahm. Als er die Zigarette ausdrücken wollte, quoll der Aschenbecher über vor Stummeln, so dass er notgedrungen aufstehen musste, um ihn zu leeren. In der Küche fiel sein Blick auf die große Kanne kalten Tees, die Karin gestern bei ihrem Besuch mitgebracht hatte. Rührend, aber völlig überflüssig, dass sie die schwere Kanne den ganzen Weg geschleppt hatte, um ihm eine Freude zu machen, dachte Brandner. Dennoch ergriff er den Topf und nahm ihn mit ins Zimmer. Besser als das langweilige Wasser.

Er setzte sich wieder an die Schreibmaschine, ein altes Vorkriegsmodell, und schrieb einen Satz. Aber unzufrieden strich er ihn wieder durch.

Ärgerlich stand er auf und ging zum Sessel hinüber. Brandner machte sich nichts vor. Die Ursache seiner mangelhaften Konzentrationfähigkeit bestand in diesem Fräulein Hilpert, mit dem er gestern spazieren gegangen war.

Mit einem bewährten Trick hatte er ihre Bekanntschaft erneuert. Er wartete in der Nähe ihres Hauses und als sie herauskam, stieß er mit ihr wie aus Versehen im Vorübergehen zusammen, augenscheinlich in ein interessantes Buch vertieft. Sich charmant entschuldigen, ihr sein Buch über das Charlottenburger Schloss zeigen und einen gemeinsamen Spaziergang dorthin vorschlagen, war eins. Allerdings kostete es Peter einige Anstrengung, sie dazu zu überreden, und die wiederholte Beteuerung, dass ihn mit Karin nur eine oberflächliche Bekanntschaft verband. Erst nach längerem Zögern stimmte Fräulein Hilpert einer Verabredung zu.

Dennoch entsprach diese Begegnung nicht ganz seinen Erwartungen. Fräulein Hilpert war so anders als andere Frauen, kühl, fast uninteressiert an ihm. Obwohl sie sich gestern im Schlosspark geküsst hatten, bestand sie weiterhin auf dem »Sie«. Sie hatte ihm nicht einmal ihren Vornamen genannt und wünschte auch keine neue Verabredung, sondern wollte ein Treffen dem Zufall überlassen. Brandner dachte unruhig, dass er diese Frau begehrte, wie kaum eine andere. Mein Gott, überlegte er weiter und zündete sich eine neue Zigarette an, wenn er Fräulein Hilpert mit Karin verglich. Wie leicht war diese zu haben gewesen. Ihre grenzenlose Liebe und Ergebenheit schmeichelte ihm anfangs, aber er wurde ihrer schnell überdrüssig. Jetzt besonders, weil die Freundschaft zwischen Karin und Fräulein Hilpert ihn zu Versteckspielen zwang. Er musste Karin möglichst bald klar machen, dass ihre Beziehung zu Ende war.

Dann gingen seine Gedanken zu Klaus Wienke aus Baruth und er lächelte vor sich hin. Das war ein wirklicher Lichtblick des gestrigen Tages gewesen. Wie froh war er, dass er ihn neulich im Zelt der Kirche vor dem Spitzel gewarnt hatte. Hinterher trafen sie sich zufällig noch einmal und machten einen Spaziergang durch den Park. Brandner erkannte schnell Klaus' Unzufriedenheit mit dem sozialistischen System in seinem Land und versprach ihm, den Kontakt zum Untersuchungsausschuss der »Freiheitlichen Juristen« herzustellen. Erfreulicherweise zeigte Klaus dort einen ausgeprägten Kooperationswillen und beantwortete die an ihn gestellten Fragen fundiert und umfassend. Der junge Mann schien sehr vertrauenswürdig zu sein, dennoch war er selbst vorsichtig geblieben und hatte ihm weder seinen richtigen Namen noch seine Adresse genannt.

Für ihn persönlich bedeutete die neue Freundschaft auch eine Bereicherung, da Klaus im Osten wohnte und ihm Bücher besorgen konnte. So hatte dieser ihm versprochen, bei seinem nächsten Besuch ein gerade ins Deutsche übersetztes Lehrbuch über politische Ökonomie mitzubringen, das von der Moskauer Akademie für Wissenschaften herausgegeben und im Westen schwierig zu beschaffen war. Brandner hatte vor, den Band in der westdeutschen Zeitschrift »SBZ-Archiv« zu besprechen. —

Elise erwachte früh. Der Wecker, der neben ihrem Bett auf einem kleinen Tischchen laut tickte, zeigte noch nicht einmal sieben Uhr, also konnte sie noch eine kurze Zeit liegenbleiben. Ihr Dienst bei den Steinhausens, der sich wie erwartet unproblematisch gestaltete, begann erst um neun Uhr.

Jeden Morgen freute sich Hildegard erneut über ihr Kommen und begrüßte sie wie eine große Schwester. Erst nach einem kleinen Plauderstündchen konnte Elise mit ihren Aufgaben beginnen, die sie nach eigenem Gutdünken einteilte und erledigte. Gegen drei Uhr am Nachmittag, wenn Elise das Essen für den Abend vorbereitet hatte, verabschiedete sie sich gewöhnlich. Den schwer arbeitenden Hausherrn sah sie zu ihrer Erleichterung selten.

Seit Elise den Plan gefasst hatte, mit den Fotos Steinhausen zu erpressen – längst hatte sie auf die euphemistische Umschreibung »verkaufen« verzichtet – konnte sie Hildegard nicht mehr so unbefangen gegenübertreten, wie sie gerne wollte. Diese war so arglos, so stolz auf ihren Mann und freute sich so sehr auf ihr Kind. Elise seufzte, wenn sie daran dachte, dass sie selbst eine Verräterin war und dieses kindliche Vertrauen enttäuschen würde. Denn auch wenn Steinhausen die Erpressung vor seiner Frau geheimhalten und das Geld bezahlen würde, wäre Elises Anstellung im Haus beendet, wahrscheinlich sogar ohne Erklärung und Abschied von Hildegard. Es gab nur einen tröstenden Gedanken: Elise konnte selbst entscheiden, wann sie Steinhausen mit den Bildern konfrontierte. Unter den gegebenen Umständen wollte sie zunächst lieber abwarten.

Es gab für Elise einen weiteren Grund, Berlin noch nicht zu verlassen. Es war der Mann, mit dem sie neulich im Schlosspark spazieren gegangen war. Wieder seufzte sie. Gegen ihren Willen hatte er einen Eindruck bei ihr hinterlassen wie kein anderer Mann in den vergangenen Jahren. Elise hatte das Thema Männer in ihrem Leben für abgeschlossen gehalten und war froh darüber gewesen. Jetzt spürte sie, wie durch diesen Peter Brandner der Panzer Risse bekam, der sich um ihre Gefühle gelegt hatte.

Aber das kläre ich später, dachte sie. Heute gab es eine wichtigere Aufgabe für sie. Sie musste das Geld auf dem Dachboden sicherstellen, ehe dieser Hagen es sich holte. Da sie aber ihre mangelhafte handwerkliche Begabung kannte, war sie nicht sicher, ob ihr der Einbruch gelingen würde.

Elise hatte Hildegard informiert, dass sie heute wegen eines Arzttermins später kommen würde, auf ihren erschrockenen Blick hin aber beruhigend hinzugefügt: »Nichts Schlimmes. Nur eine Routineuntersuchung.«

In ihre Einkaufstasche hatte sie aus Frau Blanks schlecht ausgestattetem Werkzeugkasten einen Schraubenzieher, eine Kneifzange und eine kleine Säge eingepackt. Mit klopfendem Herzen stieg sie dann die Treppe des Hinterhauses in der Herbartstraße hoch. An jedem Absatz lauschte sie an den Wohnungstüren, hörte manchmal entfernte Stimmen, manchmal gar nichts. Im vierten Stock an der Wohnungstür von Dinkelbachs klingelte Elise und wartete unruhig. Karin arbeitete vormittags im Gemeindebüro, aber sie musste prüfen, ob Horst zu Hause war. Elise klingelte ein zweitesmal, aber niemand rührte sich. Die gegenüberliegende Wohnung stand leer, wie sie wusste. Der Mieter, ein alter Mann, lebte zur Zeit bei seiner Tochter in der Lüneburger Heide.

Nun stieg Elise leise die letzte Treppe zum Dachboden hinauf.

Auf der linken Seite der Tür standen die Verschläge nebeneinander. Es waren sieben, jeder knapp zwei Quadratmeter groß, schätzte sie. Elise schaute sich die Holzlatten genauer an. Die vier hinteren Verschläge schienen älter zu sein und bestanden aus dicken schweren Brettern. Die neueren an der Tür, zu denen Hagens Verschlag gehörte, waren dagegen lockerer gebaut aus bedeutend schmaleren Holzlatten.

Die Latten müssten sich zersägen lassen, dachte Elise hoffnungsvoll. Aber nachdem sie ein Weilchen eine Holzlatte mit der Säge bearbeitet hatte, hielt sie inne. Das Geräusch war zu laut und sie kam viel zu langsam voran. Auch mit dem Schraubenzieher und der Kneifzange konnte sie nichts ausrichten. Sie wollte schon verzweifeln, da fiel ihr Blick auf eine Eisenstange, die in der Ecke lag. Nun versuchte sie es mit dieser, bot ihre ganze Kraft auf, stemmte, drückte und riss und tatsächlich zerbrach plötzlich mit einem Ruck eine Holzlatte. Geschafft, jubelte Elise unhörbar, beugte sich weit vor und angelte nach dem Rucksack. Aber sie erreichte ihn erst, als sie wieder die Eisenstange zu Hilfe nahm.

Schließlich lag der Rucksack in ihren Armen. Nur eine Sekunde genoss Elise dieses Triumphgefühl. Dann öffnete sie ihn schnell und nahm die braune Ledertasche heraus. Sie legte sie in ihre Einkaufstasche und warf den Rucksack zurück in den Verschlag.

Eigentlich hatte sie vorgehabt, zur Tarnung noch andere Verschläge aufzubrechen. Aber jetzt nahm sie davon Abstand. Nur schnell weg hier. Der Verdacht würde nicht auf sie fallen.

Sie zog den Reißverschluss ihrer Einkaufstasche zu und trat vorsichtig den Rückweg durch das Treppenhaus an. Wiederum begegnete sie keinem Menschen.

Als sie aus dem Haus trat, fiel ein leiser Nieselregen vom Himmel, aber Elise bemerkte ihn nicht. Rasch ging sie die Herbartstraße am Park entlang nach Hause. Sie beeilte sich, Hildegard sollte nicht unnötig auf sie warten. Bis jetzt war höchstens eine halbe Stunde vergangen.

Als sie an der Kirche gerade vorbeikommen war, verdunkelte sich der Himmel über ihrem Kopf durch einen schwarzen Regenschirm und eine bekannte Stimme erklang hinter ihr: »Guten Tag, Fräulein Hilpert, darf ich Ihnen meinen Schirm anbieten? Sie sind schon ganz nass!«

Elise drehte sich im Gehen um und schaute Peter Brandner in die Augen.

»Danke, das ist nicht nötig«, antwortete sie.

Aber er ließ sich nicht abweisen und ging neben ihr her.

»Sie haben neulich gesagt, Sie überlassen ein erneutes Treffen dem Zufall. Sehen Sie, jetzt ist er da.«

Elise lachte kurz auf: »Wahrscheinlich haben Sie mir aufgelauert.«

»Wo denken Sie hin?«, wies Brandner den Gedanken gespielt empört zurück. »Ich hatte im Gemeindebüro zu tun.«

»Also gut, Sie dürfen mich begleiten«, gestattete Elise gnädig.

»Sie können sich gern bei mir einhaken, es geht sich so besser unter dem Schirm«, bot Brandner seinen Arm an.

Auch dazu ließ sich Elise herab.

»Erlauben Sie mir, Ihre Tasche zu tragen?«

Nun war Brandner zu weit gegangen.

»Unterstehen Sie sich!«

Verwundert blickte er sie an, erst recht, als sie im selben Moment unbeherrscht zu lachen begann und ihm dann doch die Tasche hinhielt mit den Worten:

»Warum eigentlich nicht? Bitte sehr?«

Der Gedanke, dass ihr Verehrer, ohne zu ahnen, ihre Einbruchswerkzeuge und das von ihr geraubte Geld trug, brachte Elise wieder zum Lachen.

Brandner wunderte sich über das Gewicht der Tasche, aber er äußerte nichts darüber, sondern überlegte, wie er dieses unberechenbare Fräulein Hilpert zu einer weiteren Verabredung überreden konnte.

»Wie heißen Sie eigentlich mit Vornamen?« fragte er zu seiner eigenen Überraschung und erwartete eine Abfuhr.

Aber sie antwortete ohne zu zögern: »Elise.«

Inzwischen waren sie an ihrem Hauseingang in der Friedbergstraße angekommen.

»Elise, ich muss Sie wiedersehen.« Brandner sah sie eindringlich an. »Wir treffen uns übermorgen um 18 Uhr wieder am Schlossparkeingang. Einverstanden?«

Wieder reagierte sie ganz unkompliziert. Mit einem: »Wie Sie meinen!«, nahm sie ihre Tasche und war in der nächsten Sekunde verschwunden.

Als Elise die Zimmertür hinter sich abgeschlossen hatte, warf sie sich mit einem lautlosen Juchzer aufs Bett. Sie fühlte sich wie berauscht, fröhlich und optimistisch wie lange nicht mehr. Sie hatte ihr Geld in Sicherheit gebracht, niemand ahnte davon oder würde bei ihr danach suchen. Und sie hatte einen Mann kennengelernt, dessen nähere Bekanntschaft zu machen sich lohnte.

Peter Brandner hatte Elise hinterher geblickt. Diese Frau war ihm ein Rätsel. Aber er war zufrieden, dass sie ihn wiedersehen wollte.

Morgen war er mit Karin verabredet, da würde er endgültig Schluss machen. Seine bisherigen zaghaften Rückzugsversuche schien sie überhaupt nicht wahrzunehmen, sondern sie überschüttete ihn weiterhin mit ihrer Liebe und kleinen Aufmerksamkeiten. Vorhin im Büro musste er sie küssen, und sie wollte ihm unbedingt ein Glas selbstgemachter Kirschmarmelade aufdrängen. Erst als er ihr grob zu verstehen gab, dass er keine Marmelade esse, packte Karin sie wieder weg. Genauso deutlich würde er ihr morgen die Trennung mitteilen. —

Auf ihren Matratzen sitzend verspeisten Monika und Helene ihre üblichen Abendbrotstullen, belegt mit zwei Scheiben Salami und einer Ecke Streichkäse und tranken dazu einen Becher Hagebuttentee. Heute gab es zusätzlich einen Apfel.

Die einzelnen Lagerstätten in der großen Messehalle waren im Laufe der Zeit reduziert worden, die Matratzen von ausgeflogenen Flüchtlingen wurden nicht mehr neu belegt, sondern weggeschafft. Bis zum September mussten die Hallen geräumt sein wegen der Eröffnung der Industrieausstellung am Funkturm. Für die Verbliebenen bedeutete das ein angenehmeres Leben wegen des größeren Platzes, der ihnen zur Verfügung stand.

Obwohl Mutter und Tochter seit fast vier Wochen im Flüchtlingslager lebten, waren sie beide guten Mutes. Nicht nur Monika wegen ihrer Freundschaft mit Horst, sondern auch Helene, die ihr anfängliches Tief überwunden hatte und nun voller Hoffnung einem baldigen Abflug aus Berlin entgegensah. Sie hatten alle Befragungen hinter sich gebracht und mussten jetzt eine unbestimmte Zeit warten, bis ihre Angaben auf ihren Wahrheitsgehalt geprüft waren. Dann kam der aufregendste Teil des Notaufnahmeverfahrens. Sie würden vor den Aufnahmeausschuss geladen, wo ihnen ihre Anerkennung als politische Flüchtlinge mit allen dazugehörigen Vergünstigungen mitgeteilt würde. Mit einer Ablehnung rechneten Monika und Helene nicht, obwohl regelmäßig nicht anerkannte Flüchtlinge in das Lager zurückkamen, die mit wütenden oder verständnislosen Gesichtern sich über die in ihren Augen falsche Entscheidung des Aufnahmeausschusses beschwerten.

»Wenn wir anerkannt sind, können wir Bitten aussprechen, in welches Bundesland wir ausgeflogen werden wollen«, sagte Helene zwischen zwei Bissen. »Was sollen wir uns denn wünschen?«

»Keine Ahnung. Schade, dass wir keine Verwandten im Westen haben. Dann wäre die Entscheidung leichter.« Monika hatte keine genaue Vorstellung von dem anderen Teil Deutschlands.

»Vielleicht nicht soweit weg, nach Niedersachsen oder Hessen, was meinst du? Eins ist jedenfalls klar. Wir ziehen dorthin, wo ich Arbeit bekomme. Als Krankenschwester werde ich hoffentlich überall etwas finden, und du machst dann dein Abitur nach.«

»Meinst du, das geht?«

»Versuchen werden wir es auf jeden Fall. Ach, Moni, ich freue mich so!«

Aber Monika dachte an die Trennung von Horst und ihr Blick verdüsterte sich: »Hoffentlich müssen wir nicht so bald weg.«

»Horst kann uns später mal besuchen«, versuchte Helene ihre Tochter zu trösten. »Komm, wir machen einen Abendspaziergang durch den Funkturmgarten«, schlug sie vor, »es ist erst sieben Uhr.«

»Funkturmgarten ist langweilig«, Monika hatte eine bessere Idee. »Wir fahren zum Kudamm und gehen dort spazieren. Warte, ich ziehe mir schnell meinen anderen Rock an.«

Helene lachte und stellte die beiden Teller und Becher zusammen, um sie vorher abzuspülen: »Du meinst also, wir sollen unser bisschen Geld für die U-Bahn verplempern.«

Aber auch sie zog sich ihr gutes Kleid an und wenig später bummelten Mutter und Tochter eingehakt über den Kurfürstendamm. Helene überkam wie sooft ein Dankbarkeitsgefühl für ihr neues Leben nach der Flucht, trotz aller augenblicklichen Einschränkungen. Wie genoss sie es, an diesem warmen Sommerabend mit ihrer Tochter hier zu flanieren und sich im Strom der andern Spaziergänger treiben zu lassen. Ab und zu blieben sie stehen, um die Auslagen in den Geschäften zu betrachten oder vor den großen Kinos Plakate und Bilder aus neuen Filmen anzusehen.

Glücklich drückte Helene Monikas Arm: »Ich bin so froh, dass wir den Sprung in die Freiheit gewagt haben.«

Monika lachte: »Du wirst ja richtig poetisch.«

Vor dem Café Kranzler an der Ecke Joachimsthaler Straße blieben sie stehen. Einladend standen kleine Tische und Stühle auf dem Bürgersteig.

»Guck mal, Mutti. Da wird gerade ein Tisch frei. Los, wir nehmen den. Ein Glas Brause können wir uns leisten.« Entschlossen ging Monika los, bevor jemand anderes ihr den begehrten Platz wegschnappen konnte und Helene folgte zögernd.

Gerade als sie sich setzen wollten, fiel Monikas Blick auf das Paar am Nachbartisch.

»Lass mich da sitzen«, bat Monika leise ihre Mutter und schob sie auf den anderen Stuhl, so dass sie selbst mit dem Rücken zum Nachbartisch saß.

»Warum denn?« wunderte sich Helene.

Erst als die Getränke vor ihnen standen, Helene hatte sich ein Glas Rotwein spendiert, antwortete Monika:

»Die Frau kenne ich nicht, aber den Mann. Das ist der Freund von Frau Dinkelbach. Ich habe ihn einmal getroffen mit Horst«, erklärte Monika.

»Du meine Güte«, Helene beobachtete die beiden ungeniert. »Das sieht nicht gut aus für Horsts Mutter.«

»Was machen sie denn?« fragte Monika neugierig.

»Na, was eben ein verliebtes Paar macht, Händchenhalten, Küsschengeben, Liebesworte flüstern«, zählte Helene auf und fügte halb ironisch hinzu: »Beneidenswert.«

»Das ist ein Schwein«, empörte sich Monika mit gedämpfter Stimme, »mit einer fremden Frau herumzuknutschen und die arme Karin weiß von nichts. Ich werde es Horst erzählen. Er muss seine Mutter warnen. Wie sieht denn die Frau aus?«

»Gut!« antwortete Helene sofort, »sehr gut. Hat ein schmales interessantes Gesicht. Ich kann den Mann verstehen. Er dreht sich übrigens jetzt nach der Kellnerin um. Sie wollen gehen.«

Und so, wie die beiden aussehen, sofort ins Bett, vollendete sie für sich den Satz und seufzte. —

Helenes Vermutungen trafen ins Schwarze. Es war die dritte Nacht, die Elise in der Seelingstraße bei Peter Brandner verbrachte. Sie war noch wach, während Peter bereits neben ihr mit einem leisen rhythmischen Schnarchen fest schlief. Es störte sie nicht. Sie war glücklich, nie hätte sie gedacht, wie leicht und ohne quälende Erinnerungen sie einen Mann lieben konnte nach ihren schrecklichen Erlebnissen am Kriegsende. Ihre anfängliche Gehemmtheit, ihr innerer Widerstand schmolz unter Peters zärtlichen Gesten dahin. Er war ein routinierter Liebhaber, der Erfahrungen mit Frauen hatte, das spürte sie, aber sie war ihm dankbar dafür. Sie lächelte in der Dunkelheit. Der Gedanke an Karin ließ sie wieder ernst werden. Sie hatte Mitleid mit der Freundin und fühlte sich ihr gegenüber schuldig, trotz Peters Versicherung, dass seine Liebe zu Karin längst erloschen war, bevor sie sich kennenlernten.

Es war stickig in dem kleinen Zimmer. Elise löste vorsichtig Peters Arm, den er im Schlaf um sie geschlungen hatte, und stand auf. Nackt lief sie zum Fenster, das zum Hinterhof hinaus führte, und öffnete es. Die Wohnung lag im Hinterhaus im vierten Stock. Wenn sie sich hinauslehnte, konnte sie ein Stück vom Himmel sehen. Sie schien allein auf der Welt. Alle Fenster waren schwarz, nur hinter einem brannte Licht. Ein Mann saß in der Küche über einen Teller gebeugt und schaufelte Suppe in sich hinein.

Elise kehrte ins Bett zurück und legte sich dicht neben Peter. Was mag das gute Fräulein Blank denken, wenn ich nachts nicht mehr nach Hause komme, überlegte sie belustigt. Ich werde sagen, dass ich bei meiner kranken Kusine in Tempelhof übernachte, die ich pflegen muss, war Elises letzter Gedanke, dann war auch sie eingeschlafen.

Als Peter am nächsten Morgen gegen halb acht erwachte, war das Bett neben ihm leer. Auf dem Kopfkissen lag ein Zettel mit einem Gruß von Elise, die in aller Frühe aufgestanden war, um zuerst nach Hause zu gehen und dann pünktlich um neun Uhr ihren Dienst bei Hildegard von Steinhausen anzutreten.

Sie war mit Peter überein gekommen, ihre Liason geheimzuhalten. Sie würden sich weiter in seiner Wohnung treffen, aber ansonsten in ihrer unmittelbaren Umgebung ihre nahe Beziehung nicht erkennen lassen. Allerdings verlangte Elise nachdrücklich, dass Peter Karin reinen Wein einschenkte und sein Verhältnis mit ihr beendete.

Trotz guter Vorsätze war ihm dies bisher nicht gelungen. Peter traf sich mit ihr seltener und schob dafür berufliche Gründe vor, aber Karin sah hierin kein Anzeichen eines nachlassenden Interesses. Im Gegenteil, sie zeigte volles Verständnis und wartete, bis er Zeit für eine Verabredung hatte.

Mit einer Zigarette im Mund schlurfte Peter in die Küche und setzte Kaffeewasser auf. Elise war eine außergewöhnliche Geliebte, dachte er, ganz anders als die vielen Frauen, die er kannte, zurückhaltender, und trotzdem viel sinnlicher.

Dann gingen seine Gedanken zu dem Landei Klaus. Seit dem gemeinsamen Besuch bei den ›Freiheitlichen Juristen‹ hatte Peter nichts mehr von ihm gehört, obwohl er sich regelmäßig im Diakoniezelt nach einer Nachricht für »Walter« erkundigt hatte.

Mit der Kaffeetasse in der Hand setzte er sich an die Schreibmaschine und schrieb weiter an seinem Artikel »Oppositionelle in der SBZ« für den »Rheinischen Merkur«. Er wusste genau, wie verhasst er sich bei dem SED-Staat mit seiner journalistischen Arbeit machte und sich dadurch in Gefahr brachte. Ohne Zweifel wusste das MfS bestens Bescheid über ihn, über seine Wohnung ohne Namensschild, seine Bekanntschaften, überhaupt über sein ganzes Leben. Obwohl er gewöhnlich vor anderen mit einem leichten Lachen über diese Tatsache hinwegging, wie neulich vor Karin, begleitete ihn täglich die Angst vor einem Anschlag oder einer Entführung. Er hatte sich bestimmte, auf Außenstehende skurill wirkende Verhaltensweisen angewöhnt, war zum Beispiel in Gesellschaft zum Weintrinker geworden und verzichtete schweren Herzens auf Bier, Whisky und Kognak. Diese »Stasi-Getränke« eigneten sich besonders gut zum Auflösen von Betäubungsmitteln, da sie sich nicht verfärbten oder ihren Geschmack veränderten. Auch hatte Peter sich angewöhnt, auf dem linken Bürgersteig der Straße zu gehen aus Furcht vor einer Entführung aus einem vorbeifahrenden Auto. Aber der wirksamste Schutz, dachte er, waren seine zuverlässigen Freunde, mit denen er zusammenarbeitete. Niemand von denen war ein Handlanger des SSD oder würde ihn verraten. —

Die Tage vergingen, längst waren die Sommerferien vorüber. Für Horst begann das letzte Jahr seiner Schulzeit. Obwohl er wusste, dass es besondere Anstrengungen von ihm forderte, war er zu diesem Zeitpunkt außerstande, sich auf die Schule zu konzentrieren, denn die Trennung von Monika stand unmittelbar bevor.

In ihrem Notaufnahmeverfahren hatte es aus verschiedenen Gründen mehrfache Verzögerungen gegeben, die von beiden dankbar begrüßt und genutzt wurden. Aber jetzt hieß es Abschiednehmen. Der Aufnahmeausschusss hatte Helene und Monika Beyer als Flüchtlinge anerkannt. Bei der Ländereinweisung wurde ihr Wunsch berücksichtigt, nach Niedersachsen ausgeflogen zu werden in die Nähe von Bad Pyrmont, wo Helene sich günstige Bedingungen für eine Anstellung als Krankenschwester erhoffte. In der Transportabteilung erhielten sie das Datum für ihren Abflug.

Dann war es soweit. In der Messehalle, die in den vergangenen Wochen ihnen zur Heimat geworden war, packten Monika und Helene ihre Sachen zusammen, verabschiedeten sich von den Helferinnen der Inneren Mission und erhielten von ihnen die letzte Gabe des West-Berliner Senats, ein Päckchen Wegzehrung. Dann fuhren sie, von Horst begleitet, mit der U-Bahn zum Flughafen Tempelhof.

Schweigend standen die drei im Lärm und Gewimmel aufgeregter Menschen in der Flughafenhalle. Horst hatte seinen Arm um Monikas Schultern gelegt, als wollte er sie nie mehr loslassen. Als die Lautsprecherdurchsage kam: »Alle Passagiere des Sonderflugs der Pan AM nach Hannover bitte zum Ausgang C«, konnte sich Monika nicht mehr beherrschen. Sie begann bitterlich zu weinen und klammerte sich an Horst. Dieser umschlang sie noch einmal zum Abschied und küsste sie. »Wir sehen uns wieder«, flüsterte er und strich über Monikas tränennasses Gesicht. »Ganz bestimmt«, fügte er beschwörend hinzu.

»Ich schreibe dir gleich«, schluchzte Monika.

»Komm, Moni«, Helene zog sanft ihre Tochter von Horst weg, »wir müssen gehen. Danke für alles, Horst.« Auch ihr standen die Tränen in den Augen.

Horst sah ihnen nach, bis sie durch den Ausgang C verschwunden waren. Niedergeschlagen machte er sich auf den Heimweg.

Zu Hause angekommen, stellte er überrascht fest, dass die Wohnungstür nicht abgeschlossen war. Seine Mutter schien bereits von ihrer Arbeit zurückgekommen zu sein. Neugierig betrat Horst das Wohnzimmer.

»Was ist passiert?« entfuhr es ihm bei Karins Anblick, die mit zerwühltem Haar und rotgeweinten Augen zusammengesunken auf dem Sofa saß, in der Hand ein zerknülltes, nasses Taschentuch. In einer Mischung aus Mitleid und Ärger betrachtete er sie. Er konnte sich die Ursache für den Zusammenbruch denken. Sicher hat ihr Verehrer sie sitzenlassen. Nur einmal, nach der Trennung von seinem Vater, hatte er seine Mutter so haltlos weinen sehen.

Horst setzte sich neben sie und legte den Arm um ihre Schulter: »Sei froh, dass du ihn los bist!«

Es sollte tröstend klingen, aber Karin, verletzt und wütend, riss sich los und verließ wortlos die Wohnung. Kopfschüttelnd lehnte sich Horst zurück und schloss die Augen. Er hatte eigene Sorgen.

Im Haus der Familie von Steinhausen beendete Elise gerade ihren Dienst.

»Ich bin fertig. Ich gehe. Auf Wiedersehen bis morgen«, rief sie durch die offene Wohnzimmertür und winkte Hildegard zu, die auf dem Sofa lag und in der Illustrierten »Quick« den neusten Klatsch aus der Filmwelt las.

Als Elise die Haustür öffnete, hielt sie überrascht inne. Beinahe wäre sie mit Karin zusammengestoßen. Erschrocken blickte Elise in ihr verweintes Gesicht. Peter hat mit ihr Schluss gemacht, schoss es ihr durch den Kopf, und nun sucht sie Trost, ausgerechnet bei mir.

Um Zeit zu gewinnen, fragte sie: »Wollten Sie zu Hildegard? Sie ist zu Hause, liegt auf dem Sofa.«

Doch Karin schüttelte nur den Kopf. »Ich muss mit Ihnen sprechen«, brachte sie hervor, dann begann sie wieder zu weinen.

»Was ist denn los?«

Aber Karin antwortete nicht, schluchzte nur mit gesenktem Kopf.

Entschlossen, die peinliche Situation schnell hinter sich zu bringen, packte Elise Karins Arm und zog sie mit sich: »Kommen Sie. Wir machen einen Spaziergang durch den Park und Sie erzählen alles.«

Dann ließ sie sich von Karin ihre Liebestragödie schildern: Ihr Freund Peter Brandner hatte sie vorhin im Gemeindebüro besucht, um ihr das definitive Ende ihrer Beziehung zu erklären. Er hatte sie verlassen und – schlimmer noch – bereits eine neue Affäre.

»Er liebt eine andere!« Karin schrie unter Tränen so laut, dass sich eine Frau neugierig umdrehte. »Wahrscheinlich bildet er sich das nur ein. Er liebt keine so wie mich, das weiß ich. Die hat sich an ihn rangeschmissen. Er konnte gar nichts dagegen tun, er ist viel zu gutmütig. Wenn ich die in die Finger kriege. Ich .., ich…«, Karin suchte nach Worten. »Ich bringe sie um«, schloss sie finster.

Elise reichte Karin ein Taschentuch: »Beruhigen Sie sich und hören Sie auf zu weinen. Bei den Männern ist es immer so, man kann sich nicht auf sie verlassen.«

»Sie haben keine Ahnung.« Karin warf ihr einen aggressiven Blick zu. »Wahrscheinlich kennen Sie gar nicht die große Liebe. Aber ich habe sie kennengelernt, mit Peter«, fügte sie trotzig hinzu.

Elise erwiderte grob: »Die große Liebe gibt es nur in kitschigen Liebesromanen, die mit der Wirklichkeit nichts zu tun haben.«

Aber Karin nahm ihre Worte kaum wahr.

»Ich werde herausfinden, wer diese andere Frau ist.« Ihre Stimmung war umgeschlagen. Nicht mehr heulen, kämpfen würde sie um den Mann, den sie liebte. »Ich warte vor seinem Haus, bis ich sie hinein- oder herausgehen sehe.«

Elise wurde ungeduldig angesichts Karins Sturheit, sich nicht mit den Tatsachen abfinden zu wollen. »Was haben Sie denn davon, wenn Sie wissen, wer sie ist?«

»Ich stelle sie zur Rede.«

»Und dann?«

Karin schwieg.

»Na, sehen Sie. Lassen Sie die Sache auf sich beruhen. Es gibt genug Männer auf der Welt.«

Mit einem Seufzer antwortete Karin: »Ich sehe das anders.« Aber sie lächelte: »Danke, dass Sie mir zugehört haben.«

Entschlossen wischte sie sich die letzten Tränen aus den Augen und schneuzte sich: »Wie sehe ich aus? Schlimm?«

»Nicht besonders.« Elise atmete auf, weil das Melodram beendet schien.

»Ich muss jetzt ins Gemeindebüro«, erklärte Karin. »Pfarrer Molnar, Schwester Berta und ich, wir haben eine Besprechung, wegen des Tanzabends, den wir zum Erntedankfest in zwei Wochen planen. Haben Sie nicht auch Lust, bei der Vorbereitung zu helfen?«

Elise winkte ab: »Nein, ich habe genug zu tun.«

»Aber Sie kommen doch?«

»Vielleicht, ich weiß noch nicht«, meinte sie unverbindlich.

Je mehr Zeit verging, in der er auf eine Nachricht von Klaus wartete, desto unruhiger wurde Peter. Hatte er ihn in Gefahr gebracht durch den Besuch bei den ›Freiheitlichen Juristen‹? Waren sie beobachtet worden von MfS-Agenten? Haben sie ihn womöglich festgenommen, verhört, eingebuchtet? Der nette Dorfjunge ging ihm nicht mehr aus dem Sinn. Peter machte sich Vorwürfe über sein leichtsinniges Verhalten ihm gegenüber. Er war froh, dass heute abend Elise ihn wieder besuchen würde. Sie war die ideale Partnerin, nicht nur im Bett. Mit Elise konnte er alles besprechen. Sie war klug und besonnen, und kannte die Verhältnisse in der Ostzone fast ebenso so gut wie er selbst. Vielleicht fand Elise eine harmlose Erklärung für Klaus' Schweigen.

Es klingelte. Peter schaute auf die Uhr, halb zwölf, wer konnte das sein? Unangemeldete Besucher erweckten immer sein Misstrauen. Vorsichtig öffnete er die Tür.

»Karin!« rief er entgeistert, als er die Besucherin sah. Am liebsten hätte er die Tür wieder zugeschlagen.

»Ich muss mit dir reden, Peter. Lass mich 'rein. Bitte!« erklang Karins flehentliche Stimme. Sie hatte sich herausgeputzt, stellte er widerwillig fest, das hellgelbe Kleid angezogen, über das er dummerweise einmal eine lobende Bemerkung gemacht hatte, und sich stark geschminkt und gepudert.

Schicksalsergeben ließ er sie in die Wohnung, allerdings nur in den Flur. Er würde im Stehen das Nötigste mit ihr besprechen.

»Peter, ich weiß, dass du mich liebst«, begann Karin. »Wir gehören zusammen.« Beschwörend blickte sie ihm in die Augen und wollte ihn umarmen. Aber schnell trat er einen Schritt zurück, so dass Karin mit einer lächerlichen Geste in die Luft griff.

Er fuhr sie an: »Es ist aus! Versteh das endlich. Wie oft soll ich dir das sagen! Ich habe eine andere Frau kennengelernt, die mir besser gefällt als du. Und wenn du es genau wissen willst: Es ist Elise, deine Freundin. So, und jetzt lass mich endlich in Ruhe.«

Wie versteinert starrte Karin ihn einen Augenblick an. »Elise? Du lügst, das glaube ich nicht.« Dann begann sie hemmungslos zu weinen.

»Und heul nicht dauernd. Da verschmiert nur deine Schminke.« Mit diesen Worten schob Peter sie hinaus ins Treppenhaus.

Schweratmend blieb er hinter der geschlossenen Wohnungstür stehen, während er dem Klang der sich entfernenden Schritten hinterherlauschte. Ekel vor sich selbst überkam ihn, über seine gehässigen Worte, sein ganzes niederträchtiges Verhalten Karin gegenüber. Aber sie hatte ihm keine Wahl gelassen. Mit freundlichen Erklärungen wäre er sie nie losgeworden. Langsam ging er in die Küche zurück.

Blind vor Tränen stolperte Karin die Treppen hinunter. Als sie auf der Straße stand, riss sie sich zusammen und wischte sich die Tränen ab. Das wird sie mir büßen, ich werde sie vernichten, war ihr einziger Gedanke auf dem Nachhauseweg. –

»Na endlich, du kommst ja so spät!« Erfreut umarmte Peter später seine Geliebte.

Bald saßen sie in der Küche und aßen zusammen Abendbrot. Elise hatte von Hildegard, die ihr häufig einiges aus ihrem gutgefüllten Kühlschrank mitgab, ein Stück Salami geschenkt bekommen, von dem sie gerade mehrere Scheiben abschnitt. Peter steuerte zur Mahlzeit frisches Brot und eine Gurke bei, die er heute auf dem Markt am Klausener Platz erstanden hatte.

Gerade wollte er von Karins unerfreulichem Auftritt erzählen, als es wieder klingelte. Fragend schauten sich beide an, dann stand Peter auf und ging zur Wohnungstür.

»Klaus, Sie sind es?« rief er überrascht, um sofort misstrauisch zu fragen: »Woher haben Sie meine Adresse?«

»Entschuldigen Sie, dass ich hier so 'reinplatze«, hörte Elise eine junge Stimme antworten. »Ihre Adresse hat mir vorhin eine nette Frau aus dem Zelt gegeben. Ich habe so lange gebettelt, bis sie mir die gesagt hat.«

Ganz klar, Karins Rache, dachte Peter, sie wusste genau, dass er seine Adresse vor Fremden geheimhielt. Aber nun war nichts mehr zu ändern. Während Peter seinen Besucher ins Arbeitszimmer führte, meinte er: »Ich war schon unruhig, dachte, Sie hätten Ärger meinetwegen bekommen. Setzen Sie sich.«

Klaus schaute sich scheu im Zimmer um, musterte die Regale, die mit Büchern vollgestopft waren, und den unordentlich mit Zeitungen und Papieren übersäten Schreibtisch. Nachdem Peter einige auf dem Sessel liegende Bücher ergriffen und auf das Sofa geworfen hatte, setzte sich Klaus ehrfürchtig hin: »So ein Arbeitszimmer habe ich noch nie gesehen. So viele Bücher!«

»Ja, es sieht schlimm aus. Aber erzählen Sie. Warum haben Sie sich solange nicht gemeldet?«

»Es gab keinen besonderen Grund. Ich habe mich nur die ganze Zeit nicht getraut, nach West-Berlin zu fahren. Erst heute wieder. Mein Besuch neulich ist in der Schule bekannt geworden; wie, weiß ich nicht. Der FDJ-Sekretär hat mich zu sich bestellt und ausgefragt. Aber ich hatte den Eindruck, er war mit meinen Antworten zufrieden. Ich muss vorsichtig sein. Ich will meinen Lehrstellenplatz nicht gefährden.«

Peter hatte bei dem Bericht mehrmals genickt: »Das muss man alles beachten. Sie haben vollkommen recht.«

»Außerdem«, fuhr Klaus fort, »habe ich das Buch für Sie immer noch nicht, aber ich soll es Anfang der Woche erhalten. Am nächsten Sonnabend könnte ich nochmal nach West-Berlin kommen und es Ihnen bringen, wahrscheinlich erst abends, so gegen neun. Aber hundertprozentig weiß ich es natürlich nicht.«

»Da würde ich mich freuen. Ich sage Ihnen, wie wir es machen: Sie schicken mir eine Postkarte, mit einem belanglosen Text, aber nicht an meine Adresse. Unterschreiben Sie mit einem Frauennamen. Von der Briefmarke reißen Sie eine kleine Ecke oben ab. Ist die rechte Ecke weg, weiß ich, Sie kommen wie verabredet. Fehlt die linke, weiß ich, es gibt Hindernisse und warte einfach, bis Sie sich wieder melden. Verstanden?«

»Klar, das ist eine gute Idee«, Klaus schaute ihn bewundernd an. »Es wird bestimmt klappen.«

Dann zeigte Peter ihm die Anschrift von Elise, die Klaus auswendig lernte, und sie verabschiedeten sich.

Wieder in die Küche an den Abendbrottisch zurückgekehrt, berichtete Peter von seinem Gespräch mit dem Jungen, auch von seiner Eigenmächtigkeit hinsichtlich Elises Adresse. Wie erwartet, nickte sie zustimmend.

Aber in einem anderen Punkt hatte sie einen Einwand:

»Warum muss es denn ausgerechnet der nächste Sonnabend sein? An dem ist ein Gemeindefest in unserer Kirche am Lietzensee, mit Tanz sogar. Ich wollte mit dir hingehen. Wir haben noch nie zusammengetanzt. Die Frage ist allerdings, wie Karin sich verhalten wird, ob sie uns eine peinliche Szene macht. Was meinst du?«

Peter sah sie an: »Karin war vorhin da. Sie weiß jetzt, dass du meine neue Freundin bist.«

»O Gott«, stöhnte Elise. »Aber einmal musste es sein. Wie hat sie reagiert?«

»Wie schon? Hat geheult. Aber jedenfalls weiß sie jetzt Bescheid. Zu dem Tanzfest gehen wir natürlich, wenn du willst, gleichgültig, wie Karin sich aufführt. Aber ich warne dich, ich bin ein schlechter Tänzer.« Peter lachte. »Wegen des Buches gehe ich eventuell zwischendurch kurz nach Hause.« —

Bereits zweimal war Günter in den Laden in der Bernauer Straße gekommen, um seinen Anteil an dem geraubten Geld von Hagen einzufordern, beide Male vergeblich.

»Ich muss hier arbeiten«, beteuerte dieser jedesmal, »ich kann nicht weg, der Schulze gibt mir keinen Urlaub. Du weißt, das Geld liegt in Charlottenburg, auf dem Dachboden bei meinem Freund Horst. Da ist es sicher eingeschlossen. Aber ich hatte keine Zeit, es zu holen.«

»Du lügst«, schrie Günter ihn bei seinem dritten Besuch an und schlug ihn mit der Faust gegen die Brust. Seine Augen funkelten vor Zorn in dem blassen Gesicht. Er ließ sich nicht länger an der Nase herumführen. »Du kannst am Sonntag hinfahren, da arbeitest du nicht.« Er wollte Hagen noch einen Stoß geben, aber der wich zurück.

»Mensch, Günter, ich betrüge dich nicht, wir sind Freunde! Sonntags schlafe ich lange, dann gehe ich mit ein paar Kumpels weg. Außerdem brauche ich unser Geld nicht. Der Schulze zahlt mir jede Woche meinen Lohn aus, da habe ich genug für Einkäufe. Selbst dafür habe ich kaum Zeit. Und meinen Anteil von unserm Geld will ich sinnvoll ausgeben, nicht nur so verplempern«, schloss Hagen tugendhaft.

»Ich will meins auch nicht verplempern, aber wenigstens haben.« Günters Zorn verrauchte allmählich. Hagens Argumente klangen vernünftig.

»Ich habe eine gute Idee«, redete Hagen weiter, »wir treffen uns am Sonnabend bei meinem Freund Horst. An dem Tag ist nämlich ein großes Tanzfest in der Gemeinde am Lietzensee, zu dem ich mit Horst und Helmut hingehen will. Da kann man sicher ein paar hübsche Mädchen kennenlernen.« Hagen grinste. »Komm doch mit! Vorher oder danach gehen wir auf den Dachboden und holen das Geld. Ganz, wie du willst. Einverstanden?«

»Na gut«, stimmte Günter notgedrungen zu, »ich bin am Sonnabend sowieso in der Gegend. Aber ich warne dich, mich zu bescheißen!«

Das Letzte überhörte Hagen, dafür fragte er neugierig:»Du bist in der Gegend? Warum denn?«

Die Antwort verblüffte ihn.

»Ich habe eine Verabredung, ein Rendezvous.«

»Du hast eine Freundin?« Hagen war beeindruckt. »Alle Achtung. Wer ist sie denn?«

»Das werde ich dir gerade auf die Nase binden«, Günter genoss Hagens Bewunderung.

»Hast wohl Angst, ich spanne sie dir aus.« Das war wieder der alte Hagen.

Wütend konterte Günter: »Idiot! Jetzt gib mir die Adresse. Ich werde da sein, aber wehe, wenn es wieder nicht klappt. Dann kannst du was erleben!« —

Dilettant, Stümper, frohlockte Elise. Behauptete, ich könnte keine Kinder mehr bekommen, diese Kleinstadtgröße, und jetzt bin ich schwanger.

Es war bereits nach Mitternacht. Elise lag in ihrem Bett, ohne zur Ruhe zu kommen. Sie war glücklich, fühlte, dass jetzt mit dem neuen Leben, das in ihr wuchs, auch für sie ein anderes, ein erfüllteres Leben begann. Es würde ein Mädchen werden, da war sie ganz sicher, eine kleine Käte, die sie Kitty nennen würde. Elise hatte keine Angst vor der Zukunft. Beide Möglichkeiten, die sich ihr eröffneten, gefielen ihr, entweder mit Peter zusammenzubleiben und eine Familie zu gründen oder am Tegernsee ein Restaurant zu eröffnen und ihr Kind allein großzuziehen.

In den vergangenen Tagen hatte sie eine Begegnung mit Peter vermieden. Sie musste erst wegen der neuen Umstände ihre Situation überdenken. Die Abende verbrachte sie in der Küche bei Frau Blank, die über ihre Besuche hocherfreut war, auch darüber, dass es der Kusine von Fräulein Hilpert schon wieder besser ging.

Peter freute sich maßlos, als Elise nach einigen Tagen der Abwesenheit vor seiner Tür stand.

»Wo warst du denn? Ich habe dich so vermisst!« Er umarmte und küsste sie zärtlich, während er die vielen kleinen Knöpfe ihrer Bluse aufknöpfte: »Ich hatte solche Angst, dass du nicht wiederkommst.«

Später lagen sie entspannt und friedlich aneinandergeschmiegt im Bett, Elises Kopf in Peters Armbeuge.

»Wir bekommen ein Kind«, flüsterte Elise.

»Ein Kind?«, Peter fuhr hoch. »Wie kommt das? Du hast gesagt, du kannst keine Kinder bekommen. Deswegen haben wir uns nicht vorgesehen.« Der Vorwurf in seiner Stimme war nicht zu überhören.

»Der Arzt hat sich geirrt.« Elise lachte leise.

»Und? Willst du es ...«, fast hätte Peter »wegmachen« gesagt, »... behalten?«

»Natürlich! Was meinst du?«, fragte sie träumerisch. »Wir könnten heiraten. Wir lieben uns und sind jetzt eine Familie.«

Elise beobachtete ihn, wie er auf diesen Vorschlag reagierte. Peter zögerte einen Moment, dann zog er sie hastig an sich: »Natürlich, wir heiraten!«

Elise übernachtete diesmal nicht bei Peter, sondern ging nach Hause. Sie fühle sich nicht wohl, erklärte sie. Schon auf dem Nachhauseweg stand ihr Entschluss fest: Sie würde Berlin verlassen und in Bayern mit ihrem Kind ein neues Leben beginnen. Eine innere Stimme hielt sie davon ab, sich an einen Mann zu binden, auch nicht an Peter, den sie viel zu wenig kannte. Auch war sie sich ihrer eigenen Gefühle zu ihm nicht sicher. Nein, dachte sie entschlossen, sie würde ihr Leben wie bisher führen, allein, sich von niemandem abhängig machen. Das war ihre Lebensstrategie gewesen, solange sie denken konnte, und die sich in allen Katastrophen bewährt hatte.

Vor ihrem Weggang blieb ihr genug Zeit, ihre Angelegenheiten zu regeln. Zuerst möglichst viel Geld von Steinhausen zu kassieren, sie wusste, dass er immer gößere Summen in seinem Tresor hinter dem Bild von Caspar David Friedrich aufbewahrte. Dann würde sie sich mit Karin versöhnen, andeuten, dass sie Peter wiederhaben könnte. Schließlich würde sie zum Abschied das Tanzfest in der Gemeinde besuchen und am Sonntag ihre Sachen, vor allem ihr Geld einpacken und nach München fliegen.

Am nächsten Tag, es war der Donnerstag vor dem Gemeindefest, klopfte sie an Karins Bürotür.

Freundlich klang das »Herein!«, aber dann entglitten Karins Züge beim Anblick ihrer Besucherin. Sie sah verhärmt aus, stellte Elise mit einem gewissen Schuldgefühl fest, hatte sich nicht zurechtgemacht. Als hätte sie es aufgegeben, jemandem gefallen zu wollen.

»Karin, ich muss mit Ihnen über Peter sprechen, ich will Ihnen alles erklären.« Elise sprach hastig, im Bemühen, ihre alte Vertrautheit wieder herzustellen.

»Ich meine es ehrlich, glauben Sie mir«, redete sie weiter. Es klang so bittend, dass Karin gegen ihren Willen weicher gestimmt wurde.

»Ich habe jetzt keine Zeit«, antwortete sie schroff, »aber Sie können mich zu Hause besuchen.« Sie überlegte. »Am Sonnabend zum Beispiel, bevor das Fest beginnt.«

»Danke, da komme ich gern«, lächelte Elise sie an. »Ich will nicht, dass unsere Freundschaft so endet.«

Aber Karin wandte sich wortlos ihrem Brief zu, an dem sie gerade geschrieben hatte. —

Am Abend vor dem Gemeindefest besuchte Elise noch einmal ihren Geliebten und schlief ein letztes Mal mit ihm. Peter ahnte nichts von dem, was in ihr vorging. Er wunderte sich lediglich über ihre ungewöhnliche Passivität, führte diese aber auf ihren besonderen Zustand zurück. Lange lag Elise in dieser Nacht wach. Sie spürte, wie sie unter dem bevorstehenden Abschied von Peter litt, mehr, als sie wahrhaben wollte.

Am nächsten Morgen jedoch fühlte sie wieder ihre gewohnte Stärke. Während des Frühstücks wurde ihr übel, die Schwangerschaft schickte ihre ersten Signale aus.

Peter sprang auf und holte ein Fläschchen: »Hier, nimm das. Das sind Vitamine, die werden dir gut tun. Ich habe diese Medizin von meinem Apothekerfreund. Ich nehme sie auch immer.«

Dann kippte er zwei Teelöffel davon in ihren Malzkaffee.

Elise lachte: »Danke. Warst du denn auch mal schwanger?«

»Noch nicht«, lachte Peter zurück. »Aber die sind für jeden gut, der sich schlecht fühlt.«

Elise trank und verzog das Gesicht: »Ih! Das Zeug ist aber bitter.«

Später holte er aus dem Zeitungsladen den »Tagesspiegel« und während sie die Küche aufräumte, las er ihr die neuesten Nachrichten vor. Dann setzte sie sich zu ihm.

»Ich muss dir etwas sagen, Peter«, begann Elise.

»So feierlich?« Peter legte die Zeitung beiseite.

»Wir werden nicht heiraten. Ich gehe nach München. Allein mit meinem Kind.«

Peter wurde blass: »Du willst gar nicht heiraten? Du gehst weg von Berlin? Warum denn?«

»Jetzt übertreibst du«, meinte Elise belustigt angesichts seiner Bestürzung. »Du hältst doch auch nichts von einer Hochzeit. Ich habe es mir überlegt, ich will unabhängig bleiben. Du kannst uns besuchen, wenn du willst.«

Peter wollte es nicht begreifen. »Aber du hast doch gesagt, dass wir heiraten wollen?« Er starrte sie verständnislos an.

Elise stand auf und strich ihm über den Kopf: »Es ist besser so für uns beide. Mein Entschluss steht fest. Heute abend tanzen wir unseren Abschiedswalzer.« Sie lachte, gab Peter einen flüchtigen Kuss, dann ging sie.

Es war ein warmer Spätsommertag. Selbst die Ruinen in der Nehringstraße, die Elise jetzt hinunter lief, wirkten in der Sonne weniger bedrohlich als sonst. Besonders die vielen Kinder, die in den Trümmern wie auf einem großen Abenteuerspielplatz herumturnten, belebten die zerstörte Straße.

Elise ging nach Hause, ein letztes Mal durch den Lietzenseepark, ein letztes Mal vorbei an der Schlange wartender Flüchtlinge in der Kuno-Fischer-Strraße. Aber sie empfand kein wehmütiges Abschiedsgefühl. In ihrem Zimmer angekommen, begann sie ein paar Sachen einzupacken. Einmal musste sie sich aufs Sofa legen, weil ihr plötzlich wieder übel wurde. Peters Vitaminsaft wirkte offensichtlich bei schwangeren Frauen nicht so gut wie bei überarbeiteten Journalisten.

Bevor sie sich wieder auf den Weg machte, suchte sie die beiden Fotos von Steinhausen hervor und steckte sie in ihre Handtasche.

Gemäß ihrem Plan begab sich Elise zuerst zu Karin. Im Blumengeschäft in der Suarezstraße hatte sie einen kleinen Asternstrauß ausgesucht und bald stand sie mit klopfendem Herzen vor Karins Tür.

»Ach, Sie sind es. Kommen Sie herein.«

Karin ging ihr ins Wohnzimmer voran, wo Horst sich gerade vom Sofa erhob. »Ich gehe lieber in mein Zimmer«. Er bedachte im Vorbeigehen Elise mit einem unfreundlichen Blick.

»Setzen Sie sich. Ich habe mir gerade einen Tee gekocht. Möchten Sie auch eine Tasse?«

»Gern, danke«, erwiderte Elise gegen ihren Willen übertrieben eifrig, »Ihre Tees schmecken immer so gut.«

Während sie beieinander saßen, bemühte sich Elise, die Zusammenhänge und ihre eigene Rolle in dem Drama zu erklären. Aber vergeblich hoffte sie, dass sich Karins verkrampfte Haltung entspannte. Unbeweglich und ohne eine Gefühlsäußerung hörte diese zu.

»Ich hoffe, Frau Dinkelbach, Sie verstehen jetzt die Situation, in der ich mich befand. Das ist mir wichtig. Denn ich will als Ihre Freundin Berlin verlassen, nicht als Ihre Feindin.«

Jetzt kam Bewegung in Karins starren Gesichtsausdruck. Überrascht fragte sie: »Sie bleiben nicht hier? Gehen aus Berlin weg?«

Mit einem Lächeln antwortete Elise: »Ja, ich fange am Tegernsee neu an, ich habe Ihnen von meinem Traum erzählt.«

Als Karin schwieg, fuhr sie fort: »Von Peter habe ich mich getrennt. Im Guten.«

Karin schwieg einen Moment, dann sagte sie gleichgültig: »Also, ich wünsche Ihnen alles Gute. Ich habe noch einiges zu tun. Aber wir sehen uns ja heute abend auf dem Fest.«

Erleichtert ließ Elise die Wohnungstür hinter sich zufallen. Einen der wichtigen Punkte, die noch vor ihrer Abreise zu klären waren, konnte sie abhaken. Sie wollte gerade die Treppe hinuntergehen, als ihr zwei junge Männer entgegen kamen, die sich laut unterhielten. Instinktiv drehte Elise sich um und ging schnell die Treppe zum Dachboden hinauf. Von dort beobachtete sie die beiden, die an der Tür von Familie Dinkelbach klingelten.

Horst öffnete: »Ach, ihr seid es. Kommt herein!«

Elise hörte ihr Herz schlagen. Sie hatte sich nicht getäuscht, es waren die Diebe aus Birkenwalde. Sicher wollten sie den Rucksack mit dem gestohlenen Geld abholen, den Horst für sie auf dem Dachboden versteckt hatte. Aber die beiden kamen zu spät, sie besaß jetzt das Geld, dachte Elise triumphierend. Schnell verließ sie Haus. —

Hagen und Günter saßen gesittet auf dem Sofa und tranken den Tee, den Karin ihnen anbot. Hagen freute sich schon heimlich auf das Bier, das hoffentlich nachher ausgeschenkt wurde. Von dem Fest erwartete er viel. Er hatte sich in Schale geworfen, wieder seine moderne Kluft angezogen mit Jeans, weißem Baumwollhemd und Lederjacke. Damit würde er die Blicke der Mädchen auf sich ziehen.

Herablassend ließ Hagen seine Augen über Günter gleiten, der uninteressant aussah wie immer. Allerdings hatte er heute neue lange Hosen und ein weißes Hemd an. Aber die hellblaue Windjacke wirkte neben seiner Lederjacke besonders spießig. Günter beobachtete ihn, aber diesmal stieg ihm nicht die Zornesröte ins Gesicht, sondern er erwiderte gelassen Hagens Blick. In Zukunft würde er Hagen ohnehin haushoch überlegen sein.

»Wir gehen jetzt nach oben das Geld holen«, Hagen stand auf, »können wir es hier bei euch abzählen und teilen?«

»Selbstverständlich.«

Die beiden ließen die Wohnungstür offenstehen und stiegen zum Dachboden hoch.

Nach nur wenigen Minuten kamen sie wieder heruntergepoltert und Hagen brüllte schon, bevor er die Wohnung betreten hatte: »Wer war das? Wo ist das Geld?«

»Was ist los?«, fragte Horst und hielt sich Hagen vom Leibe, der sich auf ihn stürzte und ihn anschrie: »Du warst es, du hast das Geld gestohlen!«

Horst gab ihm eine Ohrfeige: »Nimm dich gefälligst zusammen!« Zitternd ließ sich Hagen auf das Sofa fallen. Günter stand stumm daneben.

»Regt euch nicht auf. Ich weiß, wer das Geld hat«, erklang jetzt Karins kühle Stimme aus dem Hintergrund. Drei Köpfe fuhren zu ihr herum.

»Wer denn?« fragte Hagen hoffnungsvoll.

»Elise Hilpert.«

»Kenne ich nicht.«

»Doch, kennst du. Die Angestellte von Schmittke. Die hat sich das Geld geholt.«

Karin erzählte von Giselas Besuch vor einiger Zeit, bei dem auch Elise anwesend war, und ihrem Gespräch über Hagens Geld.

»Morgen verlässt Elise Berlin«, endete sie. »Wenn ihr das Geld wiederhaben wollt, müsst ihr es bei ihr suchen. Heute noch.«

»Wie denn?«, stöhnte Hagen auf.

»Ganz einfach«, fuhr Karin ungerührt fort. »Elise ist jetzt sicher zu Hause und ab sieben Uhr auf dem Fest. Wann und wie ihr den Einbruch ausführt, ist eure Sache. Die Adresse kann ich euch nennen.«

Nach Elises Besuch bei Karin stand ihr die nächste, weit schwierigere Aufgabe bevor: die Erpressung des ahnungslosen Herrn von Steinhausen. Langsam ging Elise die einsame Herbartstraße entlang. Sie fühlte sich gar nicht wohl. Es rumorte in ihren Gedärmen, dass sie sich am liebsten hingesetzt hätte. Aber um Kittys willen war sie bereit, alles zu ertragen. Diesen Besuch brachte sie hinter sich, dann konnte sie sich vor dem Fest noch ein wenig hinlegen.

Als sie an der Haustür ihres Arbeitgebers klingelte, öffnete ihr Herr von Steinhausen:

»Fräulein Hilpert?« wunderte er sich. »Meine Frau ist nicht zu Hause, sie hilft drüben bei der Vorbereitung des Gemeindefestes.«

»Ich weiß«, antwortete Elise, »ich möchte mit Ihnen sprechen. Darf ich herein kommen?«

»Selbstverständlich, bitte sehr. Da bin ich gespannt, was Sie mit mir vorhaben.« Herr von Steinhausen lachte jovial. »Bitte, setzen Sie sich. Darf ich Ihnen eine Limonade anbieten?«

»Danke, gern.« Herr von Steinhausen eilte in die Küche und kam mit zwei Gläsern zurück. Elise genoss den kühlen süßen Trank, der viel besser schmeckte als Karins bitterer Tee. Wieder begann ihr Leib zu schmerzen. Vielleicht bin ich krank, fuhr es ihr durch den Kopf. Aber sie ließ sich nichts anmerken.

Dann begann sie das Gespräch: »Ich wollte Ihnen etwas zeigen. Ich habe Fotografien von Ihnen.« Sie legte die beiden Fotos vor ihn hin auf den Couchtisch. Dann nahm sie noch ein paar Schlucke und wartete.

Steinhausens Reaktion beunruhigte sie. Er war nicht schokiert, wie sie erwartet hatte, nicht einmal überrascht. Er sah die Fotos kaum an, sondern fixierte sie mit höhnischem Grinsen.

»Du willst mich also erpressen, du undankbares Miststück«, begann er mit leiser Stimme. »Aber da bist du an den falschen geraten«, schrie er plötzlich. Wieder ruhiger fuhr er fort, dabei sadistisch jedes Wort auskostend: »Machen wir es kurz. Ich weiß Bescheid. Frau Dinkelbach hat mir alles erzählt. Ich habe mich auf diesen Besuch mit einer schönen, schmackhaften Limonade für meinen Gast vorbereitet, die aber leider, leider nur wenig bekömmlich ist.« Wieder lachte er sein schmieriges Lachen.

Wie betäubt hatte Elise ihn angehört, unfähig etwas zu erwidern. In diesem Moment schrie sie auf und wand sich vor Schmerzen. Sie hatte das Gefühl als zerfetzten Dutzende von Messern ihren Leib.

Steinhausen triumphierte: »Siehst du, das Gift wirkt schon.«

Dann ging er zu ihr hin, riss sie hoch und schlug ihr brutal mit dem Handrücken ins Gesicht: »So, und jetzt hau ab! Oder willst du etwa in meinem Haus krepieren?« Er schleppte sie zur Tür und stieß sie die kleine Eingangstreppe hinunter.

»Verschwinde und lass dich nie wieder hier blicken«, brüllte er ihr hinterher.

Elise blieb einige Minuten auf dem Pflaster vor dem Haus liegen. Niemand kam vorbei, der ihr helfen konnte. Aber mit Erleichterung stellte sie fest, dass ihre Leibschmerzen nachließen. Schließlich erhob sie sich. Dr. Neuhaus, dachte sie verzweifelt, er muss mir helfen, sonst sterbe ich. Langsam schwankte sie nach Hause.

Als Elise endlich in ihrem Haus ankam und an der Tür des Arztes Dr. Neuhaus klingelte, der im Paterre wohnte und dort auch seine Praxis hatte, begannen wieder die mörderischen Krämpfe in ihrem Leib. Keiner öffnete. Sie klingelte noch einmal und wartete, aber es war niemand zu Hause. Mühsam schleppte sie sich die Treppe hoch, dann blieb sie stehen. Mit der einen Hand klammerte sie sich an das Treppengeländer, mit der anderen suchte sie nach dem Wohnungsschlüssel in ihrer Handtasche. Sie wusste, dass Frau Blank einen Besuch bei ihrer Freundin abstattete und erst gegen Abend zurückkommen würde. Doch als Elise vor ihrer Tür stand, glaubte sie an Halluzinationen, hervorgerufen durch die Wirkung des Giftes. Denn die Wohnungstür stand offen, schien sogar aufgebrochen. Elise taumelte durch den Flur in ihr Zimmer. Sie nahm zwei Gestalten war, die offensichtlich den ganzen Raum durchwühlt hatten und jetzt den Inhalt der untersten Schublade aus ihrer Kommode herausrissen. Mein Geld! dachte Elise. Dann ging alles schnell. Sie schwankte, fühlte einen Schlag am Kopf und fiel. Schließlich spürte sie nichts mehr. —

»Das ist ja noch einmal gutgegangen«, lachte Hagen, als er mit Günter die Treppe hinunterstürzte. Auf der Straße blieben sie atemlos stehen.

»Wir gehen jetzt langsam weiter, sonst fallen wir auf«, befahl Günter.

»Richtig«, lobte Hagen ironisch.

Aber Günter achtete nicht auf ihn. »Los, in den Park, da planen wir das Weitere«, kommandierte er und schlug den Weg zum Eingang an der Großen Kaskade ein. Schweigend gingen die beiden nebeneinander her, Hagen trug Schmittkes braune Tasche aus Rindleder mit dem Geld. Mittlerweile war es sieben Uhr abends geworden und das Fest in der Gemeinde hatte begonnen.

»Wo lassen wir das Geld?«, fragte Hagen nach einer Weile.

Wieder gab Günter Anweisungen: »Du behältst es, fährst damit sofort nach Hause und versteckst es. Morgen oder in den nächsten Tagen komme ich zu dir. Dann gehen wir zu verschiedenen Banken und eröffnen ganz legal Konten, auf denen wir das Geld verteilen.«

Nun war Hagen ehrlich überrascht über Günters weltläufige Kenntnisse: »Woher weißt du, wie das geht?«

»Das weiß man«, antwortete dieser von oben herab.

»Mist, ich wollte auf das Tanzfest«, fiel Hagen ein. »Können wir das Geld nicht wieder bei Horst verstecken und ich hole es, wenn ich nach Hause fahre?«

»Auf keinen Fall.« Günters Ton duldete keinen Widerspruch. »Es ist dort niemand zu Hause und der Dachboden zu gefährlich. Du kannst in deinem Leben genug Tanzfeste besuchen. Du fährst sofort nach Hause, ist das klar?«

Widerwillig stimmte Hagen zu.

Nachdem Günter sich von Hagen noch zwei Zwanzigmarkscheine hat geben lassen, trennten sie sich am S-Bahnhof Witzleben.

»Ich melde mich«, rief Günter Hagen zu und beobachtete, wie dieser sich an dem altersschwachen Automaten eine Fahrkarte herausdrehte. Dann ging er.

Nach ein paar Minuten verließ Hagen die Vorhalle des Bahnhofs. Er hatte seine Fahrkarte nicht dem Beamten in der Wanne zum Abknipsen gereicht, sondern eingesteckt.

Selbstverständlich würde er das Fest besuchen, vorher würde er die Tasche wieder auf den Dachboden bringen. Günter hatte ihm nichts zu befehlen. Dann kam Hagen ein guter Gedanke: er würde Günter beichten, dass er doch zum Fest in der Kirche gegangen wäre und die Geldtasche dort in einer Ecke einfach abgestellt hätte, in der auch die anderen Gäste ihre Sachen abgelegt haben. Er hätte mit der Ehrlichkeit der frommen Besucher gerechnet, aber das Geld sei leider gestohlen worden.

Zufrieden lief Günter den Königsweg entlang. Die Angelegenheit mit dem Geld war geklärt. Jetzt konnte er sich in Ruhe auf die zweite Aufgabe dieses Tages konzentrieren, deren Bewältigung über sein gesamtes weiteres Leben entscheiden würde.

Da er noch Zeit hatte, beschloss er, zur Feier des Tages essen zu gehen. Wenig später saß er in der »Westfalenklause« am Witzlebenplatz an einem kleinen Tisch in der Veranda und studierte die Speisekarte.

Als Hagen das Gemeindehaus betrat, war das Fest in vollem Gange. Es fand im Erdgeschoss statt im Martin-Luther-Saal, ein zwar nicht sehr großer Raum, der sich von der Straße bis zum Hof erstreckte, aber doch der größte in dem noch halb zerstörten Gemeindehaus. Im Flur vor dem Saal wurden die Getränke gereicht. Auf einem zweiten Tisch stand neben einem Teller mit Brötchen ein großer Kochtopf, in dem von der Firma Steinhausen gespendete Würstchen schwammen.

Im Saal, der geschmückt war mit Luftschlangen und einigen kostspieligen Luftballons, herrschte die bei solchen Festen übliche gute Stimmung. Man traf Freunde oder kam mit Fremden ins Gespräch. Hagen ging zu einer Gruppe von Jugendlichen, unter denen er Horst und Helmut erkannt hatte, die ihn laut begrüßten und mit den anderen bekanntmachten. Als Karin ihn von weitem sah, winkte sie ihm zu.

Pfarrer Molnar als der Hauptverantwortliche strahlte vor Zufriedenheit. Hin und wieder setzte er sich ans Klavier und spielte wie ein Profi Tanzmusik der Zwanziger Jahre. Schmunzelnd gestand er auf entsprechende Fragen, dass er sich sein Theologiestudium als Barpianist finanziert hatte. Wenn der Pfarrer pausierte, löste die akkordeonspielende Musiklehrerin der Schule in der Witzlebenstraße, Frau Hochwald, ihn ab, die spezialisiert war auf bekannte Walzer und französische Schlager. Sogar ein Plattenspieler stand zur Verfügung, mitgebracht von Herrn von Steinhausen, der sich als Mitglied des Gemeindekirchenrates um das Gelingen des Festes besonders bemühte. Allerdings bedauerte er bald seine Großzügigkeit angesichts der robusten Behandlung seines Gerätes und seiner Schallplatten durch Fremde. Kaum wagte er einen Tanz mit seiner Frau aus Angst um sein kostbares Eigentum.

Allein Peter Brandner, der mit einem Bierglas in der Hand am offenen Fenster stand und eine Zigarette nach der anderen rauchte, hatte offensichtlich keinen Spaß an dem Fest. Karin blickte ihn spöttisch an, als sie mit Pfarrer Molnar an ihm vorbeitanzte.

Zuerst beachtete niemand Frau Blank, die sich zu Pfarrer Molnar durchdrängte und ihm wegen des Lärms etwas ins Ohr schreien musste. Gerade hatte nach dem von Frau Hochwald flott gespielten »Schneewalzer« Helmut seine Lieblingsplatte »Down by the riverside« aufgelegt, als plötzlich Pfarrer Molnar zum Plattenspieler lief und ihn abstellen wollte.

»Vorsicht, Vorsicht«, meinte Herr von Steinhausen besorgt. »Ich mach das lieber selbst.«

In die plötzliche Stille hinein rief der Pfarrer erschüttert: »Ich habe Ihnen eine traurige Mitteilung zu machen: Fräulein Hilpert, die viele von uns kennen und schätzen, wurde soeben tot aufgefunden.« Ohne die Aufregung und Entsetzensschreie zu beachten, die seine Worte auslösten, fuhr er fort: »Bitte, Frau Blank, erzählen Sie, was sie erlebt haben.«

Frau Blank begann zu weinen und berichtete stockend, wie sie Fräulein Hilpert mit blutendem Kopf tot in ihrem Zimmer vorgefunden hatte, wie sie im Hausflur um Hilfe geschrien und jemand den Notarzt und die Polizei benachrichtigt hatte, die schließlich die Leiche wegbrachten. Der Mörder hatte wahrscheinlich auch die kleine Tochter von Beumlers umgerannt, die die Treppe hinuntergestürzt war und jetzt im Krankenhaus lag. Dann war sie selbst hierher gelaufen, um dem Pfarrer Bescheid zu sagen.

Pfarrer Molnar legte ihr beruhigend die Hand auf die Schulter und dankte ihr. Dann gab er den Anwesenden seine Entscheidung bekannt: »Unter diesen Umständen ist es wohl selbstverständlich, dass wir das Fest abbrechen. Lasst uns beten für die Verstorbene.«

Als alle die Köpfe zum Gebet senkten, verließ Peter Brandner das Gemeindehaus und ging nach Hause. Dort nahm er eine noch ungeöffnete Flasche Wodka aus dem Kühlschrank, öffnete sie und begann, sich systematisch zu betrinken. —

Während Günter in der »Westfalenklause« allein genüsslich sein Lieblingsessen aß, Rindroulade mit Rotkohl, die hier viel besser schmeckte als zu Hause bei seiner Mutter, überdachte er, wie schon so oft, die grundlegenden Veränderungen, die sein Leben in den letzten Wochen erfahren hatte.

Alles hatte mit einem Brief begonnen, den er kurz nach seinem Abitur vom Staatssicherheitsdienst in Birkenwalde bekam und der ihn vorlud.

Als Günter damals nach einem markigen »Herein« den Raum betrat, erlebte er die erste Überraschung. Hinter dem Schreibtisch saß sein ehemaliger Lehrer. Lehmann war nicht an eine andere Schule strafversetzt worden, wie allgemein vermutet, sondern zum hauptamtlichen Mitarbeiter im MfS avanciert.

»Guten Tag. Setzen Sie sich«, sagte der Genosse Hauptmann förmlich.

Günter nahm auf dem Besucherstuhl am Schreibtisch Platz. Er schaute Lehmann an, aber dieser fixierte ihn nur schweigend. Allmählich begann Günter sich unbehaglich zu fühlen. Wusste Lehmann von dem Diebstahl an Schmittke, hatte die Frau doch Anzeige erstattet? Nervös knetete Günter an seinen Fingern.

»Bevor wir unser Gespräch beginnen, unterschreiben Sie bitte Folgendes.« Lehmann legte ihm ein Papier vor – »Verschwiegenheitserklärung« las Günter – und erklärte ohne Emotionen: »Bei Nichteinhaltung der Schweigepflicht machen Sie sich des Landesverrates schuldig.«

Günter zögerte, dann unterschrieb er.

Nun wurde Lehmann umgänglich. Er lehnte sich in seinem Schreibtischstuhl zurück und blickte Günter gönnerhaft an: »Sie haben mit guten Noten ihr Abitur bestanden und ich darf Ihnen mitteilen, dass Sie zu den wenigen gehören, die einen Studienplatz an der Humboldt-Universität in der Hauptstadt der DDR erhalten.«

Günters Unruhe verwandelte sich schlagartig in Erleichterung, vor Freude errötete er.

»Ich bin angenommen? Vielen Dank, ich weiß diese Auszeichnung zu schätzen.«

Lehmann fuhr in demselben Ton fort: »Sie bekommen auch eine Studentenunterkunft zugeteilt und erhalten ein Stipendium.«

Günter starrte ihn an, es war fast unheimlich, warum gerade er so bevorzugt wurde.

»Das hätte ich wirklich nicht erwartet, nochmals vielen Dank«, wiederholte er. Er fühlte, wie seine Hände feucht wurden vor Aufregung.

Genosse Lehmann fuhr fort, ohne eine Miene zu verziehen: »Jeder Studierende und speziell derjenige, der von uns unterstützt und gefördert wird, hat die ganz besondere Verpflichtung, am planmäßigen Aufbau des Sozialismus mitzuarbeiten und die Politik der Arbeiter- und Bauernmacht zu unterstützen.«

»Selbstverständlich, das werde ich auch tun.« Die Aussicht auf das ungeahnte bevorstehende Glück ließ Günter seine ambivalente Einstellung zur DDR vergessen.

»Sie haben die Möglichkeit«, führte Genosse Lehmann seine Belehrungen fort, »ihre Dankbarkeit und Verantwortung gegenüber unserem Staat zu beweisen.«

Günter nickte beflissen.

»Wir müssen wachsam sein. Wie Sie wissen, agitiert der Klassenfeind gegen die friedliebende DDR mit einer Verschärfung der Politik des Kalten Krieges und der direkten Aggression. Von der Frontstadt West-Berlin aus werden Störaktionen imperialistischer Propaganda- und Wühlorganisationen forciert. Bürger der DDR werden als Agenten angeworben, ausgebildet und als Untergrundkämpfer mit Waffen, Sprengstoff und Funkgeräten ausgerüstet, zurückgeschickt.«

Genosse Lehmann sprach jetzt schnell. Fast ohne sein Zutun flossen politische Phrasen der SED-Propaganda, die ihm im Laufe der Zeit zur zweiten Natur geworden waren, aus seinem Mund.

Günter, der ihn die ganze Zeit gehorsam angesehen und seinen Worten gelauscht hatte, nickte mit Nachdruck. Längst hatte er erkannt, dass hier ein Werbegespräch stattfand: Voraussetzung für die ungewöhnliche staatliche Unterstützung war seine Mitarbeit bei der Staatssicherheit. Offenbar war die von ihm unbemerkte Überprüfung seiner Person positiv verlaufen: in der Schule hatte er immer einen klaren Klassenstandpunkt gezeigt, seine Treffen mit Monika und Hagen wurden als harmlos eingestuft, er war Mitglied der FDJ und seine Eltern überzeugte SED-Genossen. In Windeseile überlegte Günter. Warum eigentlich sollte er das Angebot nicht annehmen? Er würde in Zukunft eine Unmenge von Vergünstigungen erhalten. Außerdem hatte er keine Wahl. Würde er nicht das Formular unterschreiben, das Lehmann ihm jetzt vorlegte, bedeutete das das Ende seiner beruflichen Laufbahn, ehe sie begonnen hatte. Also unterschrieb er.

In der nächsten halben Stunde erläuterte Genosse Hauptmann den Auftrag des neugeworbenen konspirativ arbeitenden Informanten »Klaus Wienke«. Er bestand darin, unterstützt von erfahrenen SSD-Angehörigen, eine Person zu beschatten mit dem Decknamen »Drucker«, die gesetzwidrig in den kapitalistischen Sektor von Berlin geflohen war.

»Die feindliche Tätigkeit von ›Drucker‹ besteht darin, permanent antikommunistische subversive ideologische Zersetzungstätigkeit im Auftrag westlicher Geheimdienste zu betreiben«, führte Genosse Lehmann in gespreiztem Parteijargon aus. »Er erhält außerdem durch Personen aus der DDR Unterlagen und Informationen über führende Funktionäre der Partei, der Wirtschaft und der Verwaltung und schreibt Artikel darüber für die westdeutsche Presse.«

Dann reichte er dem geheimen Mitarbeiter »Klaus« ein Foto von »Drucker« und seine Adresse, die er sich, ebenso wie seine Gesichtszüge, genau einprägen musste, und erteilte ihm den Auftrag, unauffällig Kontakt zu diesem aufzunehmen und die Möglichkeiten einer Entführung auszukundschaften. Weitere Unterweisungen würde »Klaus« in Kürze erhalten. Ab jetzt müsse er jederzeit verfügbar sein.

»Wenn Sie sich bei diesem Auftrag bewähren, haben Sie die Möglichkeit neben Ihrem Studium an der Humboldt-Universität in einem Fernstudium an der Hochschule des MfS in Golm an der Ausbildung künftiger MfS-Offiziere in leitender Funktion teilzunehmen«, schloss Lehmann seine Ausführungen. Günter nickte. Die Aussicht, eine Karriere dieser Art zu machen und in ferner Zukunft zum Führungskader der Republik zu gehören, gefiel ihm.

Den wichtigsten Satz aller Ausführungen, der Günter damals endgültig in eine regelrechte Euphorie versetzte, sagte Lehmann nur nebenbei: »Sie können mit unserer Erlaubnis jederzeit in den kapitalistischen Sektor von Berlin fahren, um die Aktion vorzubereiten.«

Mit einem Handschlag verabschiedete Günter sich von seinem Führungsoffizier, den er in Zukunft regelmäßig mit Berichten über die Fortschritte seiner Überwachungtätigkeit von »Drucker« zu informieren verpflichtet war.

Langsam ging er nach Hause und bei dem Gedanken an seinen ehemaligen Freund Hagen lachte er triumphierend in sich hinein. In Zukunft konnte er, ohne Angst vor Repressalien, im Gegenteil sogar auf Befehl des SSD, nach West-Berlin fahren und diesen Verräter aufspüren, der ihn hinterhältig betrogen und sein Geld gestohlen hatte. —

»Die Partei, die Partei, die hat immer recht,
Und, Genossen, es bleibe dabei.
Denn wer kämpft für das Recht,
Der hat immer recht,
Gegen Lüge und Ausbeuterei …
So, aus Leninschem Geist,
Wächst, von Stalin geschweißt,
die Partei– die Partei – die Partei.«

Günter war ausnehmend guter Laune. Endlich fuhr er nach West-Berlin und lernte die große weite Welt kennen. Laut die Melodie der Parteihymne pfeifend, schloss er seine Wohnungstür ab und sprang die Treppe hinunter, zwei Stufen auf einmal nehmend. Das Einzige, was ihn störte war sein Äußeres. Gern hätte er sich besser angezogen, die gute lange Hose und das weiße Hemd, aber auf Befehl seines Führungsoffiziers Genosse Hauptmann Lehmann trug er stattdessen seine alltägliche Kluft, kurze Hose und kariertes Hemd, in dem er wie ein dummer Junge vom Lande aussah. Die ideale Tarnung, hatte Lehmann nur dazu gemeint.

Günters erster Auftrag als SSD-Mitarbeiter lautete, sich zur Meldestelle in der Kuno-Fischer-Straße zu begeben und sich ein Bild von den

Örtlichkeiten und dem Flüchtlingsbetrieb zu machen. Nebenbei konnte er endlich nach seinem Ex-Freund Hagen suchen. Von dessen Mutter kannte er die Adresse der Tante, bei der Hagen untergekommen war. Die Riehlstraße lag nur ein paar Schritte von der Meldestelle entfernt.

Nachdem die Nachbarin von Hagens Tante ihn damals so schnöde abgewiesen hatte, begab er sich in die Kuno-Fischer-Straße. Dort betrat er das Diakoniezelt der evangelischen Gemeinden von Charlottenburg und setzte sich mit einer Schmalzstulle auf eine Bank.

Plötzlich sah er »Drucker«. Ungezwungen, mit einer Zeitung in der Hand betrat er das Zelt und schlenderte zu den Frauen hinter dem Tisch mit den Getränken. Günter war beeindruckt. Der Mann wirkte selbstbewusst und sah gut aus, trug ein weißes Hemd mit offenem Kragen und lässig gelockerter Krawatte. Die Ärmel hatte er hochgekrempelt.

Er begrüßte die Frau, die ihm vorhin die Limonade gereicht hatte und fragte sie etwas, was Günter nicht verstand. Dann nahm »Drucker« auf einer benachbarten Bank Platz und las in seiner Zeitung. »Telegraf« buchstabierte Günter.

Er beobachtete den Mann von der Seite. Günter staunte, wie einfach sich die Erledigung seines ersten Auftrags entwickelte, auch wenn er in Betracht zog, dass Lehmann ihm zunächst eine leicht zu lösende Aufgabe übertragen hatte. Denn er wusste, dass »Drucker« sich häufig in der Nähe der Meldestelle aufhielt, um Kontakte zu knüpfen. Trotzdem frohlockte Günter über sein Glück. Es war nicht einmal nötig gewesen, die Seelingstraße zu suchen und dort unauffällig vor seinem Haus auf ihn zu warten.

Aber es sollte noch besser kommen.

Plötzlich setzte sich ein anderer Mann neben Günter auf die Bank. Er rückte unangenehm dicht an ihn heran und sprach mit gedämpfter Stimme:

»Tag, Klaus, wie geht's?«

Günter musterte den blassen Mann mit dünnen Haaren, verwundert darüber, dass man in ihm sofort einen Spitzel des SSD vermutete. Mit solchen Typen also würde er in Zukunft zusammenarbeiten.

»Danke, gut, woher kennen Sie mich?«

»Man erkennt sich. Das werden Sie auch bald heraushaben«, er lächelte zweideutig. »Ich halte mich hier im Zelt nicht gern lange auf, können wir uns draußen weiter unterhalten? Ich warte auf der anderen Straßenseite auf Sie.«

Immer noch lächelnd erhob er sich wieder. »Sie können ruhig noch Ihren Becher austrinken. Bis nachher.« Schon war er wieder verschwunden.

Wahrscheinlich erhalte ich von ihm irgendwelche Instruktionen über ein weiteres Vorgehen, dachte Günter. Die Situation gefiel ihm. Er kam sich wichtig vor und wünschte, Hagen könnte ihn in seiner neuen Positition sehen.

Gerade als Günter den letzten Schluck nehmen und aufstehen wollte, kam zu seiner großen Überraschung der »Drucker« auf ihn zu.

»Darf ich?«, fragte er und als Günter nickte, setzte er sich und verwickelte ihn in ein Gespräch, in dessen Verlauf sie sich anfreundeten. Günter war stolz auf sein schauspielerisches Talent, mit dem er den Jungen vom Lande spielte, der wegen seiner verschwundenen Oma weinte. »Drucker« nahm ehrlich an seinem Schicksal anteil. Und Lehmann hatte recht gehabt, auch die Kurze-Hosen-Tarnung bewährte sich.

Schließlich behandelte »Drucker« ihn wie einen jungen Freund, mit dem er in Kontakt bleiben wollte.

»Es interessiert mich, woher Sie kommen und was Sie zu berichten haben. An dem Tisch dort bei den Frauen können Sie jederzeit eine Nachricht für mich hinterlassen. Fragen Sie einfach nach Walter.«

»Das werde ich machen. Ich heiße Klaus Wienke. Auf Wiedersehen!« Günter gab seinem Beobachtungsobjekt die Hand und verließ das Zelt. Er musste dem Spitzel ein Zeichen geben. »Drucker« durfte ihn auf keinen Fall mit ihm zusammensehen.

Alles war planmäßig verlaufen.

Irgendwann ein paar Tage später saß Günter in einer schäbigen Einzimmerwohnung in einem Hinterhaus in der Suarezstraße an einem wackligen Tisch und hackte den ersten Bericht an seinen Führungsoffizier in eine uralte Schreibmaschine.

Sein neuer Freund und Kollege »Fritz«, ein Spitzel niedrigster Kategorie, wie Günter schnell festgestellt hatte, gestattete ihm, die konspirative Wohnung zu benutzen, die den Agenten zur Verfügung stand, die auf Bespitzelung und Spionage rund um die Flüchtlingsstelle angesetzt waren.

Obwohl die Wohnung verwahrlost und kaum möbliert war, neben einem Tisch und zwei Stühlen lagen zwei schmuddlige Matratzen auf der Erde, nahm Günter dankbar das Angebot an, sich gelegentlich hierher zurückzuziehen oder auf der Schreibmachine die Berichte für seinen Führungsoffizier anzufertigen. Auf der Matratze konnte er notfalls sogar übernachten, wenn es zu spät für die Heimfahrt wurde.

Seit etwa einer Viertelstunde mühte er sich ab, seine Aktivitäten mit Hilfe der Schreibmaschine zu protokollieren. Es ging nur langsam voran, denn bisher hatte Günter allein seine Hand zum Schreiben benutzt. Verkrampft saß er vor der Maschine und konzentrierte sich auf die notwendigen Handgriffe wie Groß- und Kleinschreibung, Leertaste oder

Zeilenwechsel, die ihm »Fritz« gezeigt hatte. Günter stöhnte über diese mühselige Arbeit, denn auch die Suche nach den Buchstaben dauerte Ewigkeiten.

Als ihn auch noch die gellende Sirene einer Feuerwehr erschreckte, die die gegenüberliegende Wache verließ und Richtung Amtsgericht raste, beschwerte sich Günter: »Warum kann ich den Bericht nicht mit der Hand schreiben? Das ist viel einfacher.«

»Nee, das darf man nicht, das sieht nach nichts aus«, »Fritz« kannte keine Gnade. »Das müssen Sie lernen.«

Endlich knapp eine Stunde später drehte Günter das zweite Blatt aus der Schreibmaschine und zeigte den Bericht seinem Kollegen, der auf einer Matratze am Boden saß und rauchte: »Gut so?«

Aber »Fritz« schüttelte den Kopf:

»Paar Verbesserungen und Tippfehler darf man machen, aber das sind zu viele. Das müssen Sie noch mal schreiben.«

»Ich denk nicht dran«, Günter stand auf und reckte sich. Dieser geistig minderbemittelte »Fritz« hatte ihm überhaupt nichts zu sagen. Günter setzte sich auf die andere Matratze und steckte sich ebenfalls eine Zigarette an.

»Ich weiß gar nicht, was Sie daran auszusetzen haben.« Er musterte die beschriebenen Bogen. »Der Bericht sieht doch gut aus.«

»Naja, dann lassen Sie ihn so. Aber der nächste muss besser werden«, gab »Fritz« gönnerhaft nach.

Günter hörte gar nicht mehr hin, sondern begann seinen Bericht zu lesen:

»Informationen des IM ›Klaus‹ zu Brandner, Peter, Deckname ›Drucker‹.«

Zunächst hatte er ausführlich beschrieben, wie er gleich am ersten Tag seiner eingeleiteten Beobachtungsmaßnahme durch einen glücklichen Zufall »Drucker« kennengelernt hatte in einer Situation, in der er besonders vertrauenswürdig erscheinen musste. Wie er sich mit »Drucker« angefreundet hat, sich von ihm zum UfJ führen ließ und dort zum Schein kritische Aussagen zum sozialistischen Staat und dem Aufbau des Sozialismus gemacht hatte, so dass er jetzt »Druckers« vollstes Vertrauen besaß.

Dann hieß es in seinem Bericht weiter:

»›Drucker‹ hat bei mir ein Buch bestellt. Ich schlage vor, dass ich ihn zunächst ohne Buch in seiner Wohnung besuche. Wenn er fragt, woher ich seine Adresse kenne, sage ich, von einer Frau im Diakoniezelt. Dann behaupte ich, das Buch sei schwer zu besorgen, und ich kann es ihm erst nächste Woche bringen. Ich bin überzeugt, dass er damit einverstanden ist. Bei diesem ersten Treffen würde ich genau die Örtlichkeiten außerhalb und innerhalb der Wohnung inspizieren, so dass seine Rückführung in die DDR konkret geplant und organisiert werden und bei einem zweiten Treff stattfinden kann.«

Günter legte zufrieden seinen gut formulierten Bericht beiseite, schließlich hatte er auf seinem Abiturzeugnis in Deutsch die Note zwei.

Wenig später war die Entführung vorbereitet und die offizielle Bestätigung durch das MfS erteilt. Der Termin des Zugriffs wurde für den heutigen Abend festgesetzt.

Günters Puls beschleunigte sich bei dem Gedanken an die bevorstehende Aktion. Aber der Plan war zu gut durchdacht, als dass er misslingen konnte. Das Buch hatte er in die Innentasche seiner Windjacke gesteckt. Er würde es Peter Brandner schenken und auf ihre Freundschaft ein oder zwei Gläschen Asbach Uralt trinken, einen Weinbrand, den er mitgebracht hatte. In das dritte Glas würde er unbemerkt seine Betäubungstropfen hineingeben, eine Mischung von Atropin und Scopolamin, die Brandner außer Gefecht setzten. Die beiden Helfer, die draußen warteten, würden den Bewusstlosen in einen Schlafsack einwickeln, verschnüren, das »Paket« zu dem bereitstehenden Auto tragen und im Kofferraum verstauen. Ohne Aufsehen zu erregen, würden sie »Drucker« über die Sektorengrenze schaffen.

Die Uhr über der Theke der »Westfalenklause« zeigte wenige Minuten vor 21 Uhr. Günter zahlte und stand auf. Es ging los.

Eine Viertelstunde später klingelte er an Peter Brandners Tür. Aus der Wohnung klangen dumpfe Geräusche, aber niemand öffnete. Günter schlug mit der Hand gegen die Tür, klingelte Sturm und rief: »Herr Brandner, machen Sie auf, ich bin's, Klaus!«

Endlich öffnete sich die Tür. Nach Wodka stinkend torkelte ihm sein Beobachtungsobjekt »Drucker« entgegen. Sabbernd und heulend fiel Brandner vor ihm auf den Boden und lallte unablässig: »Ich bin schuld. Glaub mir, ich bin schuld.«

Günter zog ihn mit Mühe hoch, aber er entglitt ihm wieder, wobei sein Kopf hart auf den Boden schlug. Bewegungslos blieb Brandner liegen.

Voller Abscheu sah Günter auf ihn herab. Der ganze ausgefeilte Plan für eine reibungslose Entführung war überflüssig gewesen, ärgerte er sich. Hier wurden keine k.o.-Tropfen gebraucht, kein Schlafsack, kein Paket musste geschnürt werden. Nur zwei starke Männer waren nötig, die den Betrunkenen die vier Treppen hinunterschafften und in den Kofferraum des Autos legten. —

Peter Brandner wurde in das Gefängnis des Ministeriums für Staatssicherheit in Hohenschönhausen verschleppt, weggesperrt in den berüchtigten

Zellentrakt »U-Boot«. Gegen ihn wurde ein Verfahren wegen »Boykotthetze« eingeleitet, gemäß dem Artikel 6 der Verfassung der DDR, einem Gummiparagraphen, der die Verfolgung politisch Andersdenkender legitimierte. Unzählige Jahre Zuchthaus wurden in der DDR wegen Verstößen gegen diesen Paragraphen verhängt.

Neunzehn Monate lang war Brandner den stundenlangen Verhören und der psychologischen Folter der Staatssicherheit ausgesetzt, ehe es zum Prozess kam. Vier Tage vor Prozessbeginn lernte er seinen Anwalt kennen. Brandner bat ihn, die Zulassung West-Berliner Journalisten zum Verfahren zu beantragen, die in ihren Blättern seinerzeit tagelang über seine Entführung berichtet hatten. Doch sein Verteidiger lehnte diese Bitte als aussichtslos ab, brachte nicht einmal die Verschleppung seines Mandanten in dem Prozess zur Sprache.

Das Urteil fiel nach gerade fünfeinhalb Stunden: vier Jahre Zuchthaus unter Anrechnung der Untersuchungshaft. Die Kosten des Verfahrens hatte der Verurteilte zu tragen.

Zweiter Teil

Müde und missmutig wartete Martin Kranz vor der Ampel am Messedamm. Das »wegen der Internationalen Grünen Woche 2008 erhöhte Verkehrsaufkommen«, wie es immer so harmlos in den Verkehrsnachrichten hieß, und der Berufsverkehr sorgten dafür, dass sich die Autokolonnen auf allen Fahrbahnen rund um den Funkturm nur langsam voranschoben.

Ungeduldig trommelte Martin mit dem Daumen auf das Lenkrad. Er hatte wieder mal einen langen Arbeitstag mit viel Leerlauf hinter sich. Seit zwei Jahren war er Akademischer Rat bei den Germanisten an der Freien Universität in Dahlem. Dort hatte er in seiner Assistentenzeit promoviert und sich habilitiert. Seine anschließenden Bewerbungen um einen Lehrstuhl an verschiedenen Universitäten aber waren erfolglos geblieben. Hoffnung begannen er und Anna zu schöpfen, als in seinem eigenen Fachbereich die Stelle eines Akademischen Rates frei wurde, die nicht gestrichen, sondern wieder besetzt werden sollte. Martin bewarb sich und wurde unter 18 Bewerbern ausgewählt. Voller Elan hatte er seine Arbeit begonnen, sich auch als Vertreter des »Mittelbaus« in der Hochschulpolitik engagiert, wurde Mitglied in Haushalts-, Ausbildungs- und Berufungskommissionen. Aber nach zwei Jahren Gremienarbeit hatte er genug davon. Regelmäßig musste er feststellen, dass in diesen Sitzungen nichts wirklich Entscheidendes herauskam.

Endlich konnte er Gas geben, an der Ecke in die Neue Kantstraße abbiegen und zügig nach Hause in die Wundtstraße fahren. Auch hier waren die Auswirkungen der Grünen Woche zu spüren: in der sonst ruhigen Wohnstraße herrschte ein reger Parkplatzsuchverkehr der Ausstellungsbesucher. Martin fühlte sich, wie immer in ähnlichen Situationen, überaus priviligiert, als er durch den Torweg in den Hof seines Wohnhauses einbog, um dort das Auto abzustellen. In der Hand seine schwere Aktentasche voller Bücher klingelte er an der Haustür, aber kein Surren ertönte. Ärgerlich stellte Martin die Tasche ab und begann, in ihr minutenlang nach dem Schlüssel zu wühlen. Als er endlich die leere Wohnung betrat, fiel ihm ein, dass Anna um diese Zeit die beiden Jungen vom Kinderchor in der Kirche am Lietzensee abholte und bald nach Hause kommen würde. Denn Spielplatzbesuche fielen bei dem kalten Wetter in dieser Jahreszeit aus.

Er stellte seine Tasche im Arbeitszimmer ab und ging in die Küche. Auf der Heizplatte der Kaffeemaschine stand noch die Kanne mit etwas Kaffee, den sich Martin in einen Becher goss und ins Wohnzimmer trug. Auf dem Tisch lag das Buch, das Anna wahrscheinlich längst ausgelesen hatte. Sie las gern Romane, vor allem solche, deren Handlung in Berlin spielte. Der Schauplatz dieses Romans war sogar der Lietzensee und seine Umgebung. An diesem See und dem Park, der direkt vor ihrer Haustür lag, wohnte die Familie Kranz. Anna war auf der anderen Seite des Sees in der Dernburgstraße aufgewachsen. Sie liebte ihre Wohngegend über die Maßen und interessierte sich für ihre Geschichte und die Menschen, die früher und heute hier lebten.

Vor der Mensa in Dahlem stellten normalerweise Händler ihre Stände auf und verkauften antiquarische Bücher. Diese Büchertische bedeuteten eine Fundgrube für Bücherliebhaber, wie Martin es war, und oft stöberte er nach dem Essen ein Weilchen dort herum. Neulich fiel sein Blick auf den Titel eines Taschenbuches »Treffpunkt Kuno-Fischer-Straße«. Er blätterte darin, stellte fest, dass es ein Roman war, der in den fünfziger Jahren am Lietzensee spielte, und kaufte es für Anna, die sich sofort mit Begeisterung darauf stürzte.

Jetzt hörte er Geräusche an der Wohnungstür, die Familie kam nach Hause. Mit einem lauten »Hallo, Papa!« begrüßten ihn der achtjährige Max und der fünfjährige Karl, zogen sich ihre dicken Winterjacken aus und warfen die Schuhe in die Flurecke.

»Hallo! Ein bisschen ordentlicher, bitte!«, bremste Anna die beiden. Martin gab ihnen und Anna einen Kuss. Er lachte sie an, dass sie ganz verwundert fragte: »Was hast du denn?«

»Du siehst so ungewohnt aus mit deiner neuen Frisur.« Martin strich ihr über die Haare.

Anna, groß und schlank, trug seit Jahren ihre langen braunen Haare hochgesteckt. So hatte Martin sie auch kennengelernt. Gestern aber war sie plötzlich ohne Vorankündigung zum Friseur gegangen und hat sich die Haare abschneiden lassen, so dass sie ihr jetzt halblang auf die Schultern fielen. Die Kinder schrieen vor Empörung, aber Martin gefiel seine neue Frau sehr gut.

»Meine Schüler, vor allem die Mädchen, finden die offenen Haare viiiiiiel besser«, machte Anna sie nach und lachte. Sie war Musiklehrerin und unterrichtete in der Lietzensee-Grundschule in der Witzlebenstraße, wo auch Max die dritte Klasse besuchte. Kalli ging noch in den Kindergarten.

Als später die Jungen im Kinderzimmer zum Spielen verschwanden, fragte Martin: »Hast du den Roman schon ausgelesen?«

Anna nickte: »Klar, ist ja ein dünnes Büchlein. Du musst es auch lesen. Ist phantastisch vom Inhalt her. Ich habe gar nicht gewusst, was sich hier früher abgespielt hat, dass die Flüchtlinge aus der DDR Anfang der fünfziger Jahre in der Kuno-Fischer-Straße ihre Notaufnahme beantragen mussten. Ich kenne nur das große Aufnahmelager in Marienfelde. Aber das wurde ja erst 1953 gebaut, als sich herausstellte, dass der Flüchtlingsstrom nicht nur eine vorübergehende Erscheinung war, sondern ein Dauerzustand.«

Martin, Jahrgang 1968, blätterte in dem Buch und meinte: »Ich muss gestehen, ich weiß wenig von der Zeit vor dem Mauerbau.«

»Dann lies mal das Buch! Da geht es um Fluchtgründe und die damaligen Zustände in der DDR. Die Geschichte selbst ist allerdings irgendwie seltsam.«

Anna schwieg einen Moment und schaute Martin mit ihren braunen Augen nachdenklich an: »Ich habe das Gefühl, dass es keine ausgedachte Geschichte ist. Dass die Frau, die das aufgeschrieben hat, dabei gewesen ist, aber nicht alles wusste oder sagen wollte. Da geschieht ein Mord an einer Frau, aber die kann auch anders umgebracht worden sein als beschrieben. Es geht die ganze Zeit um viel Geld, von dem dann plötzlich keine Rede mehr ist. Der Roman endet auch ziemlich abrupt. Wie die Personen auf den Mord reagieren, ob er überhaupt aufgeklärt wurde, das wird alles nicht gesagt. Komisch.« Anna zuckte mit den Achseln.

Martin schlug die erste Seite des Buches auf: »Verfasserin Agnes Pfeiffer, nie gehört, erschienen 1978 in Berlin, im Schwarzweiß-Verlag, auch nie gehört.«

»Ich habe vorhin die Namen gegoogelt, aber ohne Ergebnis. Die Frau und der Verlag existieren nicht, jedenfalls nicht im Internet«, erklärte Anna.

»Dann gibt es ja nur noch eine Möglichkeit«, Martin schaute seine Frau belustigt an, »du musst Frau Körner fragen! Die hat damals hier gelebt und kann vielleicht Licht in die obskure Angelegenheit bringen.« Er lachte: »Aber wem sage ich das! Ich wette, du hast dich schon längst mit ihr verabredet und freust dich, mit ihr wieder mal auf Mördersuche zu gehen.«

»Klar, macht doch Spaß!« Anna grinste: »Morgen werde ich sie besuchen und ihr das Buch zeigen.«

Anna hatte tatsächlich bereits zwei Morde, die sich in der Vergangenheit ereignet hatten, mit Hilfe ihrer alten Nachbarin aufgeklärt. Ulla Körner lebte seit über achtzig Jahren in ihrem Haus am Lietzensee und erinnerte sich mit ihrem ungewöhnlichen Gedächtnis an viele Menschen und Ereignisse in den vergangenen Jahrzehnten, natürlich auch an jede Menge Klatsch und Tratsch. Wenn jemand ihr helfen konnte, dachte Anna, dann sie. —

Frau Körner war mit ihren 88 Jahren körperlich sehr gebrechlich geworden und verließ nicht mehr ihre kleine Wohnung. Aber innerhalb dieser konnte sie sich bewegen und viele Handgriffe selbst erledigen. Zur täglichen Unterstützung kam neuerdings eine mittelalterliche rundliche Frau von der Caritas, mit der Frau Körner ausnahmsweise zufrieden war, nachdem sie den anderen Pflegekräften nach kurzer Zeit Unfähigkeit vorgeworfen und sie rausgeschmissen hatte. Denn Frau Körners Geist und Verstand funktionierten wie in alten Zeiten. Sie schaute regelmäßig fern, aber freute sich immer über Annas Besuch, die ihr von sich und ihrer Familie erzählte, also vom wirklichen Leben sprach.

Auch heute plauderte Anna mit der alten Nachbarin erst ein Weilchen, ehe sie ihr das Buch zeigte.

»Dieser Roman spielt 1952 am Lietzensee, als viele Flüchtlinge aus der DDR in den Westen kamen. Können Sie sich daran erinnern?«

»Ja, natürlich!«

»Auch an die Meldestelle in der Kuno-Fischer-Straße?«

Frau Körner nahm das Buch und blätterte darin: »Ich kam selten in die Kuno-Fischer-Straße. Ich hatte damals eine Ausbildung zur Arzthelferin begonnen, die mich voll in Anspruch nahm. Außerdem musste ich mich um Joachim kümmern. Also ich war den ganzen Tag beschäftigt. Aber eine Kusine von mir, die geflohen war, hat sechs Wochen bei mir gewohnt und natürlich viel von dem Aufnahmeverfahren erzählt. Das war auch für mich eine anstrengende Zeit, Sie kennen ja meine kleine Wohnung. Wir waren beide froh, als sie endlich ihren Abflugtermin bekam. Ich weiß noch, wie erleichtert ich das Bett abgezogen und alles zurückgeräumt habe, als sie weg war. Aber nach drei Stunden stand sie wieder vor der Tür: Wegen Nebels konnten die Flugzeuge nicht starten. Da musste ich das Bett wieder beziehen!« Frau Körner lachte.

»Warum wurden eigentlich alle Flüchtlinge so kostspielig mit dem Flugzeug in den Westen gebracht?« fragte Anna. »Warum sind sie nicht einfach mit dem Zug oder Bus gefahren?«

»Die Flüchtlinge hätten durch die Sowjetzone fahren müssen, aber die Grenzen wurden doch kontrolliert!« Frau Körner war über Annas naive Frage einigermaßen verwundert. »Die wären sofort aus Bus oder Bahn herausgeholt und verhaftet worden wegen Republikflucht. Also konnten sie nur auf dem Luftweg Berlin verlassen. Joachim hat sich später als Student gutes Geld verdient, indem er Autos von ehemaligen Flüchtlingen, die in Berlin wohnten, durch die DDR gefahren und dann im Westen ihren Besitzern übergeben hat und umgedreht. Diese mussten immer fliegen, denn sie wären an der Grenze sofort festgenommen worden. Auch noch Jahre nach ihrer Flucht.«

»Ach so! Wenn Sie schon so gut erklären, Frau Körner, habe ich noch eine Frage. Die Flüchtlinge kamen täglich zu Tausenden aus Ost-Berlin nach West-Berlin. Da muss doch Ost-Berlin bald keine Einwohner mehr gehabt haben.«

»Aber, Anna!« Jetzt schüttelte Frau Körner angesichts dieser Unwissenheit missbilligend den Kopf. »Die kamen doch aus dem ganzen Land! Passen Sie auf: Zuerst konnte jemand, der zum Beispiel in Magdeburg wohnte und in den Westen wollte, sich heimlich durch die Wälder schleichen und die Zonengrenze nach Niedersachsen überqueren. Das war die sogenannte ›Grüne Grenze‹. Aber die wurde schon 1952 abgeriegelt.«

»Richtig«, sagte Anna, »so fängt das Buch an.«

»Wenn danach jemand aus Magdeburg fliehen wollte, fuhr er nach Ost-Berlin, das die Hauptstadt der DDR war. Die Regierung konnte schließlich ihren Bürgern nicht verbieten, in ihre Hauptstadt zu fahren. Aber sie konnte eben auch nicht verhindern, dass die Leute aus Magdeburg, Dresden, usw. sich in die S-Bahn setzten und in die Westsektoren fuhren. Berlin war bis zum Bau der Mauer eine einheitliche Stadt, zwar geteilt in vier Sektoren, aber jeder konnte überall hingehen, in jeden Sektor.«

»Danke. Jetzt ist mir einiges klarer«, meinte Anna. »Aber jetzt noch mal zum Buch. Ich würde gern von Ihnen wissen, ob die Handlung wirklich passiert oder ausgedacht ist, und ob Sie vielleicht einige Personen darin wiedererkennen.«

»Na gut, ich werde das Buch lesen.«

»In dem Roman spielen viele Szenen in der evangelischen Kirche am Lietzensee. Hatten Sie damals Kontakt zu der Gemeinde?«

»Überhaupt nicht. Ich bin doch katholisch«, meinte die alte Nachbarin, betrübt, weil sie Anna nicht helfen konnte. Aber dann hellte sich ihr Gesicht auf:

»Ich weiß jemanden, der sich in dem Gemeindeleben während dieser Zeit gut auskennen muss: Frau von Bergheim, die ich in der Reha kennengelernt hatte, als ich mir meinen Oberschenkelhals gebrochen hatte. Sie ist zehn Jahre jünger als ich. Die hat in den fünfziger Jahren am Lietzensee gewohnt, in einem Haus direkt gegenüber der Kirche. Wenn Sie wollen, gebe ich ihr anschließend den Roman zum Lesen.«

»Vielen Dank, Frau Körner. Sie sind immer eine große Hilfe.« Anna legte der alten Frau den Arm um die Schulter und gab ihr einen Kuss auf die Wange.

Diese errötete vor Freude: »Nana, nun wollen wir mal nicht übertreiben.«

Die Wirkung des Romans auf Frau von Bergheim glich einer Explosion.

Wenige Tage später rief sie bei Anna an und schrie ins Telefon: »Alles erstunken und erlogen!« Dann schluckte sie, als ob ihr die Tränen kamen. Aber schnell hatte sie sich gefasst und wurde wieder laut: »Mein guter Mann, ein Mörder! Das ist eine Diffamierung, eine Beleidigung. Das dürfen Sie auf gar keinen Fall glauben. Er war eine Seele von Mensch. So sein Andenken zu beschmutzen! Die Frau, die das Buch geschrieben hat, gehört ins Gefängnis. Lebenslänglich! Jawoll!«

Ihre kurze Atempause nutzte Anna und warf schnell ein: »Ich glaube Ihnen ja! Aber Sie müssen mir alles genau erklären. Darf ich Sie besuchen, damit wir über das Buch reden können?«

Sie war selbst aufgeregt angesichts der Wahrscheinlichkeit, dass es sich bei dem Ehemann um Herrn von Steinhausen handelte und Frau von Bergheim die junge Hildegard von Steinhausen war. Das wäre eine Sensation.

Zwei Tage später fuhr sie mit dem Fahrrad trotz Kälte und Glätte den kurzen Weg in die Schloßstraße. Frau von Bergheim wohnte in der ersten Etage eines Hauses in der Nähe des Charlottenburger Schlosses. Das Haus fiel auf, nicht nur wegen seiner üppigen Stuckverzierung und dem frischen dunkelgelben Anstrich, sondern auch wegen seiner geringen Traufhöhe. Es war eindeutig älter als die umliegenden Häuser, schätzte Anna.

Die Wohnung mit ihren großen Räumen und hohen Fenstern überraschte sie daher nicht, wohl aber die temperamentvolle Besitzerin, die mindestens zehn Jahre jünger wirkte als sie war. Sie lachte die Besucherin an: »Schön, dass Sie da sind. Kommen Sie herein!« und führte Anna in ein riesiges Wohnzimmer, das sparsam, aber geschmackvoll möbliert war. Frau von Bergheim trug ein elegantes braunes Leinenkleid, das bis zum Boden reichte, dazu hatte sie sich ein passendes Tuch um den Hals geschlungen.

Sie platzierte Anna auf ein dunkelgrünes Sofa und setzte sich ihr gegenüber in den Sessel. Aus einer silbernen Kanne goss sie Anna und sich selbst Tee ein – »Sie nehmen doch Tee?« – und begann zu reden:

»Sie können sich gar nicht vorstellen, wie es in mir aussieht, die ganzen Erinnerungen sind wieder hochgekommen. Die von Steinhausens in dem Roman sind natürlich wir. Es war eine so schöne Zeit damals, mit meinem wunderbaren Mann, unserm schönen Haus und den Kindern. Wir hatten drei Kinder, zwei Mädchen, einen Jungen. Die leben aber alle nicht in Berlin. Mein Mann ist dann leider schon 1973 gestorben, an Krebs, ganz schlimm, ich war erst 43 Jahre alt, habe aber nicht noch einmal geheiratet. Nein«, sie lachte geringschätzig, »nicht nach diesem Mann! Da konnte kein anderer mithalten.«

Sie wollte weitersprechen, aber Anna spürte, dass sie ohne ihre Gastgeberin zu unterbrechen, nie eine Chance zum Reden bekommen würde.

»Entschuldigen Sie, wenn ich jetzt so direkt frage: Stimmte denn die Sache mit den Fotografien aus Weißrussland?« Anna drückte sich bewusst etwas unpräzise aus.

»Fragen Sie, fragen Sie! Also von diesen Fotos, bzw. von dem, was sie mit den Partisanen gemacht haben, hat er mir schon vor unserer Hochzeit erzählt. Ist doch großartig, wie ehrlich er war, finden Sie nicht? Er wollte, dass ich Bescheid wusste. Mein Gott, das mit den Partisanen haben doch viele gemacht. Es war eben Krieg. Aber dass Hanna sich die ganze Zeit so verstellt hat, das werde ich ihr nie verzeihen. Nie! Ich habe sie geliebt wie meine große Schwester und dann das!«

Kopfschüttelnd nahm sie einen Schluck Tee.

»Also die Elise aus dem Buch hieß in Wirklichkeit Hanna«, warf Anna schnell ein, »und Sie meinen, Ihr Mann hat Hanna nicht vergiftet.«

»Nein!« Frau von Bergheim schrie es fast, »er wollte ihr nur einen Denkzettel verpassen! Es war doch so: Frau Kaltenbach hatte eine Wut auf Hanna, warum, weiß ich nicht und wollte ihr eins auswischen. Daher hat sie sie an meinen Mann verpetzt, gesagt, dass Hanna kompromittierende Foto von ihm hätte und er mit einer Erpressung rechnen müsste. Mein Mann war wütend, wollte sie sofort entlassen, aber ihr vorher noch einen kleinen Schrecken einjagen. Aber so gemein und ordinär war er nie, wie er im Buch dargestellt wird, ins Gesicht schlagen und die Treppe hinunterstoßen – das ist alles erlogen! Mir hat er davon erst hinterher, nach Hannas Tod erzählt. Das ist ja das Merkwürdige, er hat ihr suggeriert, dass sie Gift getrunken hat, aber keins gegeben. Er dachte, ihre heftige Reaktion mit den Krämpfen bildete sie sich aus Angst vor Vergiftung ein. Aber bei der gerichtsmedizinischen Untersuchung wurde tatsächlich Gift in ihrem Körper gefunden. Aber das können Sie mir glauben, nicht von meinem Mann! Das könnte er nie!«

Nun gut, dachte Anna, die Partisanen hat er auch umgebracht. Laut sagte sie:

»Wissen Sie, was das für ein Gift war und ob Hanna daran überhaupt gestorben ist? Sie hatte wohl auch eine schwere Kopfverletzung.«

»Ach, liebe Frau Kranz, was Sie alles wissen wollen! Ich habe doch keine Ahnung«, seufzte Frau von Bergheim theatralisch. »Ich hatte auch ganz andere Sachen im Kopf, bekam dann doch meinen kleinen Michael. Das war alles viel aufregender. Die Geburt – ich weiß nicht, haben Sie Kinder?«

Bitte, keine ausführlichen Geburtsschilderungen, dachte Anna alarmiert.

»Jaja, zwei. Aber noch eine Frage. Mich würde natürlich interessieren, welche Personen des Romans Sie kannten und wie sie in Wirklichkeit hießen. Ich habe hier einmal alle vorkommenden Personen aufgeschrieben.«

Anna legte ihrer Gastgeberin eine Liste vor, die Frau von Bergheim gehorsam durchlas.

»Tut mir leid, die meisten kenne ich gar nicht«, stellte sie überrascht fest. »Dabei habe ich die ganze Zeit doch dort gewohnt. Aber man war vielleicht zu sehr mit den eigenen Angelegenheiten beschäftigt. Jedenfalls hieß die Frau Dinkelbach aus dem Buch in Wirklichkeit Regina Kaltenbach. Sie war nicht sehr lange im Gemeindebüro tätig. Ihr Sohn zog nach ein paar Jahren nach Westdeutschland, wohin, weiß ich nicht und sie ging dann auch weg. Der Sohn hieß übrigens Axel, war ein netter Junge, hat oft im Zelt geholfen, aber die Tochter kannte ich nicht.«

Sie studierte noch einmal die Liste: »Ich kenne wirklich nur noch Hanna, Hanna Walter, und den Pfarrer natürlich, der hieß Brandt«.

»Wenigstens etwas«, Anna trug die richtigen Namen ein.

»Haben Sie eine Ahnung, wer das Buch geschrieben haben könnte?«, schnitt Anna ein neues Thema an.

Frau von Bergheim schüttelte den Kopf: »Überhaupt nicht. Aber soviele Frauen kommen in dem Roman gar nicht vor. Hanna ist tot. Ich habe es nicht geschrieben. Bleiben nur Frau Kaltenbach oder ihre Tochter übrig, oder diese Monika. Aber das ist alles sehr unwahrscheinlich.«

»Der Name ist möglicherweise ein Pseudonym. Auch ein Mann kann das Buch geschrieben haben.«

»Meinen Sie?« Allmählich erlahmte Frau von Bergheims Interesse an dem mysteriösen Roman. »Und Sie wohnen im Haus von Frau Körner? Sie ist noch bewundernswert klar im Kopf, auch wenn sie nicht mehr gut laufen kann. Ich unterhalte mich gern mit ihr. Neulich …«

»Entschuldigen Sie, ich habe noch eine Frage. Wissen Sie, was aus dem Sohn von Frau Kaltenbach geworden ist? Der müsste noch leben.«

»Axel? Weiß ich nicht, aber fragen Sie mal im Gemeindebüro nach. Vielleicht haben sie dort alte Unterlagen oder Adressen von seiner Mutter.«

Das nahm sich Anna vor, aber als sie wieder zu Hause war, warf sie zunächst ihren Computer an und schaute im online-Telefonbuch nach. Sie stellte fest, dass es im ganzen Land nur vier Axel Kaltenbachs gab, in kleinen Orten, die ihr unbekannt waren. Kurz entschlossen begann sie zu telefonieren:

»Guten Tag, hier ist Anna Kranz aus Berlin. Ich suche einen Axel Kaltenbach, der Anfang der fünfziger Jahre am Lietzensee in Charlottenburg gelebt hat.«

Dreimal hörte sie: »Tut mir leid, kann ich Ihnen nicht mit dienen.« Beim vierten Mal nahm niemand ab. Eine kleine Chance blieb ihr also noch.

Wenig später zog Anna sich wieder ihre dicke schwarze Jacke aus Kunstpelz an und sagte zu Martin, der am Schreibtisch saß und Klausuren korrigierte: »Machst du den Kindern Abendbrot und bringst sie ins Bett? Ich gehe zum Chor, heute ist Mittwoch.«

»Muss ich wohl«, brummelte er unzufrieden. Anna gab ihm einen Kuss, noch ein »Tschüss«, dann war sie verschwunden

Wieder balancierte sie vorsichtig mit ihrem Rad auf dem glatten Fahrdamm, diesmal auf dem Weg zur Kirche am Lietzensee, in deren Chor sie seit vielen Jahren sang. Vor dem Gemeindehaus begrüßte sie andere Mitglieder des Chores, die zu Fuß oder ebenfalls mit dem Rad aus beiden Richtungen zusammenkamen. Als Anna ihr Fahrrad anschloss, bremste Ingeborg neben ihr. Sie war eine auffallende Erscheinung, liebte es, sich extravagant anzuziehen und war immer perfekt geschminkt. Ingeborg war seit ihrer Kindheit gehbehindert, hatte aber gelernt, mit ihrer Behinderung umzugehen. Sie fuhr nicht nur selbstverständlich Auto, sondern hatte sich vor kurzem ein Fahrrad anfertigen lassen, das speziell für ihre Bedürfnisse hergestellt war und mit dem sie sogar Radtouren machte. Gemeinsam gingen sie und Anna die breite Treppe zum Großen Saal hinunter. Ingeborg war Anfang sechzig, geschieden, und besaß eine große Buchhandlung am Spandauer Markt, in der sie häufig bekannte Autoren zu Lesungen begrüßte.

»Sag mal, Ingeborg«, hatte Anna plötzlich eine Idee. »Als Buchhändlerin musst du doch Bescheid wissen. Ich besitze ein Buch, das hier am Lietzensee spielt. Erschienen 1978, den Verlag gibt es nicht mehr, der Name der Autorin kann ein Pseudonym sein. Weißt du, wie man vielleicht trotzdem den Verleger herausfinden kann oder die Autorin?«

»Das ist ziemlich schwierig«, erklärte Ingeborg, »Verlage werden schnell gegründet und gehen machmal genauso schnell wieder ein, besonders Selbstverlage, falls das einer war. Außerdem ist dein Buch dreißig Jahre alt. Aber bring es mal mit, und ich sehe, was ich machen kann.«

Annas vierter Anruf war ein Volltreffer: Sie hatte Horst Dinkelbach, alias Axel Kaltenbach gefunden, wohnhaft in Spangenberg, in der Nähe von Kassel.

Auf ihre Frage erklärte er, nach einem Moment des Überlegens, sehr distanziert: »Ja, der bin ich.«

Schnell begann Anna zu reden, stellte sich vor, sprach von ihrem Interesse für die Geschichte ihres Wohngebietes, von dem Buch aus der Zeit des Kalten Krieges und ihrem Wunsch, Näheres über die damaligen Ereignisse zu hören.

Schließlich fragte sie: »Kennen Sie dieses Buch, ›Treffpunkt Kuno-Fischer-Straße‹?«

»Ja«, lautete die knappe Antwort. »Kenn' ich.«

»Ich habe angefangen zu recherchieren, was damals wirklich geschah«, redete Anna weiter, »und bin froh, dass ich schon bis zu Ihnen vorgedrungen bin. Ihren Namen hat mir Frau von Bergheim genannt, die leider die anderen Personen des Romans kaum kannte. Aber Sie müssten Bescheid wissen. Der Horst des Buches stand eigentlich im Mittelpunkt des Geschehens und hatte zu allen Beteiligten Kontakt. «

Axel Kaltenbach zögerte: »Ich verstehe nicht, was Sie an dieser alten Geschichte interessiert. Das Ganze ist über fünfzig Jahre her. Die meisten Personen sind tot.«

»Sie haben vollkommen recht«, stimmte Anna ihm zu, eifrig bemüht, seine abweisende Haltung ins Wanken zu bringen, »aber trotzdem ist es ein Stück Lietzensee-Geschichte. Und die Sachlage ist ziemlich ungeklärt, die Frage, wer Elise, also Hanna, umgebracht hat, wahrscheinlich falsch beantwortet. Hat die Autorin die Ereignisse bewusst oder aus Unkenntnis falsch dargestellt? Das möchte ich gern wissen, und Sie können mir vielleicht helfen.«

»Wahrscheinlich sogar«, Herr Kaltenbach war unentschlossen, »aber ich weiß nicht, ob ich es will.«

War er der wahre Mörder?, durchzuckte es Anna. Sie bedauerte lebhaft, dass sie ihn nicht treffen konnte. Ein persönliches Gespräch war immer ergiebiger, wie sie aus Erfahrung wusste.

Dennoch ließ sie nicht locker: »Ich denke, gerade weil bereits fünfzig Jahre vergangen sind, kann man unbelastet und entspannt darüber sprechen und die Wahrheit herausfinden.«

Schließlich fasste Horst bzw. Axel einen Entschluss: »Sie gefallen mir mit ihrem Eifer! Ich werde Ihnen Einiges erzählen, alles weiß ich selbst nicht, aber nicht am Telefon. Im April komme ich mit meiner Frau nach Berlin zum Geburtstag meiner Schwester. Dann können wir uns treffen.«

»Gisela?« fragte Anna atemlos vor Aufregung darüber, dass sie sich dem Geheimnis des Buches in großen Schritten näherte.

»Sagen wir lieber Erika«, lachte Herr Kaltenbach und notierte Annas Telefonnummer und ihre E-Mail-Adresse. —

»Hallo, Mama, ich bin's«, rief Anna ins Telefon. »Könntest du vielleicht morgen Abend bei uns babysitten? Martin will zu einem Vortrag in seinem Institut und ich habe eine Sitzung vom Lietzenseeverein, die um 19 Uhr beginnt.«

»Tut mir leid, ich gehe mit Ingrid ins Kino«, bedauerte die Mutter. »Aber ich frage deinen Vater, einen Moment bitte.«

Anna hörte Gemurmel im Hintergrund und wartete geduldig. Sie war sicher, dass ihr Problem gelöst wurde. Um ihre Eltern wurde sie von vielen befreundeten Familien beneidet. Beide waren Rentner, konnten sich ihre Zeit einteilen und ließen sich in Notfällen gern einspannen. Außerdem wohnten sie in der Nähe und obendrein waren sie unkompliziert und nett.

»Guten Tag, Anna«, erklang nun die Stimme ihres Vaters. »Deine Mutter ist wieder mal unterwegs, aber ich könnte kommen. Wann soll es sein?« Der Vater, ein ehemaliger Finanzbeamter, sprach in bedächtigem Ton, im Gegensatz zu seiner lebhaften Frau.

»Danke, Papa, auf euch kann man sich immer verlassen! Die Sitzung wird auch nicht lange dauern. Aber vergiss bitte nicht, dir ein Bier mitzubringen, damit du es dir gemütlich machen kannst.«

Ihr Vater schmunzelte: »Wie immer!« Er wusste, dass sich bei dem weintrinkenden Ehepaar Kranz normalerweise kein Bier im Kühlschrank befand.

Seit einigen Jahren existierte am Lietzensee ein Bürgerverein, der sich auf vielfältige Weise um die Pflege und Erhaltung des Parks kümmerte, sich aber auch bemühte, die Kommunikation unter den Anwohnern zu fördern. Zu diesem Zwecke wurde vor einiger Zeit ein regelmäßiges monatliches Treffen eingeführt. Bei diesem Jour fixe gab es Gelegenheit zu Gesprächen unter Nachbarn, aber es wurde auch jedesmal ein bestimmtes Thema behandelt, das sich im weitesten Sinn mit dem Lietzensee beschäftigte.

In der heutigen Sitzung sollte das Programm für die zweite Hälfte des Jahres festgelegt werden. Anna gehörte zu der Arbeitsgruppe, die für die Planung zuständig war.

Diesmal ließ sie das Fahrrad wegen der extremen Kälte und gefährlichen Glätte im Hof stehen und machte sich, dick vermummt, zu Fuß auf den kurzen Weg in das Piano-Café an der Ecke Neue Kant-/Herbartstraße, dem »Stammlokal« des Lietzensee-Vereins und Treffpunkt für den Jour fixe. Anna besuchte gern dieses Café. Es hatte eine unverwechselbare Atmosphäre mit dem großen Flügel in der Mitte, auf dem der Wirt gern selbst in die Tasten griff, und den vielen Instrumenten an der Wand, die an bestimmten Tagen zum Musizieren heruntergeholt wurden.

Eine wohlige Wärme umfing Anna. Heide und Wolfgang waren schon da, beide um die sechzig und sehr aktiv. Heide traf sich regelmäßig mit anderen Frauen zur praktischen Parkpflege, während Wolfgang sich besonders bei der Instandsetzung der Bänke und Entfernung von Schmierereien betätigte. Aufatmend ließ Anna sich auf dem Ecksofa nieder und bestellte einen Tee. Dann machten sich die drei an die Arbeit. An Themen für ihre Bürger-Treffen bestand kein Mangel und bald war ein abwechslungsreiches Programm zusammengestellt mit Vorträgen, einer Lesung und einer Filmvorführung.

Anschließend gab es noch ein Problem zu lösen.

»Der Dendrologe Dr. Kühn hat gestern bei mir angerufen«, erklärte Heide, »er kann nicht den vereinbarten Termin Anfang Juni einhalten, an dem er über die Bäume im Lietzenseepark sprechen wollte. Wir brauchen einen Ersatz für ihn.«

»Ich hätte einen Vorschlag«, Wolfgang zögerte, »aber ich weiß nicht, wie ihr dazu steht.«

Die beiden Frauen guckten verwundert: »Was denn? Mach es nicht so spannend.«

»Wir könnten einen Ex-Stasi-General einladen, der seine Geheimdienst-Karriere hier am Lietzensee begonnen hat.«

»Wow!«, staunte Anna. »Das klingt gut! Heißt er zufällig mit Vornamen Günter?«

»Wieso?« Wolfgang war etwas aus dem Konzept gebracht.

»Entschuldige, kann nicht sein. Erklär ich später. Erzähl erst mal.«

»Ich muss ein bisschen ausholen«, begann Wolfgang. »Neulich war eine Veranstaltung im ehemaligen Stasi-Untersuchungsgefängnis in Hohenschönhausen, das jetzt, wie ihr wisst, Gedenkstätte ist. Es ging um Hinweisschilder, die davor aufgestellt werden sollten. Ich habe einen Freund, der früher selbst in dem Gefängnis Häftling war, und der sich in der Gedenkstätte engagiert, Broschüren schreibt, Führungen macht usw. Er hatte mir schon mehrmals erzählt, dass die alten Stasi-Kader nach fast zwanzig Jahren Mauerfall wieder da sind und in Diskussionen immer frecher und unverfrorener auftreten. Ihr habt sicher davon auch in der Zeitung gelesen. Als wieder ein Treffen stattfinden sollte, bin ich diesmal hingegegangen, um mir selbst einen Eindruck zu verschaffen.«

Wolfgang machte eine kurze Pause und verdrehte die Augen.

»Es war tatsächlich grauenhaft. Die alten Stasi-Fritzen bestimmten die Diskussion und ließen sich von den Veranstaltern kaum unterbrechen oder zum Schweigen bringen. Sie stellten sich selbst als Zeitzeugen hin, die am besten Bescheid wüssten, und verunglimpften ihre Opfer als Kriminelle. Mir lief es kalt den Rücken runter. Aber bei einem wurde ich hellhörig. Er erzählte nämlich, wie er als junger Mann sich die ersten Sporen als Spitzel und Denunziant – er drückte sich natürlich anders aus – verdient hatte in West-Berlin bei der Notaufnahmestelle für Flüchtlinge in Charlottenburg. Er war ein ziemlich unangenehmer Typ, trotzdem dachte ich natürlich gleich an unseren Jour fixe und ob man ihn einladen sollte«, Wolfgang lachte auf: »als Zeitzeugen!«

Anna bekam vor Aufregung Herzklopfen: »Ich kann es kaum glauben«, begann sie und gab in hastigen Worten eine Zusammenfassung des Romans um die Kuno-Fischer-Straße.

Als sie geendet hatte, starrten die beiden anderen sie an.

»Das wäre die Sensation«, rief Heide, »wenn es da einen Zusammenhang gäbe zwischen dem Roman-Günter und diesem Stasi-General. Wir sollten den auf jeden Fall herholen. Das wäre mal ein spektakuläres Thema. Wir könnten die Presse einladen. Wir könnten …«

»Stopp«, unterbrach Wolfgang ihren euphorischen Redefluss. »Hört erstmal zu Ende zu. Nach der Veranstaltung ging ich zu ihm hin, stellte mich vor und fragte, ob er eventuell bei einem von unsern Treffen aus dieser Zeit berichten würde. Zunächst lehnte er rundweg ab, aber als ich nachhakte und an sein Zeitzeugen-Gewissen appellierte, wurde er zugänglicher. Wir sind dann verblieben, dass er darüber nachdenkt und ich hier im Bürgerverein feststelle, ob Interesse an ihm besteht.«

Einen Moment war es still. Dann sagte Anna mit Nachdruck: »Ihr wisst: Er könnte ein Raubmörder sein. Die Todesursache von Hanna Walter ist bis jetzt unklar.«

»Meinst du wirklich? Das wird richtig unheimlich«, Heide war nicht mehr zum Lachen zumute.

»Er wird uns nicht gleich alle umbringen«, beruhigte Wolfgang sie spöttisch. »Wie wollen wir entscheiden? Soll ich mit diesem Ex-Spitzel Kontakt aufnehmen und einen Termin für Juni festmachen oder nicht? Das Treffen würde im üblichen Rahmen stattfinden, also ohne Presse usw.«, fügte er mit einem Seitenblick auf Heide zu.

»Egal ob Mörder oder nicht. Ich wäre auf jeden Fall für eine Einladung«, antwortete Anna entschlossen.

Wolfgang war zufrieden: »Gut. Dann nehmen wir ihn als Ersatz für Dr. Kühn.«

Und Heide fügte ungeduldig hinzu: »Schade, dass wir noch so lange warten müssen.«

Bei einer der nächsten Chorproben gab Ingeborg Anna den Roman »Treffpunkt Kuno-Fischer-Straße« in der Pause wieder zurück.

»Tut mir leid. Ich konnte nichts über den Verlag oder die Autorin herausfinden. Das Buch fand ich spannend. Ich habe mich sogar an Einiges erinnert, obwohl ich damals noch klein war.«

Anna wunderte sich: »Wieso? Hast du denn als Kind auch schon hier gelebt?«

Ingeborg nickte: »Natürlich. Ich wohne in meinem Haus, solange ich denken kann.«

Als Anna berichtete, was sie über Axel Kaltenbach und den Ex-Stasi-General herausgefunden hatte, hinter dem sich vielleicht »Günter« verbarg, schoss Ingeborg das Blut vor Aufregung in die Wangen:

»Das ist hochinteressant. Du musst mir unbedingt alles erzählen, und wenn dieser Stasi-Mensch Euren Verein besucht, will ich auf jeden Fall dabei sein.«

Andere Chormitglieder, die dem Gespräch zugehört hatten, wurden neugierig.

»Was ist das für ein Buch?«, fragte Hans.

»Die Handlung spielt hier in unserer Gegend in den fünfziger Jahren. Eigentlich müssten es alle lesen, die schon lange hier am Lietzensee wohnen und sich vielleicht daran erinnern, was wirklich geschah.«

Anna schilderte den Inhalt des Buches, bis Kerstin, ihre ambitionierte Chorleiterin, die Pause für beendet erklärte und die Proben weiter gingen mit Mendelssohn-Bartholdys achtstimmiger Motette »Richte mich, Gott«, die bei einem gemeinsamen Konzert aller Charlottenburger Kantoreien gesungen werden sollte. —

Am nächsten Tag hatte Martin nach dem Mittagessen noch etwas Zeit und hielt wieder einmal bei den Buchhändlern vor der Mensa nach interessanten Büchern Ausschau. Als er vor dem Tisch stand, auf dem er neulich den Flüchtlings-Roman gefunden hatte, wollte er seinen Augen nicht trauen: dort lag jetzt ein ganzer Stapel dieses Buches, sechsmal »Treffpunkt Kuno-Fischer-Straße«, ein Euro das Stück.

»Woher haben Sie diese Bücher?«, fragte Martin den Buchhändler neugierig und zückte sein Portemonnaie. »Ich nehme sie alle.«

Der Händler guckte ungläubig: »Alle? Hätte ich nicht gedacht, dass ich die so schnell loswerde.«

»Woher haben Sie sie denn?«, fragte Martin noch einmal.

»Ein Mann hat mir in letzter Zeit mehrmals Bücher gebracht. Ich glaube, der löst irgendeinen Haushalt auf.«

»Kennen Sie den Mann? Ist er auch ein FU-Angehöriger?«

»Keine Ahnung. Aber der kommt sicher noch öfter. Ich habe den Eindruck, er hat noch massenhaft Bücher. Ich kann ihn mal fragen.«

»Ich würde ihn gern treffen. Wäre nett, wenn Sie ihm das sagen. Ich frage morgen noch mal nach.«

Am nächsten Tag meinte der Händler: »Ich habe mit dem Mann gesprochen. Übermorgen bringt er gegen vier noch einen Karton.«

Martin brauchte nicht lange zu warten, als er zur verabredeten Zeit am Büchertisch stand.

Der Mann, mittelgroß, in Lederjacke und einem braunen Wollschal um den Hals, trug keuchend einen bis an den Rand mit Büchern gefüllten Karton herbei und setzte ihn schließlich auf einer freien Ecke eines Büchertisches aufatmend ab.

»Puh«, stöhnte er, »die haben ein Gewicht! Und die halbe Bude steht noch voll davon.« Er grinste Martin an, ein bisschen verschämt, weil er so deutlich seine Schwäche zeigte.

Martin lächelte zurück, der Mann, ungefähr in seinem Alter, wirkte sympathisch. »Fragen Sie doch Studenten, die verdienen gern ein paar Euro fürs Abtransportieren und Sie brauchen sich um nichts zu kümmern.«

»So einfach geht das nicht. Ich will die Bücher erst durchsehen und entscheiden, was ich behalte. Aber mein Onkel hatte eine große Bibliothek, das dauert seine Zeit.«

»Ihr Onkel ist jetzt gestorben?«

»Nein, der ist schon lange tot. Aber er hatte seine Bücher meiner Mutter vererbt, die ist jetzt gestorben.«

»Ich weiß, meine Fragen klingen seltsam«, meinte Martin fast entschuldigend, »aber Sie haben mehrere Exemplare des Romans ›Treffpunkt Kuno-Fischer-Straße‹ hergebracht, der mich sehr interessiert.«

»Wirklich?« fragte der Mann überrascht. »Das war damals ein Flop. Ließ sich überhaupt nicht verkaufen. Nur eine Auflage wurde gedruckt und von der lag der größte Teil im Keller herum. War in den siebziger Jahren in den Zeiten der Ostannäherung das falsche Thema. Da wollte niemand etwas vom Kalten Krieg und Menschenrechtsverletzungen in der DDR wissen. Das hat meinen Onkel ziemlich verbittert. Schließlich hat er selbst jahrelang in Bautzen gesessen. Ich muss aber gestehen, ich habe den Roman auch nie gelesen.«

»Das Buch stammt von Ihrem Onkel? Ich denke eine Frau, Agnes Pfeiffer, hat es geschrieben?« Martin spürte, wie die Spannung in ihm wuchs.

»Das war nur ein Pseudonym. Mein Onkel wollte nicht als Verfasser bekannt werden, warum, weiß ich nicht. Er war ein ziemlich bekannter politischer Journalist. Dies ist sein einziges Buch.«

Martin überlegte einen Moment. Peter Brandner, falls er der Verfasser ist, war um 1910 geboren. Das konnte unmöglich ein Onkel dieses Mannes sein.

»Das war Ihr Großonkel, oder?«, fragte er deshalb nach.

»Ja, aber warum …?«

Martin ließ ihn nicht ausreden: »Und wie hieß er?«

»Peter Weimann. Aber warum wollen Sie das so genau wissen?«

Dann stimmte alles: Der Onkel war Peter Brandner. Ganz eindeutig, er hatte nicht einmal seinen Vornamen geändert. Anna würde einen Herzschlag vor Aufregung bekommen, wenn sie hörte, dass er »Agnes Pfeiffer« identifiziert hat.

»Mein Name ist Martin Kranz«, stellte er sich dem Großneffen von Peter Brandner vor. »Ich würde mich gern einmal mit Ihnen in Ruhe über Ihren Onkel und das Buch unterhalten. Ob Sie mich und meine Frau vielleicht mal besuchen könnten?«

Der Mann blickte ihn erstaunt an, aber nickte: »Gut, warum nicht.«

So tauschte Martin mit Peter Brandners Nachkommen, Norbert Stein, die Telefonnummern aus, und sie fassten für die allernächste Zeit ein Treffen ins Auge.

Nach Hause gekommen, ging Martin sofort zu Anna in die Küche und verkündete seiner verdutzten Frau: »Ich weiß jetzt, wer Agnes Pfeiffer ist!«

Das Treffen mit Norbert Stein bescherte Anna und Martin einen unvergesslichen Nachmittag mit erheblichem Informationsgewinn.

Norbert kam nicht allein, sondern brachte seine Frau Emily mit, die unbedingt an dem Gespräch teilnehmen wollte, und seine drei Kinder im Alter von fünf bis zehn Jahren, ebenfalls Jungen. Da die Steins keinen Babysitter für den Abend bekommen konnten, war ein Nachmittagsbesuch mit der ganzen Familie verabredet.

Anna hatte alles gut vorbereitet, einen Apfel- und einen Kinderkuchen, gebacken, geschmückt mit Gummibärchen und Smarties, mit Martin den Tisch ausgezogen, die Wohnung und besonders das große Kinderzimmer aufgeräumt. Optimistisch ging sie davon aus, dass die fünf Kinder hier harmonisch spielen würden, während die Eltern wichtige Themen besprachen. Martin war eher skeptisch. Aber mit einem derartig chaotischen Nachmittag hatte auch er nicht gerechnet.

Die drei Jungen entpuppten sich als kleine Ungeheuer, unerzogen und verwöhnt. Sie warfen ihre Schuhe und Anoraks auf den Boden in den Flur – Max wunderte sich, dass Anna nicht schimpfte – verlangten Cola statt Apfelschorle, schrieen »Ih!!« als sie die Kuchen sahen und forderten Chips. Zankten sich um die Tüte, bis sie auf den Boden fiel und auskippte. Der Große ergriff sie und rannte damit aus dem Zimmer, die anderen kreischend hinterher. Anna sah die fremden Kinder schon durch die ganze Wohnung toben und sagte schnell zu Max und Kalli, die noch ihren Kuchen aßen: »Zeigt ihnen mal euer Kinderzimmer. Vielleicht könnt ihr mit den dreien zusammen mit dem neuen Flugplatz oder den Dinos spielen.«

Widerwillig standen die beiden auf und verschwanden. Für ein paar Minuten trat Ruhe ein.

»Eure sind aber artig.« Emily lächelte zart. »Unsere Kinder sind lebhafter. Das liegt an den Genen. Da kann man nichts machen.«

»Vielleicht müssten sie einfach mal erzogen werden«, entgegnete Martin grob.

»Wir dressieren unsere Kinder nicht«, widersprach ihm Norbert, »man muss bei der Erziehung der jungen Kinderseelen schon ein bisschen Geduld und Einfühlungsvermögen aufbringen.«

»Vielleicht nutzen wir die Stille und ihr erzählt von eurem Onkel.« Anna wollte keine Zeit mit überflüssigen pädagogischen Sprüchen verlieren.

Gerade als Norbert beginnen wollte, erklang ein mörderisches Geschrei aus dem Kinderzimmer. Da kam auch Max schon angerannt: »Kommt schnell. Die prügeln sich, ich glaube, der Große will den Kleinen erwürgen.«

Norbert lächelte über diesen kindlichen Unverstand: »So schlimm ist es sicher nicht. Aber vielleicht gehst du mal nachsehen, Emily.«

Emily bewegte sich nicht: »Wieso ich? Du bist dran!«

Erst als Norbert sie anfuhr: »Also, bitte!«, stand sie missmutig auf.

»Außerdem haben sie den ganzen Flugplatz kaputt gemacht«, empörte sich Max. »Den musst du mit uns wieder aufbauen, Papa.«

»Klar, machen wir. Aber nun geh zu den anderen.«

Emily musste im Laufe des Nachmittags mehrmals nach dem Rechten sehen, bevor sich die Familie Stein endlich verabschiedete.

»Puh«, ließ sich Anna in den Sessel fallen und blickte zufrieden auf ihre Kinder, »da weiß ich erst, was ich an euch habe!«

»Wehe, ihr ladet die noch mal ein!«, rief Kalli frech.

»Würden wir uns nie trauen«, lachte Martin.

Am Abend als die Kinder schliefen, zog er mit Anna ein Resümee: »Der Nachmittag hat sich gelohnt, wir haben eine Menge erfahren.«

»Allerdings. Zum Beispiel, dass der im Roman recht sympathisch geschilderte Peter Brandner alias Peter Weimann ein Lügner und Betrüger war! Er war gar kein Junggeselle, wie er immer behauptete, sondern verheiratet und hatte eine Tochter Angela. Auf seiner Flucht in den Westen sind Frau und Tochter allerdings nicht mitgekommen, sondern blieben in Pasewalk. Seine Frau hatte Angst vor dem großen Berlin, außerdem wusste sie von seinen ständigen Frauengeschichten, wollte sich aber nicht scheiden lassen. Ebensowenig wie Weimann, der nie die Absicht hatte, eine seiner Freundinnen zu heiraten. Er konnte von Glück sagen, dass Hanna sich von ihm zurückzog. Sonst wäre er in große Schwierigkeiten geraten.«

Martin wunderte sich: »Seltsam, dass sein Roman mit dem Tod Hannas endet. Er hätte noch von seiner Haft im Zuchthaus Bautzen und seiner späteren Tätigkeit als Redakteur beim ›Spiegel‹ schreiben können.«

»Vielleicht hatte Hannas Tod für ihn eine solche Bedeutung, dass im Nachhinein alles andere ihm nebensächlich erschien«, vermutete Anna. »Als er den Roman geschrieben hat, muss er schon um die siebzig gewesen sein, kurz danach ist er gestorben. Und seine Tochter Angela ist der Meinung, dass ihr Vater das Buch geschrieben hat zum Gedenken an Hanna. So hat sie es jedenfalls dem Norbert Stein erzählt. Er liebte Hanna und wollte sich sogar scheiden lassen. Deswegen fühlte er sich an ihrem Tod schuldig, weil er nicht bei ihr gewesen war und sie beschützt hat. Glaubst du das?«

Martin zog die Nase kraus: »Keine Ahnung! Klingt alles ziemlich an den Haaren herbeigezogen.«

»Ist im Grunde auch gleichgültig. Wir wollen herausfinden, wer Hanna umgebracht hat. Und das war Weimann bestimmt nicht.«

Martin, der schon immer Schwierigkeiten mit Familienzusammenhängen hatte, fragte: »Hast du dir gemerkt, wie Norbert in diese Familie hineingehört?«

»Ganz einfach. Er ist der Großneffe von Peter, seine Großmutter Emma war die Schwester von Weimanns Frau.«

»Und wie kommt er zu den Büchern?«

Anna lachte laut auf: »Richtig! Das haben wir überhaupt nicht gefragt. Wahrscheinlich hat Angela sie ihrer Kusine, Norberts Mutter, geschenkt. Vielleicht wollte die auch mal ein Buch besitzen.«

Martin gähnte: »Jedenfalls sind wir gut vorangekommen, obwohl wir noch immer nicht wissen, wer an Hannas Tod schuld ist.«

Anna, die neben ihm auf dem Sofa saß, legte den Kopf auf seine Schulter: »Mir reicht es jetzt auch. Eigentlich hätten wir selbst auf Peter Brandner als den Autor kommen können. Er ist derjenige, der am besten Bescheid wusste über die einzelnen Personen. Karin hat ihm sicher alles erzählt, von sich, von Horst, Hagen und Monika, dem Geld usw.. Und Elise hat ihm auch alles erzählt von Schmittke und den Schiebergeschäften, dem Geld, Frau Blank usw. Er hat sich kaum etwas ausdenken müssen.«

Martin stand auf und zog Anna hoch: »Stimmt! Trotzdem gehen wir jetzt ins Bett!«

Die Tage vergingen. Es wurde Frühling. Nach Ostern fuhren Annas Eltern in der zweiten Ferienwoche mit den Enkelkindern auf einen Bauernhof in die Uckermarck, so dass Anna und Martin für kurze Zeit das

Luxusleben eines kinderlosen Ehepaares genossen. Schnell entschlossen flogen sie zu ihren Freunden nach Rom und erlebten in der ewigen Stadt einige wundervolle Tage bei herrlichem Sonnenwetter. Traumhaft! pflegte Anna diesen Kurztrip hinterher bei Ferienberichten im Freundeskreis zu nennen.

Als sie wieder zurück kamen, fanden sie auf dem Anrufbeantworter eine Nachricht vor: »Guten Tag, hier ist Axel Kaltenbach. Es tut mir leid, aber ich werde doch nicht in der nächsten Zeit nach Berlin kommen, ich habe mir das Bein gebrochen. Sehr ärgerlich. Wir können aber telefonisch über die damaligen Ereignisse sprechen. Ich würde mich freuen, wenn Sie anrufen.« Dann nannte er seine Telefonnummer.

»Hast du gehört? Der arme Kerl!«, rief Anna ihrem Mann zu, der gerade einen großen Stapel Post durchsah. »Was meinst du? Ob ich ihn heute noch anrufe? Ich habe richtig Lust auf unseren Fortsetzungsroman ›Das Geheimnis der Hanna Walter‹«.

Wenig später wählte sie schon die Telefonnummer von Axel Kaltenbach, der gleich am Apparat war: »Das ist nett, dass Sie mich anrufen. Ich freue mich über jede Abwechslung. Mit meinem Riesengipsbein kann ich mich kaum bewegen, und immer lesen und fernsehen wird auf die Dauer langweilig. Also, schießen Sie los! Was wollen Sie wissen?«

Anna lachte: »Alles! Als erstes: Wann und wo haben Sie den Roman ›Treffpunkt Kuno-Fischer-Straße‹ gekauft?«

»Gar nicht. Das war eine merkwürdige Sache. Ich habe ihn nämlich geschenkt bekommen. Der Verlag schickte ihn mir mit freundlichen Grüßen der Autorin, die anonym bleiben wollte. Meine Mutter lebte damals noch. Wir haben das Buch beide gelesen und gerätselt, wer es geschrieben haben könnte. Es wurden ziemlich genau die Ereignisse im Sommer 1952 erzählt, wie wir sie erlebt haben, daneben natürlich auch viel Erfundenes. Zum Beispiel die ganze Geschichte, wie ich den Weimann angeblich bei seinem Gang zu den ›Freiheitlichen Juristen‹ verfolgt habe, war ausgedacht. Aber wie ich ihn kennengelernt habe, wurde realistisch geschildert, sogar, dass ich ihn immer abgelehnt habe. Also die Autorin hatte uns auf jeden Fall gekannt, daher mussten wir sie auch kennen. Aber uns ist niemand eingefallen. Wissen Sie es?«

»Ja, es war keine Frau, sondern Peter Brandner alias Peter Weimann.«

»Der Weimann selbst?«, rief Kaltenbach überrascht, »Darauf wären wir nie gekommen! Aber eigentlich hätte man sich das denken können. Der wird im Roman so positiv und sympathisch dargestellt, das kann nur er selbst geschrieben haben. In Wirklichkeit war er ein ganz arrogantes Schwein, das die Leute und ihre Gefühle ausnutzte, jedenfalls meine Mutter. Als er genug von ihr hatte, hat er sie eiskalt, von einem Tag zum andern abserviert, und zwar ohne die sensiblen Gewissensbisse, die er sich im Roman andichtete. Er hat sich dann die nächste Frau, die Walter, genommen, die er wahrscheinlich irgendwann ebenso hätte fallen lassen, wenn sie nicht gestorben wäre. Zu Liebe war dieser Mann gar nicht fähig. Wenn Sie mich fragen, hat er die Entführung und das Zuchthaus verdient, obwohl er kein Stasispitzel war, wie ich immer vermutete. Er hat ja auch seine Zuchthauszeit gut überlebt und hinterher als politischer Journalist eine tolle Karriere gemacht. Entschuldigen Sie, aber mit dem braucht man kein Mitleid zu haben.«

Anna, überrascht über seine heftigen Vorwürfe, wandte ein: »Mit ihm vielleicht nicht, aber mit Elise, bzw. Hanna Walter, die wurde ermordet.«

»Die war genauso verlogen. Hat meine Mutter ganz übel hintergangen. Fräulein Walter war die Hauptverantwortliche für das ganze Desaster meiner Mutter, von dem sie sich zeit ihres Lebens nicht erholt hat. Nach der Affäre mit Weimann hatte meine Mutter keine Freude mehr am Leben, auch nie wieder eine Beziehung zu einem Mann, obwohl sie noch nicht alt war. Sie lebte ganz zurückgezogen, ging zur Arbeit und hin und wieder besuchte sie mich oder meine Schwester. Das war alles.«

Kaltenbach schwieg. »Weimann und die Walter haben ihr Leben zerstört«, fügte er verbittert hinzu.

Anna widersprach vorsichtig: »Dafür konnte Hanna nichts, die war tot. Wissen Sie, wer Hanna umgebracht hat? Das ist eine Frage, die im Roman gar nicht geklärt wurde.«

»Ich denke, der Bergheim!«

»Ich habe mit Frau von Bergheim gesprochen, die streitet das entschieden ab und ich glaube ihr. Vielleicht haben die beiden Freunde, Hagen und Günter, sie erschlagen.«

»Keine Ahnung. Die waren plötzlich verschwunden. Den einen, Werner, kannte ich kaum, habe ihn nur einmal kurz gesehen. Wenn es stimmt, wie der Roman die Ereignisse schildert, war er der Hauptdrahtzieher bei Weimanns Entführung.«

»Ja, das sieht so aus. Wissen Sie, wie dieser Werner mit Nachnamen hieß?«

Anna wartete mit klopfendem Herzen auf die Antwort. Der Ex-Stasi-General, der sein Kommen zu ihrem Treffen im Juni bereits zugesagt hatte, hieß Werner Hübner. Die Wahrscheinlichkeit, dass es sich um »Günter« handelte, wurde immer größer.

»Kann ich Ihnen nicht sagen«, bedauerte Kaltenbach. »Mit Volker hatte ich mich angefreundet, daher fand ich es ziemlich enttäuschend, dass er sich nie wieder bei uns blicken ließ.«

»Sie haben Hagen bzw. Volker nie wiedergesehen?«

»Nie. Manchmal hat Herr Schulze von ihm erzählt. Aber Volker ging bald nach Westdeutschland und ist irgendwo in das Autogeschäft eingestiegen.«

»Und das Geld?«

Kaltenbach lachte auf und wiederholte: »Keine Ahnung. Wahrscheinlich hat Volker es mitgenommen. Noch weitere Fragen?«

»Ja. Was ist aus Monika geworden?«

Wieder lachte Kaltenbach: »Roswitha! Sie sitzt neben mir, sie ist meine Frau!«

»Wie romantisch«, rief Anna begeistert, »eine lebenslange Liebe!«

»Nicht ganz, eher eine Seniorenliebe«, schränkte Kaltenbach ein, »wir sind erst seit zehn Jahren verheiratet.«

»Darf ich neugierig sein und fragen, wie das passiert ist?«

Kaltenbach erwiderte schmunzelnd: »Natürlich! Nach dem Tod meiner ersten Frau habe ich auf den dringenden Rat meiner Kinder eine Reise in den Schwarzwald gemacht, um mich zu erholen. Meine jüngste Tochter hat mich begleitet. Und in Baden-Baden im Spielcasino habe ich Roswitha wieder getroffen. Das ist eine lustige Geschichte, die erzähle ich Ihnen andermal. Haben Sie sonst noch Fragen?«

»Im Moment nicht. Vielen Dank, dass Sie so ausführlich geantwortet haben. Obwohl die wichtigste Frage, wer Hanna ermordet hat, noch immer nicht beantwortet ist. Aber wahrscheinlich können wir sie nach so langer Zeit nie mehr klären.«

Kaltenbach schwieg. Dann fasste er einen Entschluss: »Wenn Sie es so gern wissen wollen, liebe Frau Kranz, werde ich Ihnen sagen, wie es wirklich war. Ich weiß es nämlich, aber ich hatte mir vorgenommen, in meinem ganzen Leben mit niemandem darüber zu reden.«

Anna stockte der Atem: »Waren Sie es selbst?«

Kaltenbach lachte kurz auf: »Nein, um Gottes Willen, ich nicht.« Er machte eine Pause und wurde ernst. »Aber meine Mutter.«

»Ihre Mutter?« Anna konnte kaum glauben, dass sie am Ende des Gesprächs die Lösung des Rätsel erfahren sollte.

Als Kaltenbach nicht antwortete, fragte sie weiter: »Aus Eifersucht? Wie denn?«

Dann schwieg auch Anna. Sie ließ ihm Zeit. Es war sicher nicht einfach, von der eigenen Mutter als Mörderin zu reden.

»Erst kurz bevor meine Mutter starb, hat sie mit mir über die Ereignisse gesprochen, die damals zu Hannas Tod führten«, begann Kaltenbach. »Meine Mutter war durch den Verrat ihrer Freundin ins Mark getroffen und von Rachegedanken regelrecht besessen. Der Gedanke, die Schmach, die Weimann und Hanna ihr angetan haben, zu bestrafen und unter allen Umständen ein gemeinsames Glück der beiden zu verhindern, beherrschte sie. Vor allem auf Hanna richtete sich ihre Zerstörungswut. In Bezug auf Weimann hoffte sie, ihn zurückzuerobern, wenn Hanna erstmal beseitigt war. Daher hat sie alles getan, um Hanna zu schaden, hat Bergheim über die Fotos informiert und den Jungen erzählt, wo sie das Geld vermutete. Aber das genügte ihr nicht.«

Kaltenbach machte erneut eine Pause.

»Im Roman wird mehrmals betont, dass meine Mutter, wie sonst niemand, die Kunst des Teebrauens beherrschte. Das traf zu. Es war ihr Hobby, Tees und ihre Wirkung auszuprobieren. Mir ging sie damit oft auf die Nerven, wenn ich neue Tee-Kombinationen schmecken und beurteilen sollte. Genauso gut wie mit gesunden, schmackhaften Tees, kannte sich meine Mutter auch mit giftigen aus, und mit einem solchen hat sie Hanna umgebracht.«

»Mit welchem denn?«

»Ganz einfach, mit einem Eibentee. Im Lietzenseepark stehen viele Eiben und Eibenhecken, heute sicher genauso wie damals. Die Eiben sind sehr giftig für Menschen, sogar für Tiere. Die roten Eibenfrüchte reifen Ende August, also genau in der Zeit, in der das Tanzfest stattfand. Als Hanna sich mit meiner Mutter versöhnen wollte, bot diese ihr Eibentee an, den Hanna trank. Nach einer gewissen Zeit begann der Tee zu wirken, sie bekam Krämpfe und starb schließlich an Kreislaufversagen. Die Aufregung in Bergheims Haus und die Entdeckung des Einbruchs in ihrem Zimmer haben sicher ihren Tod beschleunigt.«

»Das ist ja grauenhaft«, entfuhr es Anna.

»Ja, grauenhaft«, bestätigte Kaltenbach. »Als meine Mutter mir das erzählte, wusste ich auch, warum sie seit diesem Tag wie eine Tote durchs Leben ging. Ihre schweren Schuldgefühle haben kein normales Leben mehr zugelassen. Und sie konnte mit niemandem darüber reden.«

Nach dem Gepräch mit Alex Kaltenbach blieb Anna nachdenklich sitzen. Trotz der Klärung des Falles wollte sich bei ihr angesichts dieser menschlichen Tragödie kein Gefühl der Genugtuung einstellen.

Später, nach einem Spaziergang durch den frühlingshaften Park, saßen Anna und Martin in einer Pizzeria in der Suarezstraße. Es war ihr letzter Tag ohne Kinder, morgen würden Max und Kalli wieder nach Hause kommen. Die Eltern freuten sich auf sie, genossen aber trotzdem ausgiebig ihren letzten Abend zu zweit.

»Du hast vorhin nur kurz gesagt, dass Karin Dinkelbach Hanna umgebracht hat. Jetzt erzähl mal genau, wie das vorgegangen ist«, forderte Martin seine Frau auf. »Aber zuerst: Glückwunsch! Wieder hast du ein Uralt-

Verbrechen aufgeklärt.« Lächelnd prostete er ihr mit seinem Weinglas zu.

Anna ließ sich nicht lange bitten und berichtete ausführlich von ihrem Gespräch mit Axel Kaltenbach. Martin aß weiter, bis Anna vom eigentlichen Mord mit dem Eibentee sprach. Da hörte er auf zu essen und schaute sie mit einem undefinierbaren Blick an.

»Du guckst so komisch. Was hast du? Genauso hat Kaltenbach es erzählt.«

»Entschuldige«, jetzt begann Martin zu lachen, »dein alter Freund hat leider keine Ahnung und seine Mutter ebenso wenig. Tut mir leid, Anna, wir haben uns zu früh gefreut. Karin kann gar nicht die Mörderin von Elise sein.« Er tätschelte tröstend ihre Hand.

»Und warum nicht?«, fragte Anna skeptisch.

»Die Eibe ist tatsächlich ein sehr giftiges Gewächs, alles an ihr ist giftig. Nur die knallroten Früchte nicht«, erklärte Martin.

Anna musste gegen ihren Willen lachen. »Wirklich? Obwohl die so giftig aussehen?«

»Wenn man jemanden mit Hilfe der Eibe umbringen will, muss man aus den Nadeln Tee kochen. Der Tee, den Karin aus den Früchten gebraut hat, konnte bei Hanna keine tödlichen Wirkungen hervorrufen, höchstens einen bitteren Geschmack.«

Anna schüttelte ungläubig den Kopf: »Woher weißt du das alles?«

»Neulich haben wir beim Mittagessen in der Mensa darübergesprochen. An unserem Tisch sitzt oft Manfred von den Biologen. Wir sprachen zufällig von giftigen Gewächsen in der freien Natur, in Gärten, Parks usw. Manfred zählte eine lange Liste von bekannten Pflanzen auf, die als sehr giftig eingestuft werden und die auch in unserem Park wachsen: Tollkirsche, Goldregen, Stechapfel, Fingerhut usw. Ausführlich sprach er von der Eibe, ebenfalls eine hochgefährliche Giftpflanze. Er erklärte genau, wie leicht jemand mit einem Eibentee getötet werden kann. Es genügt, ungefähr hundert Nadeln aufzubrühen. Aber, wie gesagt, die Nadeln, nicht die Früchte.«

Anna hatte mit großen Augen zugehört. Sie war erschüttert: »Dann ist Karin an Hannas Tod unschuldig. Sie hat sich umsonst ihr Leben mit ihren schweren Schuldgefühlen vergällt. Wie tragisch! Ich werde morgen Kaltenbach anrufen, damit er wenigstens Bescheid weiß.«

Dann schaute sie Martin ratlos an: »Allmählich wird das Ganze immer verrückter. Wer hat denn nun Hanna das Gift eingeflößt? Es bleibt gar kein Verdächtiger mehr übrig. Wahrscheinlich war es doch der Partisanenmörder, nur will seine Frau das nicht wahrhaben.«

Martin grinste sie an: »Oder es war Pfarrer Molnar, der ein Verhältnis mit Hanna hatte, von dem Weiman nichts wusste.«

»Nein, ich weiß es«, lachte Anna, »es war Frau Blank, die sich in Elise verliebt hatte, aber von ihr zurückgestoßen wurde.« —

Im Piano-Café herrschte lebhaftes Stimmengewirr. Zum Jour fixe der »Bürger für den Lietzensee« waren mehr Anwohner als gewöhnlich gekommen, die nun ungeduldig und neugierig auf den Referenten des heutigen Abends warteten. Aber der angekündigte Ex-Stasi-General Werner Hübner erschien nicht.

Anna, die mit Wolfgang und anderen Mitstreitern des Bürgervereins an einem Ecktisch saß, sah auf ihre Uhr: »Es ist schon eine Viertelstunde über die Zeit. Ich fürchte, Hübner kommt nicht mehr. Wahrscheinlich wagt er sich nicht allein unter die Westler, ohne den Schutz seiner anderen Stasi-Genossen. Die treten üblicherweise ja nur in Gruppen auf.«

Aber in diesem Moment öffnete sich die Tür. Ein alter untersetzter Mann mit schütteren weißen Haaren und mürrischem Gesichtsausdruck betrat das Café und blickte sich suchend um.

»Das ist er«, flüsterte Anna aufgeregt.

Wolfgang ging auf den Gast zu, um ihn zu begrüßten, aber Hübner polterte sofort los: »Das hätten Sie mir sagen müssen, dass es den Bahnhof Witzleben nicht mehr gibt. Ich bin viel zu weit gefahren, habe immer auf die Station gewartet.«

»Das tut mir leid«, entschuldigte sich Wolfgang, »der Bahnhof wurde vor etlichen Jahren in ›Messe Nord‹ umbenannt.«

»Jetzt weiß ich das auch«, brummte Hübner, während er seinen Popeline-Mantel auszog und ihn Wolfgang in die Hand drückte.

»Sehr ärgerlich. Tut mir leid«, wiederholte Wolfgang und hängte den Mantel auf. Inzwischen war Stille eingetreten, die Besucher der Veranstaltung beobachteten interessiert den Ex-Stasi-Offizier, der an die Theke ging.

»Einen doppelten Wodka«, befahl er der Bedienung Vera und kippte diesen in einem Zug hinunter. Dann entspannten sich seine Züge, und er ließ sich von Wolfgang zu seinem Platz geleiten.

»Das fängt ja gut an.« Martin blickte belustigt zu Anna hin, die nur besorgt die Stirne kraus zog.

Der Abend stand unter keinem guten Stern.

Als Wolfgang den Gast begrüßte und ihn als ehemaligen Stasi-General vorstellte, fiel dieser ihm gleich ins Wort:

»Meine berufliche Tätigkeit möchte ich etwas genauer formulieren. Ich war knapp vierzig Jahre Angehöriger des MfS, zunächst in verschiedenen Funktionen in Frankfurt und Dresden, dann über fünfundzwanzig Jahre als Vernehmungsoffizier in der Untersuchungshaftanstalt in Berlin-Hohenschönhausen, dann Chef des operativ-technischen Sektors des MfS und zuletzt einer der vier Stellvertreter von Erich Mielke.«

»Und da ist der auch noch stolz drauf«, klang es geringschätzig aus dem Hintergrund.

»Jawoll, da bin ich stolz drauf! Ich stehe zu meiner Biographie«, gab Hübner aufgebracht zurück und schaute in die Runde. »Ich sage Ihnen gleich, ich lasse mir keine Verbrechen einreden. Wir als Mitarbeiter des Ministeriums für Staatssicherheit hatten immer ein hohes Ansehen. Vor uns hatte niemand Angst, uns hat nie jemand beschimpft. Im Gegenteil, ich habe in meinem Leben viele Vertrauensbeweise kennengelernt.«

Das unbeherrrschte Auflachen einer Frau ertönte, in das andere einfielen. Unruhe entstand. Empörte oder belustigte Kommentare wurden ausgetauscht.

Wolfgang griff energisch durch: »Ich bitte um Ruhe und dringend darum, unserem Gast erst einmal zuzuhören. Nach seinen Ausführungen gibt es die Möglichkeit, Fragen zu stellen. Bitte, Herr Hübner, fahren Sie fort.«

Nun begann Ex-Stasi-General Hübner in einer für seine Zuhörer fast unerträglichen Weise über seine Tätigkeit im MfS zu schwadronieren, sprach von der engen herzlichen Kameradschaftlichkeit unter den Mitarbeitern, von ihrem klaren Klassenstandpunkt und klarem Feindbild.

»Sie glauben gar nicht, wie faszinierend das operative Leben war.« Er schaute begeistert in die Runde. Der Staatssicherheitsdienst war zum Wohle des Volkes da, belehrte er die Anwesenden, und hat alles versucht, dass es der Menschheit besser geht. Natürlich wurden Personen, die rückständige und feindliche Auffassungen verbreiteten, aufgespürt, beobachtet und unschädlich gemacht. Die Methoden waren nicht immer fein, räumte er launig ein, aber unblutig, niemand wurde liquidiert oder bis zum Selbstmord getrieben. Jeder Bürger kannte die Gesetze der DDR und brauchte nicht gegen sie zu verstoßen, bzw. musste bei ihrer Verletzung mit Bestrafung rechnen, wie in jedem souveränen Staat. Ausführlich berichtete er über die technokratischen Details seiner Tätigkeit, über Erpressung bei der IM-Gewinnung, über die Zersetzungstätigkeit innerhalb befreundeter Gruppen und den Einsatz von Ehepartnern als Spitzel, die Kontrolle der Post und dass der frühe Morgen die günstigste Zeit für Verhaftungen war.

Inzwischen war auf Grund der nostalgischen Schilderung dieser Stasi-Idylle wieder Unruhe unter den Zuhörern entstanden. Wolfgang blickte fragend seine Tischnachbarn an, die ihm zunickten, als er leise vorschlug: »Ich glaube, wir fangen jetzt mit der Diskussion an. Das hier erträgt niemand länger.«

Er stand auf und unterbrach Hübner: »Vielen Dank für Ihre Ausführungen.«

»Ich bin längst nicht fertig. Ich habe z. B. noch gar nicht über mein gutes Verhältnis zu Erich Mielke gesprochen«, beschwerte sich der Ex-General.

Wolfgang blieb unnachgiebig. »Ich denke, die Zuhörer sollten jetzt die Möglichkeit bekommen, Fragen zu stellen, da wird noch Einiges zur Sprache kommen.«

Anna überlegte, wie sie unauffällig das Gespräch auf die Ereignisse des Romans lenken könnte, als bereits die ersten empörten Bemerkungen gemacht wurden:

»Die SED-Diktatur war nicht harmlos, es gab Zehntausende politische Gefangene. Was sagen Sie dazu?«

»Die Stasi hat das Leben vieler zerstört, ganze Familien kaputtgemacht. Wie können Sie diese Verbrechen verteidigen?«

»Wie kann man Mauer, Schießbefehl und die brutale Verfolgung Andersdenkender rechtfertigen und sagen, man habe für eine gute Sache gekämpft?«

Die Fragen prasselten auf den Stasi-Mann ein, der gar nicht zu Worte kam und verärgert zu Wolfgang blickte. Aber dieser griff zunächst nicht ein. Langsam eskalierte die Situation, einige Zuhörer sprangen von ihren Sitzen, die Bemerkungen wurden aggressiver und persönlicher:

»Es ist unerträglich, wie Sie und Ihresgleichen als alte Stasi-Kader jetzt schon wieder offen auftreten, sich als Aufklärer darstellen und Ihre Opfer verhöhnen.«

»Unglaublich, wie Sie heute selbstverständlich die Meinungs- und Pressefreiheit ausnutzen, die Sie früher bis aufs Messer bekämpft haben.«

Selbst Martin brüllte unbeherrscht: »Es ist ein Verbrechen, dass Sie überhaupt nicht über Ihre Taten reflektieren, nicht ein Fünkchen Reue empfinden und nur zynische Lügen verbreiten.«

»So geht das nicht«, rief Wolfgang energisch in die Menge. »Ich bitte um Ruhe. Setzen Sie sich alle hin!«

Als wieder Ruhe eingekehrt war, forderte er den Ex-General auf: »Bitte, wollen Sie jetzt die Fragen beantworten?«

Aber Hübner erhob sich und schnauzte die Versammlung an: »Sie können mich mal alle! Ich sage gar nichts mehr. Ich habe immer nach Recht und Gesetz gehandelt und habe es nicht nötig, mich von Ihnen beleidigen zu lassen. Wiedersehen!« Er wollte gehen.

Während er noch sprach, war Anna zur Theke geschlüpft und hatte sich von Vera einen doppelten Wodka geben lassen. Sie war nur von einem Gedanken beherrscht: Er darf auf keinen Fall verschwinden, bevor sie ihn nicht nach dem Roman gefragt hatte.

Schnell trat sie an Hübner heran: »Bitte setzen Sie sich doch. Möchten Sie eine kleine Erfrischung?« Ihr charmantestes Lächeln aufsetzend reichte sie ihm den Wodka. »Wir wollen Sie auf keinen Fall so verärgert gehen lassen. Darf ich Ihnen noch ein Bier bringen?«

Auch diesen Wodka goss Hübner in einem Zug herunter. Dann schaute er Anna etwas versöhnter an: »Immer her damit! Das kann ich gebrauchen. Aber auch noch einen Kurzen, sonst schmeckt das Bier nicht.« Er ließ sich wieder auf dem Stuhl nieder und Anna verschwand in Richtung Theke.

»Was meinst du«, wandte sich Wolfgang an Martin, »sollen wir die Leute nach Hause schicken und den Hübner noch im kleinen Kreis wegen des Buches befragen?«

»Gute Idee«, stimmte Martin zu.

Bald saßen sie mit einigen anderen Lietzensee-Anwohnern, unter ihnen auch Ingeborg, um ihren Ecktisch. Alle noch Anwesenden hatten den Roman gelesen und wollten wissen, ob Werner Hübner der Günter war und ihnen die wahren Ereignissen des Jahres 1952 erzählen konnte. Der Ex-General hatte sich wieder beruhigt, er aß bereits seine zweite Portion Bockwurst mit Kartoffelsalat und trank eines von vielen Bieren, die nur noch Vera zählte. Zwischendurch kippte er noch diverse Wodkas in sich hinein. Wir müssen uns mit der Befragerei beeilen, dachte Anna, ehe er betrunken vom Stuhl fällt.

»Sie haben nichts von Ihrer Tätigkeit Anfang der fünfziger Jahre bei der Flüchtlingsstelle am Lietzensee erzählt«, begann sie. »Soviel ich weiß, haben Sie schon in dieser Zeit hier …«, sie suchte nach einem passenden Ausdruck.

Martin grinste sie an und ergänzte: »… gearbeitet.«

»Ja, stimmt, das ist ewig her. Ich hatte meinen ersten Fall damals, musste einen Klassenfeind festnehmen, da gibt es aber nicht viel zu erzählen.«

Anna spürte ihr Herz klopfen, als sie die entscheidende Frage stellte: »War das der Journalist Peter Weimann?«

Hübner blickte hoch: »Richtig, so hieß der. Woher wissen Sie das?« Er schaute Anna mit leicht glasigen Augen an.

»Ich habe einen Roman gelesen, der heißt ›Treffpunkt Kuno-Fischer-Straße‹, in dem unter anderem die Geschichte der Entführung von Peter Weimann beschrieben ist. Kennen Sie das Buch?«

»Nee«, Hübner widmete sich wieder seiner Bockwurst, »ich lese nicht viel. Erst recht keine Romane.«

»Aber Sie kannten Volker Pohl und Roswitha Lange?«

Anna hatte sich von Axel Kaltenbach am Ende ihres Telefongesprächs die richtigen Namen der Buchgestalten geben lassen und notiert.

Hübner, überrascht die alten Namen zu hören, hörte auf zu essen und blickte wieder Anna an, sichtlich um Konzentration bemüht auf das, was sie sagte: »Na klar. Wir stammten ja alle aus Birkenwalde. Was ist das für ein Roman? Komme ich da auch vor?«

Anna lächelte ihn schelmisch an: »Klar, wir wissen alles über Sie. Sie heißen im Roman Günter Richter und ihre ganze Geschichte wird erzählt, wie Sie das Geld von Schmittke und Hanna Walter gestohlen haben, wie Sie zur Stasi gekommen sind und wie Sie Weimann entführt haben.«

»Was?«, Hübner war irritiert, »das wissen Sie alles?« Dann lachte er dröhnend los. »Wer hat das alles verraten und das Buch geschrieben?«

»Der Journalist Weimann.«

Hübners Gesicht verzog sich zu einem maßlosen Erstaunen. »Der Weimann? Der hat alles aufgeschrieben? Wann denn? Davon weiß ich gar nichts.«

»Ende der siebziger Jahre.«

»Ach so, da war er schon lange im Westen, und wir vom MfS hatten keinen Kontakt mehr zu ihm.« Hübner beugte sich wieder über seinen Teller. »Komischer Zufall: Der Weimann war befreundet mit der Angestellten von dem Schmittke, dem Schieber aus Birkenwalde, dem zuerst Volker und ich das Geld geklaut hatten, dann hat es die Frau uns vom Dachboden geklaut und wir wieder aus ihrem Zimmer. Verstehen Sie?« Grinsend blickte er in die Runde, aber es kam keine Reaktion.

»Wissen Sie, wer die Hanna Walter ermordet hat?« Anna lenkte ihn wieder zurück auf die wichtigste Frage des Abends.

»Klar, weiß ich das, Weimann selber hat sie umgebracht.«

Anna lachte ungläubig auf: »Weimann? Das kann nicht stimmen. Warum sollte er denn? Er liebte sie.«

Aber Hübner bekräftigte: »Doch, er war es! Das können Sie mir glauben! Volker und ich hatten mit dem Tod der Frau jedenfalls nichts zu tun, falls Sie das denken. Als wir in dem Zimmer der Frau waren und gerade das Geld gefunden hatten, kam sie hereingetaumelt. Sie schlug mit dem Kopf gegen den Tisch vor dem Sofa, fiel hin und blieb ohnmächtig in einer Blutlache liegen. Wir sind sofort mit dem Geld abgehaun. Die Polizei hat dann festgestellt, dass sie nicht durch den Sturz, sondern durch Gift gestorben ist. Als wir Weimann später im Untersuchungsgefängnis monatelang verhört und jedes kleine Detail seines Lebens aus ihm herausgequetscht haben, gestand er, dass er selbst seine Geliebte umgebracht hat. Er heulte die ganze Zeit dabei und bereute angeblich alles. Seine Entführung in die DDR und die voraussichtliche Verurteilung durch uns sah er als gerechte Strafe an für den Mord an seiner Freundin.«

Die Zuhörer starrten Hübner ungläubig an.

»Können Sie mir glauben«, versicherte er noch einmal. »Weimann war der Mörder der Frau. Uns war das egal. Für die Aufklärung einer Straftat, die im Westen begangen wurde, waren wir nicht zuständig, und dort hat ihn anscheinend keiner verdächtigt.«

»Warum hat er sie denn getötet?«, Anna zwang sich zu einem ruhigen Ton.

»Sie bekam ein Kind von ihm.« Hübner hatte seine Mahlzeit beendet und schob den Teller zurück. »Noch ein Bier«, rief er der Bedienung zu.

»Jetzt erzählen Sie doch bitte alles genau von Anfang an.« Martin sprach mit ihm wie mit einem konfus daherredenden Studenten.

»Ich habe doch schon alles erzählt.« Hübner war müde und das Thema begann ihn zu langweilen. »Weimanns Freundin war schwanger und wollte ihn heiraten. Das konnte er nicht, er war ja verheiratet. Daher wollte er das Kind abtreiben lassen, aber sie war dagegen. Also brachte er sie um. Er kippte ihr eine tödliche Dosis von einem Abtreibungsmittel in den Kaffee, und sagte, es seien Stärkungstropfen. Die Freundin trank sie und bumms! war sie tot.«

Widerlicher alter Kerl, dachte nicht nur Martin.

Anna glaubte ihm nicht: »Er hat ihr aus Versehen zuviel von dem Abtreibungsmittel gegeben.«

»Nee, nicht aus Versehen, mit Absicht! Er wollte sie loswerden. Nachdem sie es eingenommen hatte, sagte sie, dass sie doch nicht in Berlin bleiben und ihn nicht heiraten wollte. Da hat er einen Schreck bekommen, weil er sie ganz umsonst getötet hatte und seitdem fühlte er sich schuldig. Oder so ähnlich. Ist doch egal.« Hübner gähnte.

So betrunken wie der Hübner ist, dachte Anna, er sagt die Wahrheit. Der Autor des Buches selbst war der Mörder!

»Wissen Sie, wie das Abtreibungsmittel hieß?« fragte Heide.

Hübner zuckte mit den Schultern und griff zum Bierglas: »Keine Ahnung, irgendein Strychnin-Präparat.«

»Wie bitte?« Die Anwesenden schauten ihn voller Abscheu an. »Der spinnt«, murmelte Anna.

Der Ex-General gab den Blick zurück: »Sie haben überhaupt keine Ahnung. In der Zeit damals enthielt jedes Abtreibungsmittel Strychnin.«

Dann erhob er sich schwerfällig: »Danke für Essen und Trinken. Ich gehe jetzt.«

Heide flüsterte Anna besorgt zu: »Wir müssen ihn hoffentlich nicht nach Hause bringen, so besoffen wie der ist.«

»Höchstens zur S-Bahn. Das kann ich mit Martin machen.«

Aber da hörten die Anwesenden zu ihrer großen Überraschung die energische Stimme von Ingeborg, die während der ganzen Veranstaltung kein einziges Wort geäußert hatte: »Also, Herr Hübner, jetzt allein loszulaufen, ist keine gute Idee, glaube ich. Wie wär's, wenn wir beide einen kleinen Spaziergang machen, damit Sie wieder einen klaren Kopf bekommen?«

Verwundert drehte sich Hübner zu Ingeborg um, musterte von oben bis unten ihre elegante Erscheinung, dann grinste er breit: »Von einer so schönen Dame lass ich mich gern verführen. Nicht nur zu einem Spaziergang.«

Während Wolfgang dem scheidenden Gast in den Mantel half, verabschiedete sich Ingeborg bei Anna und den anderen und bedankte sich für den interessanten Abend.

Anna, verwirrt durch ihr unbegreifliches Verhalten, versicherte: »Du musst dich nicht um ihn kümmern, wir würden ihn auch in die S-Bahn setzen.«

Aber Ingeborg winkte ab: »Ihr habt mit der Vorbereitung des Abends genug Arbeit gehabt. Da kann ich euch wenigstens jetzt den Hübner abnehmen. Außerdem gehe ich gern noch ein bisschen spazieren.«

Sie wandte sich an den wackligen alten Mann und bot ihm ihren Arm an: »Wollen Sie sich bei mir einhaken, Herr Hübner? Dann geht es sich besser.«

»Danke, danke. Aber tun Sie mir einen Gefallen und nennen Sie mich nicht ›Herr Hübner‹.«

»Wie denn sonst?«

»Ich bin und bleibe der ›Genosse General‹«, brabbelte Hübner.

Ingeborg lachte: »Wird gemacht, Genosse General.« Dann fiel die Tür des Piano-Cafés hinter den beiden zu. Befremdet blickten die Zurückgebliebenen ihnen hinterher.

Auf dem Nachhauseweg fragte Anna ihren Mann: »Warum hat Weimann Hanna eigentlich getötet? Er hätte ihr doch einfach die Wahrheit über seine Ehe sagen können und dann eben Alimente zahlen müssen.«

Martin zuckte mit den Schultern: »Ich habe keine Ahnung. Vielleicht scheute er die Auseinandersetzung mit Hanna. Oder er hatte schon genug uneheliche Kinder in die Welt gesetzt und nicht soviel Geld, um sie alle zu bezahlen. Oder er wusste, dass sich seine Frau endgültig von ihm trennen würde, wenn sie von einer neuerlichen Affäre ihres Mannes erfährt. Eines steht jedenfalls fest: bei den Stasi-Verhören hat er sich selbst als Mörder bezeichnet. Also muss er es gewesen sein.«

»Er scheint aber bis zum Ende seines Lebens seine Tat bereut zu haben«, überlegte Anna. »Vielleicht wollte er mit diesem Buch den beiden Frauen, die er betrogen bzw. getötet hatte, ein literarisches Denkmal setzen.«

Martin lachte höhnisch auf: »Aber ein sehr verlogenes!«

Am nächsten Tag, einem Sonnabend, morgens kurz nach sieben Uhr, weckte Martin seine fest schlafende Frau:

»Anna, wach auf! Anna!« Er rüttelte an ihr, bis sie erwachte.

»Bist du verrückt geworden? Was ist denn los?«, fauchte Anna ihn schlaftrunken an.

»Hör mal! Die Nachrichten!«

Martin war kurz vor sieben Uhr aufgewacht und hatte, wie es seine Gewohnheit war, die neuesten Nachrichten in dem Radio gehört, das auf seinem Nachttisch stand, selbstverständlich mit einem Kopfhörer, um seine Frau nicht zu stören.

»Eben kam folgende Nachricht.« Martin wiederholte sie aus dem Gedächtnis, so gut er konnte:

»Ein schweres Unglück ereignete sich in der vergangenen Nacht in der Friedbergstraße in Charlottenburg. Ein ehemaliger Stasi-Offizier stürzte in den Hof eines Hauses aus dem Fenster einer im vierten Stock gelegenen Wohnung. Er war auf der Stelle tot. Der Alkoholgehalt seines Blutes betrug 3,0 Promille. Die Kriminalpolizei hat die Ermittlungen aufgenommen.«

Sofort war Anna hellwach: »Das ist Hübner! Der ist bei Ingeborg aus dem Fenster gefallen! Ich fass es nicht!«

»Die wollten doch nur spazieren gehen. Wieso hat Ingeborg ihn mit zu sich nach Hause genommen?«, wunderte sich Martin. »Diesen besoffenen alten Kerl.«

»Vielleicht gerade deshalb, weil er nicht mehr laufen konnte, damit er sich bei ihr erholt.« Anna überlegte weiter: »Ich bin gespannt auf die polizeilichen Ermittlungen. Sicher werden wir auch befragt wegen seiner Teilnahme an unserem Treffen kurz vor seinem Tod.«

»Viel gibt es in diesem Fall nicht zu ermitteln«, bremste Martin seine Frau. »Der Fenstersturz kann nur ein Unfall gewesen sein, denn welchen Grund hätte Ingeborg, den Ex-General aus dem Fenster zu stoßen?«

»Natürlich, du hast Recht. Aber trotzdem war es merkwürdig, wie sich Ingeborg darum gerissen hat, mit ihm allein loszugehen«, gab Anna zu bedenken.

Der Tod des Ex-Stasi-Generals Werner Hübner erregte großes Aufsehen, besonders unter den Alt-Genossen im Ostteil der Stadt. Von vorsätzlichem Mord war dort die Rede. Aber die Ermittlungen der Kriminalpolizei bestätigten diese Verdächtigungen nicht. Die Wohnungsbesitzerin und einzige Tatzeugin Ingeborg S.wurde mehrmals intensiv verhört, aber ihr Bericht über den Verlauf des Abends war absolut glaubwürdig und unangreifbar. Außerdem fehlte ihr jegliches Motiv.

Sie war mit Hübner ein kleines Stück gelaufen, als er plötzlich einen Schwächeanfall bekam. Daraufhin hatte sie ihn in ihre Wohnung mitgenommen, in der Absicht, den Notarzt anzurufen, falls er sich nicht erholen würde. Beide sind mit dem Fahrstuhl in den vierten Stock ihres

Hauses hochgefahren, in dem ihre Wohnung lag. Dort setzte sie Hübner auf das Sofa und öffnete das Fenster, um frische Luft in das Zimmer zu lassen. Sie ging in die Küche und stellte die Kaffeemaschine an. Als sie zurück ins Wohnzimmer kam, stand Hübner am Fenster. »Was für ein schöner Sternenhimmel«, lallte er und beugte sich hinaus. Sie rief noch: »Vorsicht«, aber es war zu spät. Hübner verlor das Gleichgewicht und kippte aus dem Fenster. Die Sachverständigen stellten fest, dass das über hundert Jahre alte Wohnhaus in der Friedbergstraße extrem niedrige Fensterbänke hatte, so dass ein schwankender, alkoholisierter Mensch leicht hinausfallen konnte, wenn er sich zu weit vorbeugte.

Anschließend rief die Wohnungsbesitzerin Ingeborg S. unverzüglich die Polizei und den Notarzt.

Die Befragungen des ermittelnden Hauptkommissars zu der vorangegangenen Sitzung mit Werner Hübner im Bürgerverein beschränkten sich auf nur wenige Teilnehmer, zu denen Anna zu ihrem Leidwesen nicht gehörte.

Ihre Versuche, sich mit Ingeborg in Verbindung zu setzen und Einzelheiten des Geschehens von ihr zu erfahren, schlugen fehl. Nur der Anrufbeantworter war eingeschaltet. Ingeborg selbst blieb unauffindbar, auch zu den wöchentlichen Chorproben erschien sie nicht.

Doch endlich rief sie bei Anna an:

»Hallo, Anna. Entschuldige, wenn ich mich so lange nicht gemeldet habe. Ich war im Urlaub, weil mich der ganze Vorfall mit Hübners Fenstersturz so mitgenommen hat. Als mir der Kommissar die Erlaubnis gab, Berlin zu verlassen, bin ich kurzentschlossen nach Usedom gefahren in eine kleine Pension. Das tat mir gut.«

»Gott sei Dank, Ingeborg, ich habe mir schon Sorgen gemacht. Bist du ganz in Ordnung?«

»Völlig. Ich arbeite wieder im Laden, komme nächsten Mittwoch auch zum Chor. Aber ich wollte dich fragen, ob du mich einmal besuchst. Ich würde gern mit dir einiges besprechen.«

»Klar. Soll ich gleich heute abend kommen? So gegen halb neun, wenn die Kinder im Bett sind?«

Ingeborg stimmte erfreut zu: »Das passt mir prima. Bis nachher!«

Anna sang zwar mit Ingeborg seit vielen Jahren im Chor zusammen, aber näher befreundet waren sie nicht. Daher war der heutige Besuch der erste in ihrer Wohnung.

»Schön hast du's hier.« Anna schaute sich anerkennend um, als sie das Wohnzimmer betrat. Sie setzte sich in einen bequemen Sessel und ließ ihren Blick über die hohen Bücherregale an den Wänden und die wildwuchernden Grünpflanzen schweifen und betrachtete mit einem gewissen Schauer das große Fenster, aus dem der betrunkene Ex-Stasi-Offizier gestürzt war.

Ingeborg schenkte ihnen ein Glas Rotwein ein und setzte sich ebenfalls.

»Danke, dass du gekommen bist«, begann sie. »Ich muss einfach mit jemandem reden.«

»Über den Hübner, stimmt's?«

»Genau. Ich habe es nie jemandem erzählt, aber ich kannte Hübner«, gestand sie, verbesserte sich aber sofort, »kennen ist nicht der richtige Ausdruck. Also: Hübner hat mich zum Krüppel gemacht.« Sie schaute Anna mit einem seltsamen Blick an, hasserfüllt und tragisch zugleich. »Seit einem Sturz in meinem vierten Lebensjahr bin ich gehbehindert«, fuhr sie fort. »An Einzelheiten, wie das passierte, kann ich mich nicht mehr erinnern, nur, dass ich von zwei Männern im Treppenhaus umgerannt wurde und danach wochenlang im Krankenhaus lag. Als feststand, dass ich nie wieder richtig würde gehen können, begann eine schwere Zeit für mich. Aber ich habe mich in mein Schicksal gefügt und das beste aus meinem Leben gemacht.«

»Das kann man wohl sagen«, bestätigte Anna.

»Es war ein Schock, als ich nach bald sechzig Jahren in dem Roman mich in der ›kleinen Tochter von Beumlers‹ wiederfand und eine Schilderung meines Unfalls las, auch dass die Kerle, die mich umgerannt haben, als reale Personen geschildert wurden und sogar Namen hatten. Als du von dem geplanten Treffen mit einem von ihnen sprachst, stand für mich fest, dass ich diesen Mann zur Rechenschaft ziehen würde für das, was er mir angetan hat.«

»Lassen Sie uns ein bisschen spazierengehen, bevor ich Sie zur S-Bahn bringe.« Mit diesen Worten führte Ingeborg langsam den schwankenden Mann nach rechts aus dem Café über die Herbartstraße und dann die Neue Kantstraße entlang. Hübner an ihrem Arm ließ alles mit sich geschehen.

»Die frische Luft ist angenehm, nicht wahr?« Ingeborg beugte sich ein wenig zu ihm hin.

»Sie gehen so komisch. Ich kann mich gar nicht richtig bei Ihnen anlehnen«, beschwerte sich plötzlich der Ex-General.

»Es geht nicht anders«, antwortete Ingeborg gelassen. »Ich kann Ihnen erzählen, warum ich so komisch gehe, wenn es Sie interessiert.«

Aber Hübner hörte gar nicht hin. Nach einer Weile blieb er stehen und quengelte wie ein kleines Kind: »Ich bin müde, ich will nach Hause.«

In sanftem Ton ging Ingeborg auf ihn ein: »Ist ein bisschen weit bis nach Hause. Aber wie wär's: Ich wohne hier gleich um die Ecke. Bei mir könnten Sie sich ausruhen, vielleicht ein Gläschen Wodka oder einen Kaffee trinken.«

Welches der Angebote ihren Begleiter überzeugte, war nicht auszumachen, aber er lief wieder gehorsam neben ihr her. Ingeborg hatte sogar den Eindruck, dass er etwas weniger schwankte und klarer im Kopf wurde.

In ihrer Wohnung angekommen setzte sie ihn auf die Couch und lächelte ihn verführerisch an: »Na, wie wär's mit noch einem Gläschen Wodka? Ich habe einen echt russischen im Gefrierschrank, einen ›Krepkaja‹. Kennen Sie den? Ist nichts für Schwächlinge.«

Der Ex-General lachte erfreut auf: »Und wie ich den kenne! Aber nur, wenn Sie mittrinken!«

»Na klar! Glauben Sie, ich lasse Sie den allein austrinken?«

Ingeborg holte den Wodka, goss zwei Gläser ein und gab ihm eines davon. Dann setzte sie sich neben ihm auf das Sofa und rief: »Prost! Auf unsere Freundschaft!«

Während Ingeborg an ihrem Glas nur nippte, goss Hübner das Glas wieder in einem Zug in sich hinein. Schnell schenkte sie nach.

Nach einem weiteren Glas legte der Ex-General seinen Arm um Ingeborgs Schultern und machte ihr mit schwerer Zunge Komplimente: »Du gefällst mir. Ich könnte mich glatt in dich verlieben, auch wenn du so komisch läufst.«

Ingeborg zwang sich ruhig bleiben. Fast lächelnd sagte sie: »Ja, mein Lieber, das Bein hast du auf dem Gewissen!«

Er wollte protestieren, aber sie sprach schon weiter: »Erinnerst du dich, als du ein junger Mann warst? Da hast du in diesem Haus hier einen Packen Geld gestohlen, und als du mit deinem Freund die Treppe hinuntergerannt bist, kam ich euch entgegen. Ich war damals ein kleines Mädchen, ihr habt mich umgerissen. Monatelang lag ich im Krankenhaus, aber ich konnte nie wieder richtig laufen.«

»Das warst du? Das war in diesem Haus?« Hübner staunte, »Da hast du wirklich Pech gehabt! Ich kann mich erinnern, dass ich jemand umgerannt habe, aber du wirst verstehen, wir hatten es eilig.«

Plötzlich beugte er sich vor. »Und was soll ich dir sagen? Der Volker, dieser Idiot, hat die Tasche mit dem Geld in der Kirche einfach in eine Ecke gestellt, wo sie geklaut wurde. So eine Schweinerei! Wir hatten gar nichts von dem Geld!«

Er schaute sie empört an.

Das reicht, alles Weitere geht über meine Kräfte, dachte Ingeborg. Sie goss ihrem Gast einen weiteren Wodka ein und sagte: »Ich werde uns einen Kaffee machen. Ich glaube, den können wir beide vertragen.«

Dann ging sie zum Fenster, öffnete es weit und beugte sich hinaus: »Das tut gut. Willst du nicht auch ein bisschen frische Luft schnappen, Genosse General?«

Anschließend begab sie sich in die Küche, um die Kaffeemaschine in Gang zu setzen.

Als sie zurückkam, saß Hübner noch immer auf dem Sofa, fast schien er eingeschlafen zu sein. Ingeborg rüttelte ihn grob am Arm:

»Du wirst hier nicht wegpennen. Los, komm ans Fenster!« Sie zog ihn hoch. Widerwillig ließ sich der Ex-General zum Fenster schieben, als er die frische Nachtluft spürte, schnaufte er und gab Grunzlaute von sich.

Ingeborg beugte sich hinaus und blickte nach unten in den Hof. Plötzlich begann sie laut zu lachen: »Das musst du dir ansehen, General. Guck mal da. Du lachst dich schief.«

»Was ist denn da?«

»Guck selber!« Wieder lachte Ingeborg los. »Du musst dich richtig vorbeugen!«

Hübner lehnte sich aus dem Fenster, aber er sah nichts. Als er sich weiter hinausbeugte, verlor er das Gleichgewicht und mit einem kleinen Schrei der Überraschung stürzte er kopfüber in den Hof.

Eine Sekunde stand Ingeborg wie erstarrt. Schließlich nahm sie den »Krepkaja« und die beiden Wodkagläser und ging in die Küche. Sie legte die Flasche wieder in den Gefrierschrank, wusch die Gläser ab und stellte sie weg. Dann rief sie die Polizei. —

Stille herrschte im Wohnzimmer, nachdem Ingeborg ihren Bericht beendet hatte. Anna sprach kein Wort, sie musste das Gehörte erst verarbeiten.

Endlich brach Ingeborg das Schweigen: »Anna, ich weiß, was du denkst, aber du kannst mir glauben. Es spielte sich alles genauso ab. Ich habe nicht nachgeholfen.« Nach einer Pause bat sie: »Nun sag doch etwas!«

»Mir hat es echt die Sprache verschlagen.«

Anna nahm einen Schluck Wein. Sie fand tatsächlich keine passenden Worte, war nur zutiefst erleichtert, dass Ingeborg ihr nicht im Vertrauen eine Beteilung an Hübners Unfall gestanden hatte, dass sie nicht zur Polizei gehen, sie anzeigen, eine Aussage machen musste oder Ähnliches.

Zwar hatte Ingeborg den Kommissar hinsichtlich des Unfallvorgangs belogen, war aber selbst unschuldig am Tod des Ex-Generals, außer der Lüge, dass es etwas Sehenswertes im Hof gab. Aber Hübners Hinausbeugen und sein Sturz geschah ohne Ingeborgs Zutun. Warum sollte Anna ihr nicht glauben? Allerdings konnte sie Ingeborg auch schlecht beglückwünschen, weil der Verursacher ihres Leidens endlich dafür mit dem Tode gebüßt hatte.

Draußen zuckte ein Blitz über den dunklen Himmel. Fast im gleichen Moment krachte der Donner.

Anna stand hastig auf: »Es kommt ein Gewitter. Ich muss gehen.«

Ingeborg reagierte nicht, sie wartete noch immer auf eine Antwort. Schließlich schaute sie Anna trotzig an: »Ob du es glaubst oder nicht, ich fühle mich wie befreit, seit Hübner tot ist.«

Dann erhob sie sich ebenfalls: »Übrigens danke ich dir, dass du gekommen bist und ich dir die ganze Geschichte erzählen konnte. Du ahnst nicht, wie du mir geholfen hast.« Sie schloss für einen kurzen Moment die Augen.

»Das alles war sicher nicht leicht für dich. Aber nun hast du es überstanden«, sagte Anna steif.

Bei der Verabschiedung hatte Ingeborg eine Bitte: »Ich habe zwar nichts zu verbergen. Aber es wäre mir lieb, wenn du niemandem von unserm Gespräch erzählst. Ich will endlich meine innere Ruhe wiederfinden. Das verstehst du sicher.«

Anna gab ihr die Hand: »Natürlich, aber Martin erzähle ich alles. Schließlich muss auch ich jemandem mein Herz ausschütten. Tschüss!«

Es war spät geworden. In dem Moment, in dem Anna aus der Haustür trat, brach das Unwetter los. Wolkenbruchartig ergossen sich die Wassermassen auf die Erde, ein Orkan fegte durch die Straßen, Blitze zuckten, gefolgt von krachenden Donnerschlägen. Schon während Anna ihr Fahrradschloss öffnete, war sie völlig durchnässt. Sie zögerte, unsicher, ob sie bei diesem Inferno losfahren sollte, womöglich vom Blitz getroffen wurde. Aber es war eine warme Nacht, und der Weg kurz.

Als sie in der Neuen Kantstraße von der Brücke auf den Park hinuntersah, stieg sie trotz des strömenden Regens vom Fahrrad und betrachtete einen Augenblick fasziniert die großen alten Bäume des Lietzenseeparks, wie sie im Sturm gefährlich schwankten und Blätter und Äste abgerissen und durch die Luft geschleudert wurden.

Schließlich hatte Anna ihr Haus erreicht. Da sie Licht auf ihrem Balkon sah, freute sie sich, denn es bedeutete, dass Martin auf sie wartete. Sie schloss das Fahrrad im Hof an und lief schnell die Treppe hoch.

Bei ihrem Anblick atmete Martin auf: »Endlich! Ich habe mir schon Sorgen gemacht. Wie du aussiehst! Bei diesem Wetter Rad zu fahren, ist ja lebensgefährlich.«

»So schlimm war es gar nicht«, beruhigte ihn Anna. »Warte, ich ziehe mich nur schnell um, dann komme ich auch. Du kannst mir schon mal was eingießen.«

Bald saßen sie nebeneinander auf dem kleinen Balkon. Martin hatte die Bank so gestellt, dass man zwar einen ungestörten Blick in den Park hatte, aber trotz des immer noch prasselnden Regens nicht nass wurde. Anna, in ihren Bademantel gehüllt und froh zu Hause zu sein, lehnte sich an ihn.

»Jetzt erzähl mal«, Martin war natürlich neugierig. »Wie war's denn?«

Anna zuckte mit den Schultern: »Entweder trinkt Ingeborg in diesem Augenblick vor Freude über Hübners Tod die Flasche Rotwein leer oder sie ist weinend zusammen gebrochen, weil ihre Schuld sie niederdrückt.«

»Also gestanden hat sie nicht, dass sie ihn hinausgeschubst hat«, fasste Martin zusammen, mit einem leichten Ton der Enttäuschung in der Stimme.

»Gott sei Dank nicht!«

»Was meinst du denn, hat sie nachgeholfen?«

Anna schaute ihn belustigt an: »Du bist ja richtig enttäuscht, weil ich nichts Aufregendes erzählen kann.«

Martin lachte: »Du hast mich durchschaut.«

»Also meiner Meinung nach könnte sie durchaus dem Genossen General die Beine weggerissen haben, so schnell, dass sie diese Bewegung mit Leichtigkeit verdrängen kann.« Mit einem Seufzer der Erleichterung fuhr Anna fort: »Aber darüber braucht man sich keine Gedanken mehr zu machen. Der Fall ist ja zum Glück endgültig abgeschlossen.«

Martin nickte zufrieden: »Du hast recht. Für uns ist es auch gleichgültig, wie der Unfall geschah. Falls Ingeborg nachgeholfen hat, muss sie das mit sich selbst ausmachen. Und Glückwunsch für dich, Anna! Alle Fragen im Roman hast du aufgeklärt und könntest jetzt, wenn du Lust hast, selbst das letzte Kapitel schreiben.«

»Nein, danke!«, wehrte Anna entschieden ab und lachte. »Das überlasse ich lieber Ingeborg. Die kennt sich wahrscheinlich besser aus als ich.«

Beide schwiegen eine Weile und beobachteten die Bäume im Park, die sich noch immer im Wind bogen, während der Regen allmählich nachließ.

»Ich habe eine Idee«, meinte Martin plötzlich. »Was hältst du davon, wenn wir am Sonntag mit den Kindern einen Ausflug machen zu dem Friedhof in Friedrichsfelde? Du weißt schon, da wurden Rosa Luxemburg und Karl Liebknecht begraben und später die Stasi-Kader aus der DDR-Zeit. Wir sind noch nie dort gewesen. Ist doch sicher ganz interessant.

Dann könnten wir uns auch das Grab von ›Günter Richter‹ ansehen.«

Anna nickte: »Über sein Begräbnis gab es einen langen Bericht in der SUPER ILLU. Der Hübner ist dort mit allem sozialistischen Pomp beerdigt worden, mit roter Fahne und Salutieren am Grab. Einer von den vielen Stasi-Trauergästen reckte sogar die Faust am Grab und rief: ›Werner, Rot Front!‹«

Sie kicherte.

»Woher kennst du die SUPER ILLU?« Martin hatte dieses Blatt noch nie in der Hand gehabt.

»Wolfgangs Freund hatte sie uns gegeben. Ich habe den Artikel neulich gelesen.«

Trotzdem hatte Anna einen Einwand zu seinem Vorschlag: »Wahrscheinlich wird dieser Friedhofsbesuch den Kindern schnell langweilig.«

Martin überlegte einen Moment: »Wir fragen einfach Ulli und Rike, ob sie mitkommen. Das ist für alle unterhaltsamer. Und hinterher machen wir einen Spaziergang im chinesischen Garten in Marzahn, wo es Spielplätze gibt.«

Anna rief also am nächsten Tag bei ihrem Bruder Ulrich und ihrer Schwägerin Ulrike in Friedrichshain an und verabredete mit ihnen ein Treffen beider Familien am Sonntag vor dem Haupteingang des Friedhofs.

Anna freute sich besonders auf ihre kleine Nichte, die sie selten sah: »Ist Martha immer noch so goldig?«, fragte sie ihre Schwägerin.

»Sie wird immer goldiger. Hat richtige Löckchen bekommen und läuft sogar schon an der Hand«, war Ulrikes stolze Antwort.

ENDE